痉曲

鞠利 著

作家出版社

图书在版编目（CIP）数据

序曲 / 鞠利著 .—北京：作家出版社，2021.1

ISBN 978-7-5212-1193-1

Ⅰ.①序… Ⅱ.①鞠… Ⅲ.①长篇小说－中国－当代

Ⅳ.① I247.5

中国版本图书馆 CIP 数据核字（2020）第 250753 号

序曲

作　　者	鞠　利
责任编辑	省登宇　周李立
装帧设计	琥珀视觉
书名题字	李　翔
出版发行	作家出版社有限公司

社　　址：北京农展馆南里 10 号　　　邮　　编：100125

电话传真：86-10-65067186（发行中心及邮购部）

　　　　　86-10-65004079（总编室）

E-mail:zuojia @ zuojia.net.cn

http://www.zuojiachubanshe.com

印　　刷：唐山嘉德印刷有限公司

成品尺寸：145×210

字　　数：180 千

印　　张：8.625

版　　次：2021 年 1 月第 1 版

印　　次：2021 年 1 月第 1 次印刷

ISBN 978-7-5212-1193-1

定　　价：48.00 元

目　录

自序　高贵地走在灵魂独行的路上

没有前世，也没有来生，只有不负当下，高贵地走在灵魂独行的路上。

在茫茫的宇宙中我们太渺小了，把自己比作一粒沙，都有自负的羞愧，可能只是飘浮的一颗浮尘而已。但这并没有让人的追求的意义和价值减少一点点。活在这个世界上，就是有意义的存在，我们要让这种存在立足于利他的幸福里，"旁行而不流，乐天知命，故不忧"，我们要追向人类进步的终极走向。

一个临终的维吾尔族老人对晚辈们说："人嘴里空空来到世上，一路含着馕走一遭，又嘴里空空回到来处。我们其实和动物没有分别，为了一张嘴，把走过的世界搞得天翻地覆。

"人啊，就是一种动物，但又有精神，就会完成一个又一个的目标，那个目标就是一个个含在嘴里的馕，我们就像马儿一样不停地向前跑。但是我们为什么要向前走？从哪儿来？要到哪儿去？心安何处？

"我们是能找到生存方法的动物，所以人类主宰世界，我们从睁开眼看到太阳升起，到闭上眼回到万古黑暗，我们像动物一样一点不多一分皮毛，也一点不多一块筋骨，一切外在的东西对生命都是多余的。

"一个人就是一滴水，只有找到源头，并与之连接，人类的生命才会生生不息、具有永恒的价值。人是行走的、精神的动物，其背后的意义是爱，无私而无我的爱。"

这是一个通透、智慧的老人。

人生一世，草木一秋，只有对生命有真正和真诚的信仰，人类的生活才具有了终极的意义，人才能不丧失远大的理想，不再为着一己眼前的利益而自私地活着。

一九七八年的冬天，中国召开了一次改变历史的会议：十一届三中全会！中华民族迎来了伟大复兴的新的转折点，中华文明迎来了新曙光，"它是站在海岸遥望海中已经看得见桅杆尖头了的一只航船，它是立于高山之巅远看东方已见光芒四射喷薄欲出的一轮朝日，它是躁动于母腹中的快要成熟了的一个婴儿"。

我写了一个人，一个人的爱和他的成长，这个人一直走在摒弃自私的路上，他是和改革开放的年代一起走过的。新疆人有着独特的家国情怀，他们是守护者，是国家利益的守护者！

"大风起兮云飞扬，

威加海内兮归故乡，

安得猛士兮守四方！"

这是在守护这块土地的人们的心灵深处共振的高亢音符！

纯粹的爱，需要一种高尚的境界，只有觉悟的、精神高贵的人才能走进那个世界。昨天是今天的序曲，心灵在一次次序曲的变奏里升华，生命在永续的序曲里永恒，时代在不断变幻的序曲里进步。万流归海，人生当勇往直前。

每个人都是一个生命，都要觉醒生命的意义；每个人都是独一无二的生命个体，要觉醒自我的价值；人类是万物之灵，要觉醒灵魂的走向。生命终有一死，却有永恒的价值。计利当计天下利，求名应求万世名，这是高贵者的信仰！

当我创作完这部书，我被自己感动，就像在浑浊的池水里投下净水剂，瞬间清理了污渍、油腻和病毒，水质纯净，清澈见底，强烈的光源源不绝地射进我的心房。所有的窗口被打开了，清新的气息游走在我的每一个毛孔，迷雾散去，心明眼亮。

我每天沉浸在感恩的情绪里，日月交替，万物滋生，美好的"中国梦"承天时行，是你的，也是我的。我有幸握住了这个伟大时代赐予的机遇，庆幸今生生活在中华民族伟大复兴的最辉煌的时光。

泥土里才有鲜活的生命故事，人民才是我们的血液，祖国才是我们的家，而我们就是这个民族的脊梁。

  你是我
   光明的眼睛
   跳动的心房
   不羁的灵魂
    ——祖国

我一直爱着我的生命和我的祖国，如果有来生，我依然无怨无悔！是为序。

鞠　利

2020 年 10 月 22 日

楔　子

二〇一八年，日子祥和得让人心醉。

十二月十八日，天空透着少有的阳光，寒冷里透出暖洋洋的味道。

久久乘飞机回乌鲁木齐，她从来会让人有一些意外。按计划，再过几天，她应该在研究生考试的考场，可是她突然回来了，一副事不关己的德行。她对事物总是有自己的想法，那些想法匪夷所思，又让人无可奈何。

她一直很安静，一副与世无争的样子，散发着少女的娇羞和娇柔，似乎没有人知道她在想些什么。

有一天，她问："命运是什么？"

"命是偶然里的必然，运是必然里的偶然。"我说。

"不明白。"

"爸爸和妈妈在世界上偶然地相遇，一个男人和一个女人一次偶然地交集，会造出另一个生命，这就是一种必然，活下来就是一种必然的事情。而区别在于奔跑中的选择，每一次选择都充满了偶然性，会造就不同的人生际遇，所以要把握命运。"我说。

"你总是把简单的事情说得那么复杂，难道一个古代的人努力地奔跑，能跑过现代的汽车？"她说。

"抬杠。"我说。

"所有的命运都和一个时代相连着，命运是一个人在时代里对自己的选择。"她说。

我无言以对，久久是对的，她总是出其不意地捅破一些道理。

那天，我去机场接她，却始终没有她的身影，我有点焦躁。

我的手机振动了一下："我去乘地铁了，你在八楼的终点站接我吧。"

我无可奈何地摇摇头。

二〇一八年的十月，乌鲁木齐的地铁一号线开始试运行，起点是地窝堡国际机场二号航站楼，终点是昆仑宾馆——那个叫"八楼"的著名的地方。"八楼"，一个被歌手刀郎唱红的名字。地铁是乌鲁木齐现代化的标志，建设了五年，修了十一个站点。八楼离我家还有很远的距离，久久为了体验一下新疆地铁，宁愿不厌其烦地转车。她所在的上海的地铁四通八达，而她却要感受略微寒碜的乌鲁木齐地铁。

久久做事总是出人意料。

崭新的车厢里，稀稀拉拉坐着一些旅客。久久吃力地拉着银灰色的大行李箱，坐在座位上。她笑盈盈地观望着，几乎所有的人都在低头拨拉着手机，躲在远处的世界里。久久闻到了一股熟悉的味道，看到了一些熟悉的模样，舒适感扑面而来。对面一个维吾尔族姑娘从手机屏抬起脸，浓眉大眼、高鼻小口，令人惊艳的美丽，她们相视一笑，犹如久违的朋友。

久久从宽大的黑色牛皮包里拿出那本书低头读了起来。

一个高大的中年男人立在久久的座位边，他的头发扎眼，一色的奶奶灰。

"《在新疆长大》这部书我看过，真正的新疆故事，我父亲看了总是哭。"那个男人突兀地说道。

久久矜持地看他一眼，礼貌地微笑，又低下头看书。

"不久我会去见作者。"男人说。

久久抬眼望他，有点疑惑。男人浓眉大眼，一脸祥和。

"真的，没必要骗你，只是看到有人和我一样喜欢他的书，情不自禁就想和这人聊些什么。"

"他也会和我见面，一会儿。"久久说。

"大家都认识他，名气很大。"男人说。

"就他周围的几个人知道，没人认识他，我妈就不看他的书。"久久说。

"你妈一定不是新疆人，所以不喜欢。"男人说。

"他们每天睡在一个屋檐下。"久久说，咯咯笑起来，脸上浮出些许红晕。

"原来我遇见的是大名鼎鼎的革禾的千金。"男人洪亮地笑起来。

"人们一看到我的姓，就问我是不是革禾先生的女儿，他只是我爸爸，普普通通。"久久说。

"在本乡本家以外，不存在大人物。因为人们对他了如指掌，所以即使这个人有了成就，也不觉得不同寻常。所以在家乡人眼里耶稣只是个木匠，诸葛孔明只是个村夫。你爸不简单。"男人说。

"我和我妈一直以为我爸爸只是自己认为自己是个作家。"久久说。

"是读者十分喜欢的作家。"男人说。

后来，在八楼的地铁站，我见到了朝思暮想的女儿。

"爸爸，我在这儿。"久久喊我。

那个漫不经心的男人帮久久拉着旅行箱。当我见到那个男人时，有点意外。我们握手，不冷不热，是我喜欢的那种分寸。久久站在一旁，看着我们寒暄。我们道别。

"那人心事重重，忧郁得很，一定是个有故事的人。"回家的路上，久久说。

"是啊，他会给我一些他的日记，想让我写一写他们那一代成长的故事。"我说。

"爸爸，你的书是不是把别人的故事抄一遍？"

"小说就是写故事，用生活里的素材写出美好的故事，给人以希望，犹如黑夜的灯火照亮前程。"

久久啧啧地撇下嘴，望向车窗外面。

二〇一八年的春天，我去南疆乡野调查。四十年前，中国召开了一次历史性的会议：十一届三中全会！那是改变中国历史、改变中华民族历史命运的会议。我一直在考虑创作一部长篇小说，写一个人和一个时代。

我在南疆认识了都大转。

一

　　我再没有见过像我父亲都笑魁那么乐观的人了。他的乐观不像别人，要么因傲慢的出身而不可一世，要么因家财万贯而眼大脸阔，要么权倾一时而活得颠三倒四。我父亲总是那样乐天自在，似一颗埋在泥土里的种子，任凭风雪肆虐天寒地冻，春风一过，绿油油的芽苗一刻不停地冒出地壳。

　　一九七八年那个年头气候异常，一会儿刮起沙尘暴，一会儿洪水泛滥，一会儿冰雹来袭，地里的庄稼被坏天气折磨得没点生气，人的心也变得惶惶不安，似乎都在等待着什么，但却不知道在等待什么。

　　那一年，我母亲怀了我，挺着个大肚子，面黄肌瘦，整日干呕，肚子里什么也没有，吐出一摊摊黄水。我父亲心急如焚，挠着头在我母亲身后转圈圈。

　　"养几只鸡，改善一下营养吧？"我父亲说。

　　"不成啊，掌柜的，他们抓人呢，割资本主义尾巴，何况你还是小队长。"我母亲的普通话带着一口甘肃腔。

　　"无产阶级就不吃饭了？"我父亲说。

　　"再说，那是罪孽呢，不能杀生呀。"我母亲说。

我父亲从背后环抱着我母亲。

"笨婆娘，咱不杀生，养鸡下蛋，我给你做荷包蛋、煎鸡蛋、炒鸡蛋、炖鸡蛋，补血补气。"我父亲说。

"掌柜的，反正我嘴不馋，撤了你的小队长，别怨我。"我母亲说。

"吃喝拉撒是天，那个小官我还没看在眼里，你不吃，肚子里的小崽子要吃。"我父亲说。

我母亲娇羞地拧一下我父亲的耳朵，算是默认了需要添加营养的现实。

我父亲都笑魁常常以把我母亲马翠花追进家门为傲。

那时都笑魁在新疆生活了二十多年。初中毕业时，他家里穷得揭不开锅，眼看快饿死了，一个人随了远方的亲戚，来到新疆南疆的塔里木县，在都是维吾尔族兄弟的一个村庄住下了，学了一口地道的维吾尔语，因为有文化，入了党，当了小队长，到了三十五岁，身边的姑娘越来越少，他还是独身一人。

一天，隔壁玉山江·买买提家来了个城里的回族姑娘，都笑魁看得两眼发直。姑娘走了，都笑魁钉在原地，愣愣地望着姑娘的背影，一副用眼睛把人搂住的架势。

"小羊羔子沙漠狼喜欢，漂亮丫头子男子汉喜欢。都说亏，你看上了人家姑娘？"玉山江的维吾尔腔的汉语发音拐腔拐调，把"都笑魁"常常念成"都说亏"。玉山江是大队长，算是比都笑魁官大的国家正式干部。马翠花是火箭公社食堂的临时工。食堂大师傅是玉山江家的亲戚，让马翠花送只羊腿给玉山江。马翠花那年二十五岁。

"马水花一个孤儿，县福利院长大，听说是个回族姑娘，你看上

6

了，我的红人当一下。"

玉山江把"马翠花"叫"马水花"，把"媒人"说成"红人"。

玉山江把都笑魁带到马翠花面前。马翠花粉脸羞涩，一直用脚搓着脚下的地皮。

"我想养你，以后生一堆娃。"都笑魁嘿嘿笑着说。

马翠花脸颊绯红。

玉山江哈哈笑起来，说："沙枣花还没有开，就想着吃枣子了，都说亏，你们不种地就吃饭吗？"

都笑魁憨笑着，眼睛在玉山江和马翠花身上不停移动。

那天什么事也没有发生。

后来，都笑魁就经常往公社跑，他说："世上无难事，只怕有心人。"

到我长大后读了《西游记》，才知道这句话是菩提祖师说的。

马翠花不答应都笑魁，不是不喜欢他。那天见了都笑魁第一面，她心里的小鹿就开始乱撞。马翠花孤独了整个少年和青春时代，一直在县福利院成长，身边都是维吾尔族小朋友。后来高中毕业，乡里招临时工，她才从那个充满成长记忆的地方离开。临走时，福利院里像妈妈一样的古丽老师说："马翠花，你是个回族孩子，以后要嫁和我们一样信仰的人。"

从那天起，马翠花就开始困惑。她以前以为自己和周围的维吾尔族小朋友一样，说着维吾尔语，吃着拌面抓饭和烤肉，突然有一天别人告诉她，她和周围的人不一样，她是个回族人，还有着不同"信仰"。她开始关注身边的人，发现原来身边生活着许多不一样的人。维吾尔族人大眼睛、浓眉毛，眼窝深陷，鼻梁高挺，面部轮廓如刀削斧刻，棱角分明，威武冷峻；汉族人脸圆鼻阔，单眼皮、柳叶眉，面慈语软；回族人却说着汉语，混合了他们的长相。马翠花说着维吾尔语，却能够听懂汉语，这是她的秘密。虽然从没有人教过她，但只要有人说汉语，她立刻就能明白别人的意思，总好像有一种天意昭示。她经常会被惊到，因为身边的人都以为她只懂维吾尔语，别人会在她面前口无遮拦地说各种心思。她知道了许多人真实的想法，她心中就有了好坏的判断，看出了许多人虚情假意、许多人情真意切，但她不说。这些发现让马翠花困惑不已，她开始有了对族裔的懵懂意识。

马翠花第一次去花园村。维吾尔族人把那地方叫"巴克村"，汉族人把那地方叫"第一大队"，就像维吾尔族人把自己的公社叫"冉其帕公社"，汉族人把自己的公社叫"火箭公社"。

马翠花给玉山江送羊腿。都笑魁喊着玉山江的名字进了院门，当他看到马翠花时，被她惊艳的容颜弄蒙了。他们四目相视，马翠花低下头。

"喜鹊一样漂亮的姑娘，抱回家当老婆吧，都说亏。"玉山江用汉语说道。

"人家姑娘听了害臊呢。"都笑魁说。

"马水花是回族，在维吾尔学校长大，汉语的不懂。"玉山江说。

"真是沙漠里的红柳花呢，娶回家天天可以不吃饭呢。"都笑魁说道。

"吃奶啊！"玉山江说完哈哈笑起来。

马翠花心里雨雪纷飞，脸上一会儿飞起火烧云，一会儿裹起寒霜。

都笑魁有一刻觉得后悔，说了那么粗鲁的话，想想她不懂汉语，又有些释然，一瞬间又觉得眼前的姑娘应该什么都听明白了。

那天，马翠花的心花就开了。一直以来，只在福利院有人关心过她，自己好像是这个世界多余的人，突然一个英气勃勃的汉子，当着她的面对别人说要娶她。这个男人豪爽、敦厚、结实，好像梦中的父亲的样子。马翠花的心里有一种踏实感。

都笑魁去公社的次数多了，大家都知道了他的心事。眼看着麦穗黄了，棉花收了，家家户户开始酿穆塞莱斯了，马翠花还是没有吐口。

没有人知道马翠花心里怎么想。

一天，县福利院的古丽老师找到马翠花。

"姑娘，我的孩子，我们和他不一样，说不一样的话，吃不一样的饭，有着不一样的信仰，你们不能在一个屋檐下，上苍会生气的。"

这让马翠花越发矛盾，她的心已经接受了都笑魁，像沙漠里的茇茇草盘根错节，可是还有一种意识在折磨她，像蚊子一样在耳边吱吱飞舞，让她有一种负罪感。

玉山江看着"都说亏"追不到"马水花"，心里急。那个笨小子"都说亏"像个木头一样，想伸手摘杏子怕蜜蜂蜇，想进圈抓羊羔子担心狗咬，磨磨唧唧的，像个丫头子。玉山江心里像蚂蚁爬着一样痒。他喜欢"马水花"，看到扎个马尾辫、手上提着羊腿的小姑娘一跳一跳地来到家里，他心里就乐。当他吃着美味的烤羊肉，他的眼里就飘出扎小辫的"马水花"的影子。他喜欢羊肉给他的力量，也喜欢这个说不清族别的小姑娘的清纯。可是这个姑娘总是孤孤单单的，他就一直有一种找个人家把她好好托付的念头。

"都说亏，马水花天上百灵鸟一样的姑娘，落在谁家的枝头，幸福就水一样来了，你还不喜欢吗？脑子有毛病还是男人的家伙不行？！"玉山江望着天空说。

都笑魁也正懊恼着，一次次去找马翠花，小姑娘影子一样飘来飘去，他看到了姑娘脸上时时浮出的红晕，可是一转身，姑娘不是跑进院子，就是躲进果园。都笑魁连一句完整的话都落不下。而县里公社里那些腰里扎着八一皮带、穿着球鞋的年轻人一拨拨地围在马翠花的院门外，更加让都笑魁紧张不已，自己一个农民，站在马翠花面前像个大叔。都笑魁长得牛高马大，可胡子拉碴的样子好像麦场里的磨石，久经风霜，是能给人一点踏实感，但也就是一个地道的庄稼人。在对马翠花想入非非的年轻人眼里，他都笑魁就是一个陪衬。马翠花若即若离，让都笑魁感觉无能为力，好像拳头打在棉花上。

都笑魁整日神情恍惚，蔫头耷脑，心里却盘算着怎样早点把马翠花拥进怀里，让那些趾高气扬的年轻人把门牙吐一地。

村里家家户户都有酿制穆塞莱斯的习俗，穆塞莱斯就是土法酿制的葡萄酒。长久以来，塔克拉玛干沙漠周围的绿洲盛产葡萄，村民有采摘后走亲戚送葡萄的习惯。葡萄丰收的时候，却是农忙季节，村民会把葡萄小心翼翼地存放在大缸里，保存在凉爽的地窖里，等待赶巴扎的好日子，在巴扎上把自家最好的葡萄送给亲朋好友。一些忘事的家伙会记得去巴扎凑热闹，却会忘记存放在地窖里的葡萄，等来到巴扎见到想见的人，就如梦初醒，拍着额头，表达没有送葡萄的歉意，嘴里就历数起自家葡萄如何晶莹剔透如何沁人心脾，让听的人垂涎欲滴，恨不得去了他家，一起大快朵颐。然而瞎忙和健忘会成为一种习惯，美味的葡萄就会一直作为赶巴扎的人嘴里的谈资。葡萄成了一种传说，聊天却一点不尴尬，透出些许权当确有其事的信任感。终于，有人实心实意地去地窖拿葡萄，一种香醇扑面而来，进入地窖的人打一个趔趄，腿一软，仆倒在装满葡萄的大缸边，伸头一瞧，原来颗粒饱满的葡萄只剩软塌塌的一层皮，大缸里积存着酒红的葡萄汁，双手一掬，喝一口：酸——甜——冽，那汁液从喉咙滑入食道，窜进肚里，然后弥漫在血液里。人轻飘飘像走在云上，脑子里把自己当成了王，那些琼浆玉液让他们醉了。人们知道了一种美妙的饮料，这种饮料会让人忘掉劳作的辛苦、贫穷的烦恼，会把他们带入一个心有所属的世界。哦，懒，并不是一无是处，有时会迎合着自然的节律酝酿出意想不到的惊喜。从此，西域就有了"葡萄美酒夜光杯"的豪杰饮品——美酒穆塞莱斯。

穆塞莱斯传承至今，家家有了独门诀窍的酿制方法，秘不示人。这种有灵性的饮品，一样的葡萄、一样的技法、一样的器具、一样的工序，酿制出的穆塞莱斯却争奇斗艳，百味不同。一百户人家飘一百种香气，一百种穆塞莱斯醉倒同一批人。酿制穆塞莱斯的匠人会把他能搜罗到的美味作为辅料，葡萄为底料，鸽子血、鹿血、肉苁蓉，甚至整只的活羊，都会成为辅料，千奇百怪的配方层出不穷，匠人们折腾不休，想象力无边无际，招招出奇，目的只一个：让人醉成天人。于是就有了许多价值连城的秘方。

某种意义上，也是穆塞莱斯自己决定自己要成为哪种滋味。但它们又具备共同属性：质朴、天然、甘冽、醇厚。这是酿酒人和穆塞莱斯彼此把生命气质和性情感情交融在一起的缘故。

都笑魁也有独门秘方。他选用的原料是一种野葡萄，这种顽强的精灵在戈壁荒原上野蛮生长，身形卑微，毫不起眼，却任凭风吹旱蚀仍然坚强挺立，鲜红如血。都笑魁对这种野葡萄有着特殊的感情，在生死线上挣扎的那些日子里，它是唯一没有被饥饿的人们盯上的食材。它是都笑魁的私房菜也是救命粮，曾多次从死亡的边缘将他拉回。这种野葡萄初入口略感酸涩，当汁液在舌根渗透开来，甘甜的后劲儿方才浮现，回味无穷。都笑魁喜欢这种味道。当他把这种野葡萄作为穆塞莱斯底料时，这种苦尽甘来的滋味便得以最大限度地升华和放大。都笑魁的穆塞莱斯里添加的辅料不多，但都是他能寻觅到的最好的食材——肉苁蓉、豆蔻、枸杞、玫瑰花、桑葚、杏子……这些食材都来自荒野、地头，都是从土地里生长出来的天然辅料。都笑魁不喜欢把荤腥的东西添加进去，虽然周围的乡亲们都这么干，玉苏甫家的穆塞莱斯添了鸽子血，艾则孜把一只烤熟的羊化进穆塞莱斯的原浆。在都笑魁看来，他们酿制出来的穆塞莱斯浑浊油腻，虽然药用价值很高，却早已失去了美酒应该具备的清冽爽口的滋味，更像是一锅化不开的粥饭。都笑魁把这些散发着泥土味道的自然食材仔细地清洗，捣碎成汁，去除果核果皮等杂质，纳入一口大缸，用文火烧煮，让这些食材彼此交融。听着它们发出咕嘟咕嘟的欢欣之声，都笑魁的心也跟着欢愉起来。等窖藏到第四十天，都笑魁揭开泥封的缸盖，那独特的香醇飘进口鼻，飘进五脏六腑时，就是都笑魁最有成就感的时候。

都笑魁瞅准了，公社食堂开完午餐后，马翠花一准在。那天，他带了两瓶新酿的穆塞莱斯，守在食堂前的榆树下。饭点刚过，吃过饭的人三三两两出了院子。都笑魁小心翼翼去食堂，迎面碰上村民马发贵。马发贵正撅了一根树枝剔着牙，一见都笑魁便咧开满口豁牙的嘴，故意高声喊道："哟，甘肃娃又来找姑娘了。"

都笑魁下意识地把穆塞莱斯往身后藏，笑着说只是找玉山江队长。

马发贵眼贼，说道："哟！啥好东西？给翠花的吧？"

都笑魁咧了咧嘴，向院子里走，一旁的村民哄笑起来。都笑魁心里窝火，恨不得把马发贵的臭嘴缝上。

"马发灰声音大得驴叫一样，回去嚷。"玉山江不知何时出现在马发贵身后，他把"马发贵"叫成了"马发灰"。

平时，马发贵嗓门大，个头大，露着豁牙，大家怕他。但是他见了大队长玉山江，腿肚子抽筋，一溜烟儿闪了。

玉山江看到都笑魁手里拎的酒瓶子，会心一笑，眨巴眨巴眼睛，撇撇嘴。都笑魁嘿嘿一笑，将一瓶穆塞莱斯塞到玉山江的手上，玉山江也不拒绝。

马翠花正在收拾饭桌，看见都笑魁一头扎进来，高大的汉子满头大汗。四目相对，马翠花心里一个激灵，低下头。眼前的马翠花面若桃花，一根马尾辫在头上跳，都笑魁心跳得快蹦出胸口，他张张嘴想说：做我的老婆吧。话却堵在嗓子眼。房间里只有马翠花擦桌子的声音，都笑魁还听到了自己怦怦的心跳声。

都笑魁说："马翠花同志，我酿的穆塞莱斯，你尝尝鲜。"

马翠花的心醉了，她早等着这个时刻。每天一大早马翠花就莫名其妙地兴奋，她期盼着什么，自己说不清，但她知道她心里想见一个人。她想象着那个高高大大的男人在地里忙完农活，会来看她，拉着她的手什么也不说，就呆呆地四目相对。可是一天天太阳落了，那一幕却从没有发生，她的心里装满莫名的忧愁和不安。而此刻，这个男人就活生生站在那里。她继续擦桌子，低着头不说话。

都笑魁心乱如麻，索性把穆塞莱斯往饭桌上一扔，说："马翠花，我的酒跟别家的不一样，秘方酒，喝上一口会上瘾。"

玉山江从门外进来，一股扑鼻的酒香也跟着飘进院子。原来玉山江已经急不可耐地喝上了。

"都说亏，进葡萄园就摘葡萄，说什么杏子好吃？穆塞莱斯香，给我说，你问马水花喜不喜欢你就行了。"玉山江急吼吼地说道。

马翠花脸上飞起红晕，她一把抓起那瓶穆塞莱斯，转身跑进后厨。

马翠花的心事让都笑魁拿穆塞莱斯说破了，心怦怦直跳，等安静下来，耳边嗡嗡响："姑娘，我的孩子，我们和他不一样，说不一样的话，吃不一样的饭，有着不一样的信仰，你们不能在一个屋檐下，上苍会生气的。"

古丽老师的话针一样刺得她心痛，她迷茫起来，有一些绝望。

院子里那些扎着皮带、穿着球鞋打篮球的年轻人突然高声喊马翠花的名字，甚至有人歪歪唧唧唱起来：

　　我的那个花儿哟

　　黑黑的眉弯弯

　　挂上我的心坎坎

　　我的那个妹子哟

　　红红的脸蛋蛋

　　钻进我的泪眼眼

我的那个花儿哟

细细的腰杆杆

缠住我的心肝肝

我的那个妹子哟

小小的脚丫丫

踩上我的心尖尖

　　那些被荷尔蒙浇灌的年轻人时不时地搅扰美丽的马翠花，以往她会烦厌无比。此刻，这些词像蚂蚁一样钻进马翠花的脑子里，搅得她思绪凌乱，望着桌上的穆塞莱斯，她打开瓶盖，倒出一点，喝了一大口，入口苦涩，一瞬间又甘洌香甜，沁人心脾。

　　都笑魁走了，内心失望，看着那些城里来的小子嚣张的样子，心有不甘。他有一种冲动，想冲进房间，当着众人把马翠花抱在怀里，告诉他们：马翠花是老子的女人。

　　可他没有勇气，担心马翠花翻了脸。他哪有资格抱得美人归，心里想想已经心满意足。

我的那个妹子哟

小小的脚丫丫

踩上我的心尖尖

　　那些小子的怪叫声断断续续，刺得都笑魁心痛。

　　"狗日的还心尖尖，看老子的大拳头！"都笑魁一把揪住一个年轻人的衣领，上去一拳，毫无防备的年轻人扑通一下摔倒在地。

一旁的小子们平时牛气冲天，遇到发横的都笑魁都没了底气。

都笑魁说："以后滚远点，来一次打一次。"

那群人知道小队长都笑魁是个厉害人，本来是来逗弄马翠花的，看到不要命的都笑魁，也没什么心思了，兔子一样散去，边跑边嚷："欺负人，只许你追女人，我们不能喜欢姑娘？"

都笑魁眼神发直，怒视着那帮仓皇奔逃的年轻人。

马翠花心急如焚，担心都笑魁吃亏。玉山江一直坐在板凳上看他们闹，看到急匆匆出来的马翠花，笑起来。

"都说亏！羊娃子找母羊吃奶呢，姑娘马水花想着你呢。"

那一刻，马翠花的眼睛里泪光闪烁。都笑魁的眼睛里充满了幸福的光芒。都笑魁偷偷乐起来，原来马翠花的心里装着他。

那一天，都笑魁判定自己来对了。

第二天一大早，都笑魁装了几瓶穆塞莱斯去谢玉山江。

玉山江说："行了，行了，给马水花喝吧，把那个傻丫头子抢回家。"

都笑魁说："对，我就这样想。"

玉山江说："沙漠狼逮兔子动作要快，快快地喜酒让我喝一哈撒。"

我父亲都笑魁那一刻非常威武。以后，每次说到这件事，他总是得意地大笑，说他一个人打了一群人。其实一帮年轻人真要动起手，哪里有他耍威风的机会。

都笑魁的表演一点没有打动马翠花。那天她说："都笑魁同志，以后别再来找我了。"

都笑魁大脑发蒙，不知马翠花又来了哪一出。姑娘的心天上的云，变化无常，他只得求助玉山江。

玉山江问马翠花心里到底怎么想。马翠花不说话，气得玉山江背手而去。

路上，玉山江遇到古丽，古丽早就知道玉山江想撮合都笑魁和马翠花。

古丽说："队长，鸡和鸟不住一个屋檐下，都笑魁和马翠花不是一样的人，信仰都不一样，吃不到一个锅里。"

玉山江突然明白了，火冒三丈地说："原来是你下的药，马水花不懂事，你却坏事，五湖四海一家人，一个革命目标的一路人，你念歪经呢，回头开批判会批斗你。"

古丽被大队长吓住了。

都笑魁每天晚上到大队部院门口等马翠花，看着马翠花进屋、开灯、关灯，他只能悻悻离去。他整夜整夜辗转反侧，内心翻腾出来的苦涩连穆塞莱斯都压不住。

一天，玉山江突然在院外大叫："都说亏——都说亏——马水花出事了。"

马翠花跟着大师傅去卸粮食，拖拉机司机倒车时没有看到后面有人，把马翠花给撞了。

听玉山江说完，都笑魁的眼泪便吧嗒吧嗒往下掉。

到了医院，医生说病人需要输血，说："医院没备血，你们谁是A型血？"

都笑魁嘴巴颤抖，说："我……我……我是A型，只要能救活她，随便抽！"

那天晚上，马翠花苏醒过来。

在马翠花康复的日子里，都笑魁跑前跑后，换着样子给她做饭。

在医生、护士的眼里，都笑魁是情深义重的汉子，值得托付，就一直撮合他们。

马发贵提了一篮鸡蛋到医院，都笑魁正在给马翠花喂鸡汤。马发贵咧出豁牙一笑。都笑魁脸一黑，然后笑眯眯地拉着马发贵出门，突然目光一狠，露出凶恶的神情，猛一下抢过马发贵手里的鸡蛋，扔出窗外，说："马发贵，老子用鲜血换了她的命，把你的鸡蛋拿回去孵小鸡，再骚扰我的女人，让你血流成河。"

马发贵努力抿起嘴，露出个牙尖尖，虎着脸走了。

古丽进了门，大呼小叫："我可怜的孩子，我可怜的孩子。"然后她用手抹了抹干巴巴的眼眶。

玉山江看着烦，说道："你的孩子，都说亏养了，以后你别老母鸡给鸭子带孩子——瞎操心。"

古丽一副不可思议的神情，瞥一眼都笑魁，说："汉族人怎么能娶我们的姑娘？"

玉山江从脚上脱下一只鞋，做出要打她的姿势，说道："没有人心的女人，我们的血都一样红色的，你破坏我们一家人的好事呢，让你尝一下皮鞋的厉害。"

古丽尖叫一声，跑了，房间里散发着玉山江臭脚的怪味，马翠花捂着嘴笑起来。

玉山江说："马水花，那个古丽胡说八道，她羊羔子怕狼一样怕我，她不敢破坏你的感情了，不要怕她，我们是一家人呢，你和都说亏把心好好拿出来，石榴一样一起过红红的日子。"

马翠花羞红了脸，心里的石头落了地，头埋在被子里，咯咯地笑。

马翠花的身体里流淌着都笑魁的血，里里外外她都没有理由再躲避都笑魁。

玉山江按照维吾尔族人的习俗，赶着马车拉着都笑魁和马翠花，在大队里转了一圈，村里人吹着唢呐，敲着皮鼓，跳着麦西莱普舞，给他俩办了一场热热闹闹的婚礼。

都笑魁把马翠花娶进了家门。

以后，遇到再难的事情，我父亲都笑魁总是说："连娶你妈那么难的事情，我都办成了，世界上哪有什么难事。"

我父亲都笑魁初中毕业，文化程度不深不浅，给我起了一个难听的名字。这个名字真是奇怪，一直被人戏谑，霉运一串一串的，就像秋天戈壁滩碱水沟里叫"毛拉"的香蒲草，风一刮，鲜黄的花粉漫天飞舞。从记事起，每次因为名字被人嘲笑，我就会和人打一架，鼻青脸肿地回去，这个状态持续了很久。

我母亲马翠花总是拖着甘肃腔说："你的名字好，转运！吉祥！"

"好傻，别人叫我'大砖块'。"

"砖块有用呢，比泥巴管用，砌墙呢。"我不理会我母亲，在我眼里母亲就是个文盲。

起这个名字，是我父亲都笑魁的主意。那天夜里，雪下得又密又急，窗外白茫茫一片。

产房的楼道里没一刻安静，一会儿一阵嘶哑的哭声像妖猫叫春，一会儿一阵响亮的哭声似雄鸡高歌，别人家的小崽子嘶吼着，一个个小生命接踵而至。那些等待的人或喜极而泣或唉声叹气。欢喜的、失望的动静一次次拧得我父亲都笑魁心脏痛，他老婆预产期过了三天，还在产床上哀号。我父亲焦躁不安，不管生下来的将来弄瓦还是弄璋，只求母子平安。他双手合十，迷茫远眺，内心凄然。

雪在静静地落。

我父亲一边听着收音机，一边焦急地等待小生命的到来，后来他就安静了。喇叭里说中央开会了，十一届三中全会胜利闭幕了，全党工作着重点和全国人民的注意力将转移到社会主义现代化建设上来，实现农业、工业、国防和科学技术的现代化，这次会议实现了新中国成立以来党历史上意义深远的伟大转折，这个伟大转折，是全局性的、根本性的。

我父亲都笑魁有点发呆，他是小队干部，天天学上级文件，就在前不久，队里还在割资本主义尾巴。为了给怀孕的老婆补充营养，他偷偷挖了一个地窖，养了几只鸡，整天提心吊胆怕被人进行阶级斗争。怎么突然，中央就表态：社员自留地、家庭副业和集市贸易是社会主义经济的必要补充部分，任何人不得乱加干涉。

我父亲认真想了想，笑起来，他知道从今以后，可以在院子里大大方方地养鸡了。

"中央真神，怎么农民家里的事情都知道？"

喇叭里一遍遍在说"伟大转折"，都笑魁不停地点头，不住地念叨：伟大转折、伟大转折……

一个护士跑过来，使劲拍一下我父亲的肩。

"叫了你五六遍，没听到呀？给孩子登记名字呢，叫什么名字？"

那一刻，我父亲被三中全会的消息震惊了，脑子懵里懵懂，嘴里嘟嘟囔囔：伟大转折、伟大转折……他好像忘了我母亲死去活来生我的那回事。他的甘肃口音很重，护士听得糊里糊涂。

"什么？大转？都大转？好！"护士急匆匆回产房。

我父亲都笑魁一直在笑，楼道里病人的家属以为他得了迷症，躲得远远地。

　　护士推着手术车把母子送出来。

　　"都笑魁，认清楚了，这是你老婆马翠花，这是你儿子都大转，别错了。"

　　"马——翠——花？好！好！都——大——转？谁？谁？"

　　"都大转是你儿子！"护士喊道。

　　"啊，好！我有儿子了，我儿子叫都大转！"

　　后来，我父亲说："护士是白衣天使，你的好名字是天使给的，有仙气。"

　　都大转的生日是一九七八年十二月二十二日。都大转属马。

二

他们说我三岁之前是个哑巴。

我不会说话，不哭不闹，安安静静，瞪着双大眼睛滴溜溜看着眼前的一切。

我母亲马翠花心里急，想着要二胎，要个正常的孩子给都家传宗接代。我父亲都笑魁一天到晚乐呵呵的，说："好啊，好啊。"日子一天天过去，我母亲消瘦的身板一直没变化，一点动静都没有。那时候，我父亲白天忙着开荒地，顾不上家里的事情。土地承包到户了，村民都有了承包地，不再挣工分，现有的熟地不够，村里给我家又分了四十亩荒地。大队已经改为村了，公社都改成乡党委政府了。乡里派人在荒地上做规划，然后开出土渠，修出土路，把所有的荒地按人口分配下去，和村民签了承包合同，村民自己在承包地里打埂犁地、灌水压荒。农民人均土地多了，有了更多的收成，不再缺衣少吃，日子过得一天比一天好，越来越有盼头。

我父亲回到家，总是亲我一口，自言自语："哑巴大转，你来了，我们家的命转了，可是你倒说句话呀。"

我母亲心里慌，每次听了我父亲的话，直抹眼泪。我父亲笑呵呵地搂着我母亲，说："马翠花同志，别担心，娃到说话的时候，你烦都烦不过来，我们还可以生呀。"

"都三年了，孩子都没动静。"我母亲一语双关。

我父亲愣了一下，明白了我母亲的意思。

"是呀，我们结婚那会儿，一次就有了大转，现在怎么都这么费劲了，地里却不出苗？"

他们把地里的活计交给玉山江安排，带着我去了地区的医院，又去了乌鲁木齐的大医院。

原来，我母亲遭遇的那次车祸，影响了她的健康。

医生说我有点弱智，医生说我母亲已经失去了生育能力。

我母亲一路哭着回到火箭乡。

"马翠花同志，别伤心，有个儿子总比无后强，有个弱智的孩子，当个农民总可以。这就是命，穷命穷过，富运富享；别和道理扛，折腾坏了身体。"

我母亲渐渐接受了现实，每天面对乐天的父亲，心里踏实，一心一意和他过幸福的小日子。

有一天，我父亲都笑魁喝了酒，兴奋地对我母亲马翠花说："到了乌鲁木齐，我才知道，世界很大，城里人有福，哪一天在那里过日子，才有滋味。"

"你和大转就是我的世界，和亲人在一起就是我的福气，没有家人的地方，再大的城市都是荒地。"我母亲说。

六月，骄阳似火，塔克拉玛干沙漠的热浪从天空扑向绿洲，鸟儿安静地在树上栖息，牲畜烦躁地躲在绿荫下喘着粗气，植物卷起嫩叶，地里的人们停止了劳作，大地似一幅静止的画卷，恢宏、辽阔、生翠。

我家的耕地是从胡杨林边的空地开的荒。

连绵不断的胡杨林向东面延伸而去，消失在天的尽头；静静的叶尔羌河从西向东穿越而去。那条季节河，河水时续时断，现在正是洪水季节，远处的河水翻着巨浪，像一条银带，滚滚向前。天山横亘在北部的天际，雪线上的山峰熠熠发光，光芒四射。山的半腰被白云缠绕，云下山的褶皱吸纳了阳光的锋芒，铁色的山脚色彩斑斓，消融在辽远的荒原上。

我父亲都笑魁超级喜欢读书，平时在家总是读他的古书《论语》，出工时会带一些报纸、杂志看。这会儿，他躺在胡杨树下，读着《新疆日报》的文章，报纸的头条是：《关于建国以来党的若干历史问题的决议》。

"马翠花同志，党中央正式否定'文化大革命'，党中央选举出了新的主席。"我父亲说。

"掌柜的，你操那么大心，北京的事有人管着，我只想今年棉花有个好收成。"我母亲说。

"你今天能种棉花，要不是三中全会搞了土地承包，我们还在吃工分，连个鸡都不敢养。'文革'一结束，恢复了高考，说不定大转上个大学，留在乌鲁木齐呢，可以不当农民了。"

说到我的事，我母亲觉得心亏，对不起我父亲。我母亲低头继续锄草。

正是棉花开花的季节，一些棉苗的棉苞紧紧裹着，一些棉苞开了口，探出黄色的花芽，绿的苗、黄的芽，大地翠绿而灿烂。

我母亲瞄一眼在地垄里的我。我撅着粉嘟嘟的屁股，趴在田垄里，无声无息地捉虫子。我母亲甜蜜地笑了笑，继续手中的活儿。

眼前白茫茫一片，我爬过了田埂，我爬上渠埂，我爬进了水渠，我掉进水里，我舒舒服服沉进水底，我憋足劲呼吸，我猛地蹿出水面，又沉下去，我开始扑腾双手，哇哇大叫，我在水里一起一伏，我的叫声在棉田里消失。

那时，黑力力·肉孜正扛着坎土曼，走向自家的承包地。他就是以前在公社食堂做饭的大师傅、玉山江的小舅子。他看到水渠里翻腾的水花，他想到了一条肥硕的鲫鱼，他冲向水渠，他看到了我，他呼喊起来。

"都说亏，你的巴郎子，巴郎子。"他像捉小鸡一样把我从水中捞出来。我咯咯地笑着。

"水，水！"我说。

那一刻，我眼前一片光明，眼底浮现一汪静谧的湖泊，我看到自己漂在湖泊里，由近及远，消失在视线深处。我咯咯地笑，心中升起一股暖意，有一种趴在母亲胸前啄奶的适意。

我母亲哭喊着抱起我，呆呆地站在原地。我的嘴里一直咕哝咕哝："水，水！"

我父亲都笑魁乐呵呵地从我母亲马翠花怀中抱起我，把我放在渠埂上，说："儿子，走起来。"

我顺着渠边，摇摇摆摆地跑起来，看着波光粼粼的水面，我又一头栽了进去。

我父亲都笑魁把我从水里捞出来，一巴掌打在我光溜溜的屁股上，说："好好走路，别总往水里跳，你不是一条鱼。"我捂着屁股傻傻地望一眼我母亲，又望一眼我父亲。

"疼，疼！"我嘴里咕咕哝哝。

我父亲都笑魁哈哈大笑起来，一把抱起我，将我扔向天空。

"我儿子，不是虫呢，一条龙呢，不傻呢，天生会说话呢。"

黑力力反应了一阵儿，看一眼远处的天山，看一眼远处的胡杨林，看一眼远处的叶尔羌河，突然扔下肩头的坎土曼，疯狂地向村里跑。

"都说亏的巴郎子说话了，哑巴说话了，哑巴说话了！"黑力力一路跑一路吼。

邻地的马发贵听到这面的动静，跑过来看热闹，看到我父亲得意忘形的样子，再看看我。我叽叽咕咕地说话。看到马发贵，我眼底的深潭里冒出了飘动的火苗，我不笑了。

我父亲都笑魁笑呵呵地在马发贵的肩上拍了一巴掌。"我儿子不傻，说话了！"

马发贵头一低走了。

"星星出在太阳旁，稀罕！哑巴都能说话，算你有命。你占我家的一亩地，还得还我。"马发贵边走边说。

"马发贵，做人讲良心呢，你那一亩地是村里修渠，渠两边一分为二，村里从你家地里多划了一亩地给弄的，再说，我家在老地上也给你赔了半亩。"我母亲说。

我父亲哈哈大笑起来，"马发贵，你就和我别吧，好人有命，这都是理呢。"

"不相信你还一辈子当队长。"马发贵说。

自从我父亲都笑魁娶了我母亲马翠花，马发贵就有点崩溃，和我父亲结下了深仇大恨一般，和我们家一直别扭着。那时候，开展"揭批查"，马发贵给工作组写信说了我父亲一大堆罪状。工作组查来查去，却发现我父亲都笑魁不仅讲原则，还经常帮村民解决困难，村里的红白喜事都是我父亲跑前跑后去操办，村民家有个小病小灾，总是我父亲出面帮助渡难关，深得村民喜爱。工作组给我父亲整理了个材料，说发现了一个好党员。我父亲都笑魁成了县里民族团结的先进典型。马发贵知道了结果，气得呼哧呼哧，半年时间，他在村里不怎么说话。眼看着周围到了婚龄的男人，一个个娶了漂亮的姑娘进了家门，只留下马发贵，成了光棒。马发贵一天到晚爬院头、听墙根，被人抓了几次，打了几次，臭名远扬，更没姑娘敢嫁他。马发贵整日没精打采，也没心思料理土地，一副吊儿郎当的劲头，以后，为了不被人欺负，经常惹是生非，打架闹事，成了村里难缠的刺头。

我父亲都笑魁内心里讨厌马发贵，又可怜他。

马发贵一天不成家，总要没事找事。我父亲去找玉山江。

那时，玉山江已经在乡里当了乡长，官做大了，家还在村里，对我父亲的事情一直比较上心。

"那个马发灰，一天偷公鸡偷小狗，讨厌得很。"玉山江说。

"是'偷鸡摸狗'，人心不坏，就是没有女人管着，到了年龄，骚劲儿没处发，给他介绍个女人吧。"我父亲说。

玉山江想了想，也是个道理，留我父亲一起喝穆塞莱斯。酒喝高了，玉山江高兴，说："白水市福利院有个姑娘，是我老婆的远房亲戚，就是一只眼睛不好，他们一家过一过，老天给的一对子。"

我父亲哈哈大笑起来。

以后，我父亲说，当时他就想起一个故事。说是一个皇帝眼睛瞎了一只，腿瘸了一条，要画师画肖像。一个画师把皇帝画得仪表堂堂，一个画师把皇帝画得一丝不苟。一个造假，一个说实话，两个画师都被皇帝杀了。第三个画师战战兢兢来到皇宫，仔细观察了皇帝三天，苦思冥想，照着皇帝的模样画了一幅《皇帝狩猎图》。皇帝瘸着的左脚架在一块岩石上，端着猎枪，闭着瞎了的右眼，瞄准着远方的猎物。画被送进了皇宫，画家要了壶酒，点了丰盛的晚餐。画家醉了，他不想清醒地听到死亡的消息，他呼呼大睡。第二天，画家醒来，被皇帝召进宫殿，赐予一大锭黄金。画家如梦初醒，背起黄金袋子出了门，人们看到画家的湿漉漉的裤管里流出黄泽泽的尿液。

玉山江按照维吾尔族人的习俗，赶着马车拉着马发贵和阿依仙木，在大队里转了一圈，村里人吹着唢呐，敲着皮鼓，跳着麦西莱普舞，给他俩办了一场热热闹闹的婚礼。我父亲都笑魁和我母亲马翠花参加马发贵的婚礼，送去一篮子鸡蛋。马发贵当着村民的面，把鸡蛋从院子里扔了出去。村民们傻愣着望着我父亲，那是新郎官打村支部书记的脸。要知道，婚礼上最大的两个官是乡长玉山江和村支书都笑魁。玉山江抬起腿准备踢马发贵的屁股，我父亲都笑魁哈哈大笑，热烈地抱起玉山江转了一圈，说："谢谢乡长，你是我们村的红娘，积德呢，老天爷喜欢呢，以后马发贵的儿子叫你爷爷呢。"

乡长玉山江的脸一会儿红得像红旗，一会儿紫得像羊肝。我父亲朝乐队挥挥手，院子里响起激越的唢呐声、热烈的皮鼓声，知趣的小伙子一弯腰一摆手，行躬身礼，请起美丽的姑娘，跳起了麦西莱普舞。

我父亲拉着我母亲走了。

我父亲都笑魁的好心被马发贵当烂鸡蛋扔了。

我母亲说，出门那一刻她第一次看到我父亲流泪。

我父亲尴尬地看一眼自己的老婆，笑呵呵地说："没风，怎么起沙了。"

我母亲哭起来，嘤嘤地哭了一路。

以后，马发贵生了一男一女两个孩子，孩子们长得浓眉大眼，漂漂亮亮。

邻居玉山江是一个能人，当了乡长，每天骑一辆凤凰牌自行车去乡里上班。他家里养了一群孩子，小女儿莱丽和都大转同一天在县医院出生。

我父亲都笑魁和玉山江同一天把自己大肚子的老婆送到医院，两个男人迎面走来，不怀好意地笑。

"我是老四了，老婆肚子习惯了。你厉害，地一犁，就把种子种下了，谁教的？"玉山江说。

"羊羔子吃奶，天生的。"我父亲说。两个人背对背走了。

一会儿，玉山江返回来，拉住我父亲都笑魁，说："我一直喜欢你们马水花，我们一家人，老婆生了以后，巴拉是丫头子就是姐妹，儿娃子就是兄弟。"

"一男一女呢？"我父亲问。

"那，长大了他们结婚，给我们生小小的巴郎子。"玉山江说。

我父亲都笑魁眯起眼睛看玉山江，玉山江的手在我父亲眼前挥了挥，赶蚊子一样。

"我的是汉族，你的是维吾尔族，成一家？不怕有人反对？不怕邻居笑？"我父亲怀疑地说。

玉山江撇了撇嘴，用手指点在我父亲的额头，像啄木鸟一样嘟嘟点了几下。

"你落后得很，我们是一家人，维吾尔族人和汉族人是一家人，就要过一家的日子。"

玉山江说汉语时，总是用倒装句，他说完，背着手走了。

那天中午，莱丽哭叫着呱呱落地。直到晚上，医生把我妈的肚子划了一刀，取出我，我不哭不闹。

我父亲时常说，莱丽和我是他们指腹为婚的小夫妻。我母亲听到这些话，总是不置可否地拧一下眉毛。我听不懂我父亲的话，但我见到莱丽就喜欢黏着她，一会儿亲她一下，一会儿抱她一下。莱丽总是用手推开我。除了和莱丽话多，我见了人一直沉默寡言。

八岁前，我一直在村里野。

我在原野里疯长，春天在渠边捉蜻蜓，夏天下河坝捞鱼，秋天在果园里打核桃，冬天跟着村里的羊倌去戈壁放羊。

一个村里就我是一个长着蒜鼻头、单眼皮的汉族人家的小孩，村里人都把我当自己的孩子。

大人们都把我当弱智，我的眼睛里只有大自然的世界和莱丽，我懒得理他们。我的眼睛里是一个默默的世界，开花不言，落花无语，萝莉花一样在我的心园里开着。在我眼里，大人们焦躁地嘶吼，他们就像耕地的牛、拉套的马、吃草的羊，整日里闹哄哄的。他们不懂我的想法，我也不愿意听他们喊喊喳喳犯嘀咕。我能听懂他们用维吾尔语和汉语讲的任何话，可我就是不想理他们。

一天，我趴在地上，看蚂蚁搬家，马发贵走过来，一脚把蚁穴的土堆踢翻。我扑上前，抱着他的腿，咬了他一口。马发贵恶狠狠地举起手，做出打我的架势，嘴里用维吾尔语骂道："傻郎都笑魁生了个傻郎傻大转，一家的傻郎。"

"你是个豁豁嘴！"我说。

马发贵惊讶地盯着我看，乐了起来，用维吾尔语说道："都说你是傻瓜，你不傻，都说你是哑巴，你不哑。你还真是个怪物。"

"傻郎！"我也用维吾尔语说道。

我的内心有点生气，我知道马发贵不喜欢我父亲都笑魁，我知道马发贵见到我母亲马翠花时眼睛就笑，我也知道马发贵没人的时候给我的大白兔奶糖很甜。可是，今天他踩坏了蚂蚁窝，那些黑色的小精灵死了一地，我的心针扎一样痛，眼底冒出火苗，我开始恼恨这个豁嘴的大高个男人。

我把马发贵平时给我的大白兔奶糖拿出几颗，去了马发贵家，找马发贵的儿子艾力·马和女儿玛依拉·马。艾力正躺在门前的地上晒太阳，哈喇子顺嘴流了一下巴；玛依拉光个屁股，赤着脚坐在地上玩泥巴。我把他们叫在一起，坐在树荫下，拿出糖。我说只要他们学会了一句汉语，糖就是他们的了。

"我爸爸是豁豁嘴。"

我一遍一遍教他们，居然教了一下午，我把糖都给了他们。

太阳落山了，家家户户开始做饭，炊烟袅袅，浮尘满天，含着泥土的空气夹杂着淡淡的柴火的熏香，在村庄的上空飘荡。狗的叫声，驴马的嘶鸣声，归圈的羊的咩咩声，伴着大人呼唤孩子的长长的吆喝声，此起彼伏。

我母亲马翠花焦急地叫我，我默默地向家走去。

晚上，我家的院门被拍得咚咚响。

我父亲都笑魁开了门，马发贵大骂我父亲，说他儿子不是个傻子不是个哑巴，是个混蛋，教他的孩子们骂自己的爸爸。

我父亲听得一脸蒙，说："我儿子说汉语，不懂维吾尔语，怎么会和你家孩子说话？他就不太会说话，怎么就教你家孩子说汉语骂人了？"

他们用维吾尔语大声嚷着，我躲在家里直笑。他们的喊声很大，院门口围了一群看热闹的人。

我母亲马翠花，走到院子外，说："马发贵，谁家的孩子谁家教，你孩子骂人，你教他们学好，再说你豁嘴可以让人看，不能让人说呀？你家孩子诚实。"

马发贵看到我母亲马翠花就没了底气，头一扭，走了。

我父亲我母亲回到家，用维吾尔语和汉语问了我一堆问题，我不说话，啃着手头的几粒酸杏子，不停呀嘴。

我父亲笑起来，说："这个孩子不傻呀？"

"豁嘴马发贵才傻！"我说。

我父亲胡噜一下我的头，哈哈大笑起来。

"你到底会不会说话呀，小祖宗？"我母亲问，她围着我转了一圈。

那夜，我做了一个美妙的梦，莱丽拉着我的手漂在无边无际的湖面上，醒来，我尿了一床。

那时候，最让我母亲马翠花犯愁的就是我不去上学。村里只有维吾尔语的小学，要上汉语学校必须到县城，我家在县城没有亲戚。

每次开学，我母亲总是偷偷抹眼泪，怎么办呢？我不去上学，那时候莱丽已经上了小学二年级，脖子上飘着鲜艳的红领巾。

我见到莱丽，眼前一片光明，眼底会浮现一汪静谧的湖泊，莱丽就漂在湖泊里，由近及远，消失在视线深处，我总是咯咯地笑，心中升起一股暖意。

一天电视里在播新闻，一个叫戈尔巴乔夫的人当了外国的大官。

我看到那个头上长着地图的老男人，眼里浮出火苗。

"坏人！"我说。

我父亲、我母亲都吓了一跳，赶紧关了电视。

"这些事他都懂？"我母亲说。

"他心明眼亮呢。"我父亲说。

"他还没上学呀，都七岁了。"我母亲说。

"上学就是让人懂事懂道理呗，他懂就行了。"我父亲说。

"我看你糊涂呢，不上学，就是文盲，就没知识，就活不好人呢。"我母亲说。

"牛不喝水，还撬嘴灌？门不开，还硬闯？孩子觉得上学难受，说明他有自己的活法。命是享受的，不是用的，人各有命。玉山江大字不识两个，当了乡长；马发贵大学毕业耍流氓，到新疆，娶了老婆，孩子都不说汉语了，一家子农民。随天意吧，弄不好大转以后当个县长还管玉山江呢。"我父亲说。

我母亲马翠花说不过我父亲都笑魁，她总觉得孩子不上学学本事是不对的，可我父亲觉得要各安天命，无为而为。

我父亲都笑魁不着急，但觉得有必要教我一些什么。

秋天里的一天，夕阳西下，大地红得通透。

放羊回家的路上，我听到喇叭里传来一阵歌声，我的眼里浮出深潭，碧绿的水面铺展在浩大戈壁中，我的眼睛里充满了泪水，仿佛天籁，缥缥缈缈揉搓着我的心房。

轻轻敲醒沉睡的心灵

慢慢张开你的眼睛

看看忙碌的世界

是否依然孤独地转个不停

春风不解风情

吹动少年的心

让昨日脸上的泪痕

随记忆风干了

抬头寻找天空的翅膀

候鸟出现它的影迹

带来远处的饥荒无情的战火

依然存在的消息

玉山白雪飘零

燃烧少年的心

使真情溶化成音符

倾诉遥远的祝福

唱出你的热情

伸出你双手

让我拥抱着你的梦

让我拥有你真心的面孔

让我们的笑容充满着青春的骄傲

为明天献出虔诚的祈祷

谁能不顾自己的家园

抛开记忆中的童年

谁能忍心看他昨日的忧愁

带走我们的笑容

青春不解红尘

胭脂沾染了灰

让久违不见的泪水

滋润了你的面容

唱出你的热情

伸出你双手

让我拥抱着你的梦

让我拥有你真心的面孔

让我们的笑容充满着青春的骄傲

为明天献出虔诚的祈祷

……

　　那些歌词像踩在我的心上，我的心脏跳动不停，我坐在牧归的路上，埋头哭泣。羊群停止了移动，头羊咩叫着站在我背后，用羊角轻轻触碰我。那一刻，我有一种心灵飞翔的感觉，世界是那么美好，我的心那么灿烂。

　　回到家，我不停地大声欢唱那首歌：

......

轻轻敲醒沉睡的心灵

慢慢张开你的眼睛

看看忙碌的世界

是否依然孤独地转个不停

日出唤醒清晨

大地光彩重生

让和风拂出的音响

谱成生命的乐章

唱出你的热情

伸出你双手

让我拥抱着你的梦

让我拥有你真心的面孔

让我们的笑容充满着青春的骄傲

让我们期待明天会更好

......

后来，我知道《明天会更好》这首歌，是一个香港歌手为呼应第二年世界和平年的主题而创作的。动感的音调、饱满的旋律、恢宏的气势，唤醒着人们对美好生活的向往，也唤醒了我对身边世界美的感受。我常常陶醉在阳光的明亮、雨的曼妙、风的轻柔的感觉里，小小的心脏像水里跃动的鱼儿，无止无尽地穿梭。我对大人的世界无动于衷。此刻，我却被那缥缈美妙的歌声打动。

"儿子，你不但会说，还会唱呢！"我父亲搂着我瘦弱的肩膀。

我父亲都笑魁去县上买了小学的课本，开始给我上补习课。没想到，我眼中的农民父亲，却十分有文化，那些拼音、算术根本就难不倒他。每天下地前，他会教我新的知识，然后布置功课，晚上回来检查我的作业，然后读他的古书。到了星期天，他就进城，待半天，带回红笔批了的作业本，给我指出错误。

"老师说了，你的学习成绩不错，以后有出息。"我父亲都笑魁常常说。

那个时候，我才知道，自己有过目不忘的能力，对学习的内容看一遍就印刻在脑海里。对我，学习是一件简简单单的事情，只要有人教了方法，我立马明白了学习的内容。我的脑子上天入地，思考着许多复杂的事情。那些大人不明白的事情，我凭借直觉就知道了方向和结果，随着学会文字和算术，我的内心对周围的世界感觉越发清晰，但我从没有对人说过。以后我知道了一个词："天赋"。

我母亲马翠花说我是文曲星转世，我父亲都笑魁说她迷信。其实我知道，人来到这个世界，必须努力地活下去。世界一定会为他赋予生存的意义，一定会有一种东西在等着他，那就是他接受的生活和创造的生活。这是我后来知道的道理。

那一年，玉山江不再当乡长，调到县政府工作。

他来到我家和我们告别。母亲生火做饭，土灶里的红柳根呼呼冒着火苗，她炒了一份辣子鸡，炒了盘烤羊肉，做了一大锅抓饭。我父亲拿出他的秘方穆塞莱斯，他们坐在铺着塑料地毯的客厅喝酒。

"都说亏，你是个好人，我们一家人一样，团结好好的，感情好好的。"

他们聊着这些年在一起的点点滴滴的小事，一会儿说汉语，一会儿说维吾尔语，哪句话说得顺，就使用哪种语言，越说越开心。

"你走了，以后没有人照顾我了，这里就我一家汉族人。"我父亲有些伤感。

"有共产党呢，你是好人，大家喜欢你呢。"玉山江说。

他们有一句没一句聊着，沉浸在酒精的热烈里。当年国家提出，全民所有制小型企业可积极试行租赁、承包经营，进行股份制试点，县里成立了乡镇企业局，玉山江去当局长了。

"以后，你开个厂，开个穆塞莱斯酒厂，我让政府投资，给你办执照。我们一家人，兄弟一样帮助。"玉山江夸海口说。

那时，莱丽来叫她父亲玉山江回家。玉山江在她脸上响亮地亲了一口。

我的眼睛里浮出深潭，一种温暖的感觉弥漫了我的全身。

"他们两个娃娃多般配，以后可以结成一家多好！"我父亲说。

"掌柜的，胡吃胡喝别胡说，孩子小呢。"我母亲说。

"玉山江指腹为婚的。"我父亲说。

我的心里一个激灵。

"他们兄妹，他们兄妹。"玉山江顾左右而言他。

我的眼里生出火苗。

第二天，玉山江叔叔就去县城上班了，很少回村里，只有莱丽天天背着书包，走在村里的路上去上学。

我母亲马翠花说，他们是干部家庭了，不会再住在乡下，莱丽早晚也要走的，这让我有点惶恐。不过，莱丽看上去没什么变化，见到我还是拉了手，一蹦一跳地一起走路。

没有人知道，我一直迷恋着莱丽。一次，我们在果园里摘桑葚，紫色的桑葚把我俩的小脸蛋染成紫色的，斑斑驳驳。我们看着对方傻笑。

我尿急，说："尿尿！"

我站在树下，莱丽却突然蹲下去，当着我的面脱了裤子。我们一起尿尿，我站着，她蹲着。那一刻我好像意识到了我们的不同。从那一天，我就天天更想见到美丽的莱丽，她像磁石一样吸引着我的目光、我的感觉。

那一年，在我的眼里，世界每天在变。大人们说改革开放了。村民的日子过得有滋有味。以前，一年四季人们难得吃肉，现在村里也有人摆烤羊肉摊了；家家都有承包地，柳条包泥的土房子慢慢被土坯房和砖房代替，一片欣欣向荣的景象。人们精神饱满，充满了期待，想方设法挣钱改善生活，寻找发家致富的门路。

村里人的日子一天比一天红火。

莱丽每天去上学，我每天赶着一群羊去放羊。

走在辽阔荒凉的戈壁，我感觉到孤独，嘴里哼着刚学会的歌：

　　池塘边的榕树上

　　知了在声声叫着夏天

　　操场边的秋千上

　　只有蝴蝶停在上面

黑板上老师的粉笔

还在拼命叽叽喳喳写个不停

等待着下课

等待着放学

等待游戏的童年

……

隔壁班的那个女孩

怎么还没经过我的窗前

……

没有人知道为什么

太阳总下到山的那一边

没有人能够告诉我

山里面有没有住着神仙

多少的日子里总是

一个人面对着天空发呆

就这么好奇

就这么幻想

这么孤单的童年

……

　　唱歌的时候，我想着莱丽，我的身边没有蝴蝶，只有相依为伴的羊群，我从来不上学，我突然对学校产生了一丝好奇，我的内心盼望着明天，盼望着隔壁人家的那个女孩经过我的窗前。

　　村里人都以为我是一个回汉家庭的孩子，他们时不时地会笑谑说我是"二转子"。那不是难听的话，也不是什么好话。叫着叫着，就把我叫成了"都二转"，不论老的小的，都这么叫。

开始我会想着和他们干一架，纠正他们的偏见，可是村里有那么多人，我打不过来，也打不过。我和这些人不在一个世界。我的世界里都是花草树木、牛羊鱼鸭，我在内心和它们对话，我能从牛羊高亢低鸣的声音里感到它们的悲喜，听着渠水流淌的音律和波动，感受大地的生长。

想起莱丽的时候，我的心总是涌出一股暖流，我只想和莱丽在一起。我从懂事起，视线就离不开莱丽，她是我心中的湖泊，可以让任何美好的感觉放在那一汪深潭里漂流，只有我知道那种感觉多美妙。

这个翘鼻梁、深眼窝、褐色眼珠、黄头发的小女孩占据了我所有的感觉。莱丽从来不叫我"都二转"，她叫我"大转哥"，其实，我比她晚出生半天，但她总是以我喜欢的方式叫我。我们形影不离，一起打杏子、摘葡萄、下河捞鱼，在麦垛里掏洞，在土块场和泥巴，在河滩戏水。

我喜欢那些时光。

那天，我们去河坝捞鱼，莱丽呆坐岸上，看着我。一条黑黝黝的鱼儿溅起一片水花，游远了，我扑进水里抓它，一个浪头打过来，我扑腾几下，憋住气，消失在水面。

莱丽大声哭喊："大转哥哥让水怪给吃了。"

我突然从水里探出脑袋，手里拎着一条鱼。

莱丽灿烂地笑起来，一只手在抹眼泪。两个幼小的身影在村庄四处奔跑，如同两只鸟儿在天空形影不离。

那一天，我在等莱丽放学，走到村旁，两只黑驴互相爬着，那公驴的器物硕大无比，我看得目瞪口呆。

"你流氓。"

莱丽放学了，我眯眯地笑，我的眼底又浮出碧绿的深潭。

"我明天要去县城上学了。"莱丽说。

莱丽伸出手，像大人一样和我握手，一边哭，一边说："……都大转，我和爸爸一起回城里，我会想你的。"

我想走过去再一次握住莱丽的手，做出一种告别的仪式，可是莱丽转身走了。我望着她的背影，眼底的深潭里冒出了飘动的火苗。我知道只要坏事来临，大大小小的火苗就会从眼底蹿出来。

回到家，我说："我要去县城上学。"

我母亲马翠花过来摸一摸我的额头，以为儿子在说胡话。我父亲都笑魁用疑问的目光凝视着平日寡言少语的儿子，突然哈哈大笑。

"好小子，是我的儿子，还以为你以后只会放羊。咱家早在城里买了房子，你妈陪你，要是鸡窝里飞出了凤凰，就让它飞。"

一九八六年，八岁那年，我在县城直接上了三年级，终于和莱丽成为同班同学。

几年来，我父亲每天给我上课，我已经学完了四年级的功课，再学三年级的课程，对我没有什么难度。我学习任何东西都能过目不忘，这让老师们惊掉了下巴。

我和莱丽每天手牵手地回家，那是我最快乐的日子。

我们只做了一年同学。后来，由于恢复使用维吾尔语老文字教学，许多民汉混班的学校都重新整合，分别建立了以国家通用语言文字授课的学校和以维吾尔语授课的学校。

莱丽在三小上维吾尔语学校，我在二小上汉语学校，我们的学校隔着一条马路。每当放学，我会在三小的校门口等她，一起有说有笑地回家。

我的学习成绩忽好忽坏，老师们非常奇怪，一直怀疑我的智商。我不和他们谈学习，我的学习成绩会随着莱丽对我的态度而转变。

那年，一个冬天都在下雪。塔克拉玛干沙漠绿洲以干旱出名，一年四季降水极少，可那段日子，雪却下得纷纷扬扬。

就在那个冬天，第二个学期到来的时候，我们换了班主任。我们以前的老师被学校开除了。

马发贵穿着西装，打个领带，留个背头，穿一双运动鞋，豁着嘴进了教室。我惊得杏眼圆睁。他是个回族人，平时说一口维吾尔语，怎么就当了我的老师，还教语文？我有好多年没有见他了，记不清他什么时候离开农村，调到县城工作了。

我小嘴大张，慌乱地望他。他走到我身边，拍拍我的肩膀，说："小队长的儿子。"他诡异地笑着。

我回家问我母亲马翠花："为什么马发贵当了老师？他怎么还能在汉语学校当老师？"

我母亲说："其实，马发贵有文化，是六十年代的大学生，种地不行，握笔杆子还能握得住。"

以后，我就注意到了，马发贵的两个孩子艾力·马和玛依拉·马都在维吾尔语学校上学，他们和莱丽·玉山江是不同年级的同学。

一天，我去三小等莱丽，艾力带着一帮维吾尔族同学堵住我。

"都二转，别乌鸦围着凤凰转了，莱丽是我们的，你没有资格和她交朋友。"艾力用维吾尔语说。

艾力知道我听得懂他们的语言。

我和艾力打了起来，他的一帮同学帮着他追打我，我势单力薄，一会儿被打得鼻青脸肿。

马发贵过来，看着他儿子和他儿子的同学打我，一副无动于衷的样子。

他儿子和同学们跑开了。

马发贵说："以后，你还是离艾力和莱丽他们远点吧，有些事情我不能说，也说不清，井水不犯河水，艾力在教你呢。"

他的豁豁嘴里喷出臭烘烘的莫合烟味，几乎把我熏倒。马发贵根本不同情我，好像他儿子在教我些什么道理。我听不懂马发贵要表达什么，但我知道，他说的话是坏话，要不然，我的眼睛不会被火苗烧疼。

我父亲都笑魁那天见到我的样子吃了一惊，了解了事情经过后，他变得垂头丧气。

"我们是一家人呀！这样下去，长大了你也和莱丽走不到一起，你们也少点来往吧，不然还会有人欺负你。"我父亲说。

那天，我内心觉得难过，突然发现我身边的事物都不再美好。我在人们的眼里看出了一些陌生的东西，透出一丝寒气。我的世界一下子坍塌下来，我为自己喜欢莱丽而矛盾和难过。

我不甘心接受自己内心的判断，我期待着和莱丽一蹦一跳地牵手放学。

我继续到三小等莱丽，艾力和他气势汹汹的同学像准备好了一样，都在等我。我不怕他们。他们赶我走，说不上几句话，我们会打起来。他们三五成群，没有人帮我。打架的时候，好像老师都不在学校，我知道那些老师躲避这些是非，也讨厌我每天去三小搞事情。我坚持天天去，他们就天天堵我。那些日子我的身上总是青一块紫一块的。回到家里，我捂着被子偷偷哭。

以后，马发贵总是远远地看他儿子和同学与我打架。

我被打急了，心里就恨马发贵，我不理解他为什么从来不帮我。他是我老师呀，为什么看着自己的儿子欺负自己的学生无动于衷，一副铁石心肠？

莱丽也不再在那个时间出现，大家都知道我为了莱丽去打架，但莱丽好像不知道这些事情。

我变得意志消沉，心思恍惚，无心上学。

一天，莱丽见到我，露出灿烂的笑容，当我走近她时，她又变得惶恐不安。

"我们不一样的，我知道你好，可是我们成不了好同学。"莱丽说。

莱丽的话，让我绝望。

后来的日子里，我只有远远地观望她，一次次默默地看着她从我的目光里消失。眼睛里的深潭变得模模糊糊，不再清澈。

我即将小学毕业了，我父亲和我母亲谈论让我离开新疆的事情。

那天放了学，我躺在床上，一副生不如死的样子，不知道为什么，每天我都会疯狂地想念莱丽。我迷迷糊糊睡过去。

我父亲都笑魁的声音很大，吵醒了我，平时我父亲不这样恶言恶语地说话。

"你为什么总在别人的眼睛里看世界，大转异于常人，众人昭昭，我儿昏昏？看似愚钝，心明眼亮。"我父亲说。

我一直喜欢我父亲对待我的态度，我一副闷闷不乐、浑浑噩噩的样子，是因为我无法与人述说我的想法和苦恼，我无法大声说我喜欢莱丽……

"那也不能让他跑那么远，北京！那是哪呀？皇城根下，天子脚下。你弟弟就是个钢铁工人，哪能把他养了？他还要养一家子。"我母亲急切地说。

我父亲都笑魁的弟弟都笑天在我父亲背井离乡来到新疆的时候，去北京当兵，复员后留在北京的一家钢厂工作。

"花儿，大转再留在这儿会出事的，你看他天天沉默寡言，其实是心病。那玉山江家的姑娘整天让他神魂颠倒，孩子早熟；那马发贵的儿子一天到晚和大转打架，不是他儿子喜欢莱丽，是他们不想让大转和莱丽他们交往。"我父亲说。

"不往就不往呗，大路两边各走一道。"我母亲说。

我父亲都笑魁呵呵笑起来。我看到他万般温柔地环抱着我母亲马翠花。我母亲正在切菜，她扭过头，他们两个嘴对嘴认真地亲起来。我用被子捂起脑袋。

过了很久。

"国家的事有人管，我们别操心，让孩子去北京学好！今有大树，患其无用，何不植于广漠之野。"我父亲说。

"又来了，你一个农民，整日里之乎者也，不怕人笑。少读些没有用的古书。"我母亲说。

我偷偷瞄一眼他们。我父亲都笑魁在提裤子束皮带。

"说好了，让儿子去北京。"我父亲说。

"我舍不得孩子离开。"我母亲说。

一种绝望的感觉电击一样传遍我的全身，想一想再也见不到莱丽，我躲在被子里默默流泪，痛不欲生。

毕业那天，老师马发贵给我发毕业证，说："你还真不容易，好自为之吧！"

我毕业以后，马发贵调到县政府工作。

我父亲都笑魁拿着我的小学毕业证，对着太阳光，仔细端详，看了又看，爱不释手，哈哈大笑。

毕业证红灿灿的。

那天晚上，玉山江带着莱丽来我家。

"老鹰飞在天空想山头的窝。巴拉毕业了，我高兴，就想回村里看一看你们。"玉山江说。

莱丽拉着我的手，出了院子，在村里窜来窜去，我的心激烈地颤动着。

狗儿在远处叫着，村民的窗户里传出麦西莱普的乐舞声，明月高悬，月光洒满村庄。

我和莱丽一家一户去找小时候熟悉的人家。到了门口，我们叫一声小伙伴名字，也不管有没有人答应，就又跑向另一家的门前。我们呼唤着，稚嫩的声音在村庄的上空飘荡，我们一路笑个不停。我的内心恍惚，我希望我们把每一家的门都敲开，让时光存进去，一直在村庄里穿梭。

路上，莱丽拿出一支黑色的英雄钢笔送给我，我有一种生死离别的心痛。要知道，莱丽已经有两年多不和我说话了，见到我时，总是噘着小嘴，一副嫌弃我的姿态。而今天，这个让我颠三倒四的女孩，就站在我面前，还送了我一支钢笔做纪念。

“我会去北京上学的。”我说。

“北京在哪里？”莱丽问。

“首都天安门，伟大祖国的心脏。”我说。

“哇，天安门，多么遥远多么伟大的地方。”莱丽说。

莱丽陷入了沉思，不再说话。我拉住她的手，她没有拒绝，我的心狂烈地跳。

星星在头顶闪烁，我迷醉在这迷人的夜色里，希望那条小路漫长。

告别时，玉山江已经有了点醉意，他出门时摸了一下我的脑袋。

“我们都喜欢你，巴拉！我们要团结得一家人一样，血管里流着一样血的人不说话也是亲人，好事都放在心里吧，嘴上不能叽叽喳喳的。”

我听得一头雾水。

以后，我们两家来往非常少了。

村里的人们变得越来越焦躁，有人会为些小事和我父母亲吵架。我母亲马翠花嚷着让我父亲搬离农村，我父亲总是笑一笑，说：“这里是我们的家。”

他从不允许我对村庄说一个“不”字。我一直觉得，我父亲是个乐观主义者，他还是村支部书记，渐渐地他似乎失去了往日的威信。我的内心躁动不安，想走出去。我不知道我父亲为什么那么喜欢这个地方。

一九八九年的秋天，我要去北京了。

有一天，我母亲马翠花给我买了任天堂电子游戏机，作为离别时送我的礼物。

"大转，都说你命好，离开了妈妈的孩子，命能好到哪里？"我母亲说。

"鲲鹏扶摇九万里，燕雀栖枝食虫蚁，你儿能飞是命呢。"我父亲说。

我母亲送我的那个粉红色的神秘盒子，满足了我内心独特的娱乐愿望，让我找到了活下去的快乐和勇气，我沉默的面容上重新浮现出快意的微笑。魂斗罗的故事满足了我对这个世界的所有想象，随着手指的点动，我进入未来二六三一年，躲进那个陨石坠落地球的年代。我和比尔、蓝斯一起去生死前线，去阻止外星生物对人类进行侵略的企图。我驾驭着比尔和蓝斯，一起追剿"红色猎鹰"，冲破一道道关卡，一次次将孤岛上的外星人基地毁灭。

这款十分经典的游戏，伴我度过了初到北京的苦闷的时光。我忘却了思念父母亲和莱丽的苦楚，找到一个人面对陌生世界生活下去的快乐和勇气。

我几乎不再想念莱丽。

我叔叔都笑天所在的钢铁厂位于北京市石景山区，闻名于世的北京长安街离钢厂的前门不远，东边日出的地方就是天安门。我喜欢上了这个地方，只要我愿意，我可以花三毛钱的车票乘公交车，去东边看一眼全中国人心中的圣地。

我出门就可以看到燕都第一仙山——蜿蜒起伏的石景山。现在的人们已经对当年在这里建设钢厂不以为然了，把一个冒着黑烟的庞然大物建设在长安街边上,真是让人不可思议。当时大炼钢铁是祖国建设的需要,石景山周边有丰富优质的资源:密云优质的铁矿、门头沟和石景山以及丰台的优质煤炭、延庆与密云的优质石灰石、奔腾的永定河里充足的水资源、方便的铁路网……一切都是建厂最好的条件。

那座钢铁厂的位置是一块风水宝地,后来那座钢厂入选了"中国二十世纪建筑遗产名录",是中国制造业百强的先头部队。

我叔叔都笑天已经学得和北京人一样了,说的话里都是天下大事。北京人说话的方式让我觉得稀奇,他们心中装着全世界。我叔叔都笑天说起他们钢厂如数家珍,充满工人阶级的自豪感。他说新中国成立后,他们钢厂结束了中国有铁无钢的历史,一九六四年建成了中国第一座三十吨氧气顶吹转炉,七十年代末建成中国最先进的高炉。改革开放以来,他们钢厂的发展像火箭一样飞,不但炼钢,还采矿,还制造机械,建高楼大厦。在我叔叔都笑天的眼里,钢厂就是天堂。

我叔叔都笑天身上充满了钢铁人的热情,有一种不怨天、不尤人的大无畏精神,有一种奋发向上的昂扬斗志,有一种不达目的不罢休的坚韧不拔。他就像书里歌颂的先进的工人阶级一样,对集体对钢厂满腔热情。

我非常佩服我叔叔都笑天,觉得他和我父亲听天由命、顺其自然的态度截然不同,像烈火、像闪电,有时候像自大的夜郎,贫嘴而夸夸其谈。

"知道不,大转?公元前十一世纪中叶,周武王灭商,建立西周王朝,封帝尧之后于蓟,都城蓟就在今天北京市城区西南,秦始皇也管理过石景山区。"

我叔叔都笑天由西汉、东汉，说到成吉思汗改名"大都"，明洪武元年一三六八年，大都改为"北平府"，以后又改北平府为"顺天府"。清顺治元年一六四四年，清军攻占北京，石景山地区属西路厅宛平县地。民国元年一九一二年，中华民国临时政府在南京成立以后，顺天府改称"京兆地方"。

我叔叔都笑天把石景山区的发展说成了中国历史课，他一直给我瞎白话。

"知道不，大转？北洋政府那会儿，北京叫'北平'，新中国成立以后叫了'北京'。一九五二年石景山从河北划回了北京，要不我都是河北人了。"我叔叔都笑天说。

我叔叔家就在古城街道的一个小四合院，是钢厂分配的住房。中心一个小院，四面都有房屋，青砖灰瓦，我叔叔家住在东面一间砖砌小厢房。小小的院子挤满了人，院子里整日吵吵嚷嚷，热闹不已。工人们和他们的家属，带着一群群快乐的孩子，在这拥挤的四合院里大声说话，谈天论地，谈的都是钢厂革新和国家大事。

我来到了一个新天地，眼界大开，我觉得在这样的环境里，人们不再关注我的沉默寡言和奇思异想，人们在关注天下大事。我如鱼得水。

我上的中学里面都是工人子弟和一些外地转来的孩子。那些北京的同学看我们不怎么上眼，他们说话还舌头"打折"，"尔尔""儿儿"地聊天，拖着字正腔圆的京调。

我那时出奇地高，瘦骨嶙峋，像一头沉默的骆驼。我的座位在教室的最后一排。一有空，我就看《西游记》，或者打魂斗罗游戏，我有我的世界，别人怎样对我，我并不在意。

我注意到，教室的角落里那个沉默寡言、白白净净、扎着两根大辫子的女孩，整日里低头看书，眉峰聚愁、拒人千里、冷若冰霜的样子。她看那些外国的书:《简·爱》《查泰莱夫人的情人》……她喜欢用古诗词和人聊天:"白雪乱纤手，绿水清虚心。""欲将心事付瑶琴。知音少，弦断有谁听?""梧桐更兼细雨，到黄昏、点点滴滴。这次第，怎一个愁字了得!"小嘴一张，书香自来，超然脱俗，身上弥漫着一股淡淡的丁香花的味道。

偶尔，我会沉默地抬起头，望一眼她。有一次，我们四目相视，她露出白净的牙齿，微笑起来，那个样子干净而明亮，春雨一样滴在我干涸的心底。

她叫于小禾，我们彼此注意到了躲在角落里看书的沉默的对方。

"都大转，你的名字还真有趣呢。"

那天下课后很久，我在打游戏。我抬头看了一眼于小禾，不知说什么，可那一瞬间我的眼底似乎浮出一汪深潭，转眼成了雾，我眨巴眨巴眼睛，面前这个温婉好看的女孩，两条长长的大辫子一甩一甩，胸脯上的小兔子摆在我眼前，我有点心慌。

我们相识了。

每次于小禾念叨我的名字都会笑弯了腰。

于小禾总是有事没事地找我聊天，其实都是于小禾在说。她说漂泊无依的孤儿简·爱和老男人罗切斯特的爱情故事。

"爱情不应取决于社会地位、财富和外貌，要反抗、斗争，追求自由、平等和自己想要的幸福生活。"于小禾说。

说那个第三者康丝坦丝的诱惑。

"他们以人类原始本性来改造社会。"于小禾说。

于小禾让我极度震惊，她从文学作品里观察人类思想情感、内心世界的方式，像一束极光穿越黑暗的宇宙，走过遥远的距离，穿透了我的内心。一直以来，我像一个流浪的小子，迷迷茫茫地东走西窜，要解开包裹着内心的死结。我能感受到那些让我心动和感念的事情，但我从不知道如何解释这些细腻的感受。而那些日子，于小禾说的故事像开启了一扇舷窗，让我走进一个明亮的精神世界。

表面上，我对于小禾不冷不热，很少和她搭话，但是内心时不时会生出暖暖的感觉，我不再觉得漂泊和孤独。

于小禾也是从外地来的，不过她祖上一直在北京，她爸爸现在北京当不大不小的干部。她父母亲之前在内蒙古部队保家卫国，她五岁那年随父亲的部队换防，回到北京。

于小禾和人交往总是露齿一笑，言语不多，性格不烈不懦，面色白净，一天到晚噘着个小嘴，挺吸引男生。每当我想起她的笑脸，眼前会浮出一片雾水，我明白自己的心，那些雾水一定有一些不对劲的地方。我暗暗渴望见到她，但于小禾不知道。

有一天，于小禾说我们去看长城吧。

万里长城，早就是扎根在我心中的一个符号了，一个凛然大义、抵御侵略的神符。

我无数次和我叔叔都笑天说起想去长城，我叔叔总是呵呵一笑，说"古代的一道破墙，和咱家四合院围墙一样，咱家墙防偷，古代墙防抢"。

说完他会瞥一眼严肃的婶婶，自嘲地笑起来，一点也没有了工人阶级的豪气。我知道他为我婶婶省钱。

长城哪能是一座破墙？春秋战国时期，列国争霸，互相防守，人们修长城，就是保护自己的国家。后来，秦始皇连接和修缮战国长城，筑起万里长城。我叔叔都笑天不是不懂，只是囊中羞涩而已。他们是精神高尚而物质相对贫困的一个阶层，没有多余的钱满足我的好奇心。

"远吗？"我问。

"远，河北、北京、天津、山西、陕西、甘肃、内蒙古、黑龙江、吉林、辽宁、山东、河南、青海、宁夏、新疆等十五个省区市都有。河北有两千多公里，陕西有一千八百多公里。明长城有八千八百公里，秦汉长城超过一万公里，所以叫'万里长城'，总长超过两万一千公里。"于小禾说。

"贫吧，北京大妞。"我说。

"不是大妞，我小名叫妞妞。"于小禾说。

"妞——妞，真好听！"我说。

"贫的还有呢，《史记》载：'齐宣王乘山岭之上，筑长城，东至海，西至济州，千余里，号方城。'自西周时期开始，延续不断修筑了两千多年，其实长城就是军事要塞，是世界上修建的最大的古代防御工程，保卫国家的。"于小禾说。

"懂得真多，妞妞！"我说。

"我爸是军人，他们关心国家。"于小禾说。

"北京人都是红色革命家。"我说。

这个北京妞妞的脑子里装满了历史知识，有时候，我会觉得自己那么无知。在新疆时，我的天地就是邻居嘴里的家长里短、耳边时不时传来的唤礼声。走在村外空旷的戈壁，我的心在一个了无生机的空间里驰骋，我想象着外面的世界，我时刻躁动不安。眼前这个北京女孩打开了我的思维，那些荒原、戈壁、绿洲，梦境一样虚幻，离我远去，让我更多地关注那些大的事物、那些影响整个群体走向的事物，这种感觉与我内心的感受同轨合辙。

在我们约好去长城的前夜，我迷失在梦境的隧道里。于小禾穿着白色连衣裙，甩着长辫子，张开双臂迎面跑来，我努力要看她模糊的脸，我迈不开步伐，我气喘吁吁，我慌里慌张，眼看着于小禾扑面而来。我醒了，尿湿了裤衩，那些液体让我惊惧和羞愧，有一种对不起于小禾的羞愧。

我蹑手蹑脚起来洗裤衩，转过头，看到婶婶疑惑的目光，我看到她用鼻子探究着空气中的味道，那是我裤衩上传出的怪味。

我惊慌失措。

第二天早上，我叔叔都笑天乐呵呵地看着我，我低头喝粥，羞愧万分，惶恐不安。

我叔叔都笑天胡噜一下我脑袋，说："大转是个男子汉了，以后少惹女孩子。"

我如释重负，立刻，心中又升起一丝迷茫。本来和于小禾说好了去爬长城，于小禾常常念叨"不到长城非好汉"，可现在怎么和叔叔开口呢？

我在家打了一天的魂斗罗游戏。

以后很长一段时间，于小禾不和我说话，我也懒得理她。那时候我经常"尿床"，于小禾一直在那些情节里，可是她不知道，我见到她有一种负罪感。然而，我内心有一种从来没有的亢奋，觉得这个世界充满了生机，一种蛰伏在心底的阳刚的力量，从我的眼睛里、从我的身体里弥漫开来，世界是那么美好。

我装模作样好像什么事情也没有发生，其实眼睛一直在追寻于小禾的影子。她总是悄无声息地坐在座位上看书，闲淡恬静。那些仰慕她的同学在一起时会怪模怪样模仿她端坐的样子，女里女气地念起一些古诗："孤舟蓑笠翁，独钓寒江雪……"然后哈哈大笑。

于小禾一点不合群，每天放学会和高年级的男生一起打篮球，大辫子一甩一跳，穿梭的身影像极了一头奔跑的小鹿，那样子让我迷醉。她和高年级男生亲密的模样，让我心受伤。一次，我站在球场充满恶意地看他们打球，那个高个子男生总是故意将球传给于小禾，我看着来气，双眼冒火。好不容易他们打完了，那个高个子男生竟然用自己的毛巾去帮于小禾擦脸，我顺脚将面前的一只篮球踢过去，球不偏不倚砸在那个高个子男生脸上，他捂着脸痛苦地蹲下来，血从高个子男生鼻子里流下来，于小禾惊慌失措。

"都大转，你坏！"于小禾跺脚直哭。

我吹着口哨走了。

于小禾更不理我了，看到我当空气一样，骄傲得让人牙痒。我只要一看到于小禾迎面走来，就心慌意乱，眼神乱飘，手足无措。

我叔叔每天在四合院和工友们谈论美国人打伊拉克人的事情。他们打赌说美国人会陷入一场被阿拉伯人痛击的人民战争，结果战争只历时了六周，被空运到海湾的二十多万多国联军占领了伊拉克。这让我叔叔都笑天耿耿于怀，一直在骂无能的萨达姆。我的同学们拖着京腔或欢呼雀跃或垂头丧气，预测失败的同学就请其他同学去麦当劳吃午饭。我从来没有参与过他们的议论，只有一个人到门口的小店吃北京炸酱面。我对他们的话题不感兴趣，但是他们那种心怀天下的豪气深深地感染着我。我突然发现，自从来北京以后，我从一直懵懵懂懂的状态里觉悟起来，开始关心天下大事，这是我从来没有想过或感受过的。

那一年似乎有太多的大事情发生，同学们一会儿说起"四人帮"主犯江青的自杀，一会儿说起拉萨的四十年大庆，然后就关心起从江苏开始的洪涝灾害，和即将发行的《赈灾》特种邮票。我默默听他们聊天，心里默学着同学们的京腔。同学们没有兴趣和我聊天，在他们眼里，我来自一个骑着骆驼上学的沙漠荒原，我不懂这个世界。那时候，我觉得多数人对这个世界充满了偏见，他们认为只要眼里没有见过的现实、别人的世界，都是一塌糊涂的世界，是可以任意蔑视意淫的世界。

一天中午，教室里只有我和于小禾，我在看《水浒传》。正看到"林教头风雪山神庙 陆虞候火烧草料场"，林冲杀死了差拨、富安、陆谦，林冲逃跑路上烤衣讨酒，打散庄客，醉倒雪地，被庄客捉住。我正为林冲的结局紧张，一只小手拍在我肩头，我吓得跳了起来。

于小禾穿着蓝白的学生服，双手背后，摇晃着脑袋，大辫子一摆一摆，笑眯眯地看我。

"真的不理我了？糟样儿！一天看那些打打杀杀的书，看这个，爱情故事。"于小禾一边说，一边举起手中的《巴黎圣母院》。

我面红耳赤，嗫嚅着看着窗外的操场，一群同学在那儿踢足球。于小禾把书向课桌上一扔。

那天我们约好，星期天的早晨，去天安门广场看升国旗仪式。她坐地铁从军区大院过来，我骑自行车到天安门。

那一年，国旗班刚刚改为武警天安门国旗护卫队。我和于小禾手拉着手，站在人群中，我的心快要从心口跳出来了，于小禾居然让我拉住了她温暖的小手，我歪头瞟一眼她，她正兴奋地望着那些帅气的武警叔叔，她在数数："一、二、三……三十六人。"

升旗方队迈着雄健的正步走向国旗台，擎旗手和左右怀抱冲锋枪的两名护旗兵英姿飒爽，佩戴指挥刀的警官威风凛凛。在太阳跃出地平线的刹那，国歌响彻天空，升旗仪式开始了。

我一直紧握着于小禾的小手，手心全是汗。

升旗仪式结束时于小禾才发现她的手在我手里，她抽出手，偏着头，说："讨厌！"

于小禾泪流满面，我以为自己伤到了她的自尊。

"哭了？对不起！"我说。

"谁要你对不起，我为'爱'而感动。"于小禾说。

我的心怦怦直跳，于小禾竟然对我谈情说爱了，难道这就是传说中的爱情降临？

"我突然感到'爱'的力量那么伟大，我热爱我的祖国。"

那一刻我大张着嘴，惊讶地看她，我夸张的表情让她脸红。我回过神，扑哧一声笑起来，像她每次听到我的名字笑弯了腰。

"与日月同辉，太阳从跃出地平线到完全升起的时间是两分零七秒，国旗从地面升至旗杆顶也是这么长时间。"于小禾一本正经地说。

我再一次被北京同学那些深刻的认知所震撼。

我骑车行驶在南池子大街，于小禾静静地坐在后座，我的后背飘散着她温热的气息。眼前如潮的人流像一幅无声的画面，在我们身旁涌动，红色的高墙在飞速移动，我的眼睛里溢满了酒红的色彩。

于小禾双手搂着我的腰，嘴里念念有词：

雨打梨花深闭门，

忘了青春，误了青春。

赏心乐事共谁论？

……

丁香花的香气弥散着，漫过了北京街头飘浮的二氧化硫的臭鸡蛋味，我浑身燥热，难受得想尿尿。

离开时，于小禾约我下次去后海，我盼望着那一天。

那些日子，我眼睛里的世界四处放光，一切都变得美好起来，时间飞逝让我心生惋惜，多么希望日子慢点再慢点。后来，想起这段情窦初开的感觉，我总是抿嘴一笑，许多人说我那个样子好看迷人，其实很久以前，我微笑的模样就是那样了。

我很少会想起我的父母亲，莱丽的形象也变得模糊。北京的阳光就像让生活失忆的迷幻剂，我不再回想过去那些让我紧张、困惑和不安的事情。

那天下课，院子里冷冷清清，我回到家，堂妹都笑笑在抹眼泪。笑笑刚上小学，看到我，笑笑扑到我怀里失声痛哭。家里出了大事，我叔叔都笑天在工作时，被机器扎伤了右腿。

那些日子，婶婶总是哭哭啼啼，遇到不顺心的事情，就拿妹妹笑笑和我出气。隔壁的工人蒋叔叔一家非常和气，婶婶把我和笑笑托付给他们，每天有饭吃，饿不着。但我的内心却有一种强烈的漂泊感，那种感受让我对环境充满了恨意。我在想，北京那么好却不是我的家乡。我父母亲喜欢我出生的那个小村庄，但我从懂事起在那儿就有一种身处异地的感觉，我只是无法离开而已。我心飞翔，我要走，走到更远的地方，让我安静、让我喜欢、让我觉得安全的地方。来到北京以后，我才有了一种身有所依的踏实感，而此刻，那种感觉就像一幅画面里静止不动的云彩却突然飘动起来，让人躁动，内心惶惶不安。

我叔叔都笑天出院后还是那种欢天喜地的神态，仿佛婶婶和我们的担心都是多余的，家里重新充满欢乐的笑声。我叔叔说，革命前辈丢命都不怕，我为国家建设瘸条腿有什么可计较的！他的乐观豁达让人不可理解，婶婶骂他"轴"。我发现我叔叔都笑天和我父亲都笑魁一样乐观，我叔叔是那种天不怕地不怕充满革命乐观主义精神的乐天派，我父亲是那种随顺自然乐天安命的乐天派。

我叔叔的家境变得窘迫，有时候他们夫妻俩会为日常的开支而拌嘴，我偶尔听到一些他们争吵的内容，内心憋屈。而我婶婶一如既往地对我笑脸相迎，这让我非常不自在。

那段时间，不知为什么，于小禾心神不宁，对什么事都漫不经心，几乎每个星期五下午都逃课。我们不再交流，可能大家都遇到了不愿意让人知道的难事，刻意掩藏着自己的心思。

我父亲都笑魁突然来到北京。

两年多来，我没有回过新疆，我父母亲总是结伴来看我。从他们嘴里，我知道家里的日子过得越来越好，家里的六十亩地的棉花每年丰收，县里统一收购，农民每年增收，我们家每年收入好几万，比我叔叔都笑天一家的收入高许多。我父亲都笑魁还在当村党支部书记，说到家乡红火的日子，总念叨："共产党好！改革开放好！"

都笑魁和都笑天兄弟俩每次见面，都亲切万分。婶婶把黄瓜切段，摆上面酱，炸一盘花生米，买些现成的蚕豆和包子当他们的下酒菜。兄弟俩打开一瓶二锅头谈天论地。婶婶会带着笑笑陪我母亲马翠花去天安门广场遛弯，然后到王府井百货商店买一堆准备带回新疆的北京小吃。

当知道我父亲都笑魁要把我接回新疆时，我很不开心。我刚上初三，还有大半年就毕业了，我喜欢大北京，而这一切却要立刻结束了，和我不再有任何关系了。我父亲都笑魁买了两天后回疆的机票。那天晚上，我把头捂在被窝里哭了一夜。

第二天是个星期天，我来到学校，站在大门外，看着红色的教学楼、红色的跑道，没有了往日的读书声和同学们的喧闹声，校园里静悄悄的，我无法抑制内心的伤感，我即将和眼前的一切告别了。

天空灰暗，风在冷冷地吹，黄叶飘落，那些飘零的落叶无力地挣扎，被风吹起吹落，四处飘荡，我听到落叶窒息的尖叫，连成一片，沙沙沙……一片哭泣，那种感觉撕心裂肺，我泪眼模糊。

我看到于小禾出现在我的面前，手里挥舞着高尔基的《童年》。我向前奔跑，一个趔趄，摔倒在花池子里，我出现了幻觉。我垂头丧气地坐在地上，看着过往的人群，眼前的景物一点都不真实。我知道这里的一切都会离我远去。

我坐地铁去军区大院，站在门前，紧盯着进进出出的人。威武的哨兵手握钢枪，不停地向军官们敬礼，他长时间地观察我。我已经无所谓了，我要等于小禾。天空下起了小雨，我在雨中徘徊哭泣，我渴望见到那个美丽的大辫子妞妞，哪怕只是见一面，我要和她告别。建筑物的影子越拉越长，灰蒙蒙的天空暗淡下来，街灯此起彼伏地亮起来。

小雨不停地在下。

我多想成为一块地砖，铺在于小禾进出的门口，让她每天踩在我的身上，发出踢踢哒哒的足音，到来、离去、等待，再相遇，只要每一天相逢。

末班地铁的时间到了，我再一次望一眼哨兵守卫的大院，用袖口擦了擦脸上的泪水和雨水，走向了地铁站。

一九九二年的深秋，我离开了北京，回到新疆。

回家以后，我大病一场，得了严重的肺炎。在毕业前夕，我回到校园，投入中考复习。

初三毕业了，毕业典礼那天，印象里，好像是我回来后第一次看到莱丽，我那颗死气沉沉的心脏激动得跳起来，我已经好久没有关心过她了，我的眼底漂浮出一汪清澈的深潭。我慢慢走到莱丽身旁。见到我，莱丽的面颊飞出两片红晕，我的心脏几乎从嘴里飞出。

莱丽穿着蓝色的艾德莱斯长裙，万分妩媚，见到我，她的大眼睛扑闪着，脸一红，抿嘴一笑，喊道："都大转！"那声音很弱，好像担心别人听见。她心神不安。她想走又好像被什么东西定住了。她抬头望天，左右环顾，手里摆弄着红色的毕业证书。

"你准备上哪所高中？"我问。

黄毛丫头已经变成了亭亭玉立的姑娘了。

"我要去上海读书。"

"哦，我们毕业了。"

我的眼底飘起一股红色的火苗。莱丽转身走了。

三

当我在电脑上修改都大转的文字的时候，总是无从下手。我被他丰富的精神世界打动，这样一个有着过人禀赋的少年的成长故事让我觉得惊讶和好奇。我一直在对比我在他那个年龄段自己的成长过程，我觉得自己当时活得浑浑噩噩。

久久一直在看我修改后的书稿。

"爸爸，都大转的文字平平淡淡的，像小学生的流水账，怎么就让你编得起起落落的，好看极了？"久久说。

"这叫水平。"我说。

女儿露出不屑一顾的样子。

"自恋，你们这些老男人都自恋。"久久说。

"不是自恋，是对生命的热爱。"我说。

"我有三个问题，第一，你们那个时代到底发生了什么？为什么有那么多不可思议的事情？第二，为什么一个汉族孩子会喜欢一个维吾尔族孩子，真实吗？第三，都大转是个什么样的人？"

我沉默了很长一段时间，觉得无法回答清楚久久的问题。

久久出生的二十世纪九十年代，中国的面貌发生了翻天覆地的变化，世界进入了互联网的信息化时代，中国一直走在改革开放的道路上，物质生活极大丰富。但是人和人的交往却变得复杂而冷漠，特别是在久久从小生活的环境里，一直弥漫着一些怨气，让她不安。

"你还是看书吧，等爸爸写完这部书，你就能够找到问题的答案。"我说。

"没劲，你们总是在寻找理想的世界，却不回答现实中真实的问题。"久久说。

我无言以对，更加坚定了我对叙述这个故事的必要性的认识。

"我明天要回白水城老家了，我要去看奶奶和外婆。"久久说。

"是啊，你该回去看看，那是你的故乡，你的根。"我说。

第二天，久久回了白水城，我却持续了一段时间不能下笔完成我的创作。久久的话提醒我，让我一直在思考，我要写一本什么样的书，来准确表述这个世界？

我一遍一遍翻阅都大转的日记，寻找他的生活经历和心灵成长的蛛丝马迹，以挖掘真实的生活素材。都大转在日记里写道：

> 多年以后，我才知道见微知著的道理。其实，在一九八三年以后，风气开始转变，好些不应有的东西在逐渐渗透，没有人知道怎么办，我们无能为力。后果很严重！

改革开放的总设计师"南方谈话"以后，乡镇企业遍地开花。白水市像个建筑工地，一派欣欣向荣的大发展的态势。人们都在寻找一夜暴富的门路，成为"万元户"是人们追求的目标。我父亲都笑魁不再专心务农了，整日琢磨着快速发家致富。他辞去村党支部书记的职务，把土地转包给几户外来的种地人，自己开了小酒厂。

塔里木县是穆塞莱斯酒的故乡，当地的维吾尔族人一家家土制酿造穆塞莱斯酒。我父亲都笑魁在县城边买了十亩地，建了几间简陋的厂房，办起了"都致富穆塞莱斯葡萄汁饮料厂"。开张时，县里很重视，作为招商引资重点项目扶持，县长出面协调了一些贷款。原来的穆塞莱斯酒，都是农民自家酿造的，一家生产多了，有几大缸，少了，也就几十公斤。我父亲都笑魁的厂子一建成，生产方式变成集约化、大规模的。穆塞莱斯酒的名声在外，名义上是葡萄汁饮料，实际还有酒的力道，百姓口口相传："男人喝了力量；女人喝了漂亮！""男人的加油站，女人的美容院！""爱一个女人一辈子，爱穆塞莱斯一家子！"这种甜香味美的饮品，既有沁人心脾的葡萄汁的口碑，还有暗递风情的酒的醇香，却没有酒精饮料放浪形骸的恶名，因此，不受禁忌颇多的风俗限制。那些天天念经的群众也视这种饮料为馈赠佳酿。穆塞莱斯成为民间交流最好的媒介，男女老少对它都很喜爱。我父亲都笑魁的酒厂一开，订单雪片一样飞来，生意红火。他喜欢改革开放的好政策。

一天，玉山江黑着个脸来了。我父亲都笑魁见了老朋友，笑呵呵沏了一大碗砖茶。

玉山江拉着我坐在他旁边。

"大转，别再打我女儿的主意了，她去内地了，我们不一样，吃的、喝的、唱的、想的都不一样。"

那时候一切都在发生改变，人们最大的梦是早日脱贫致富。社会风气也在变，一些人对玉山江一家和我们家的交往开始说三道四，说都笑魁的儿子都大转对玉山江的姑娘莱丽不怀好意，伤风败俗。玉山江经不住压力，来找我父亲。

"邻里邻居的，都是中国人，有什么不一样？不都喝水吃饭吸空气吗？我儿子又没做什么亏心事！"我父亲都笑魁不太高兴，他什么事情都支持儿子。

"当然不一样，我爸爸靠本事挣钱，你偷偷摸摸收我爸的红包，不劳而获。"我的眼底飘出红色的火苗。

玉山江的脸一阵红一阵白，气得大喘气。

"滚！"我父亲都笑魁把我赶出客厅。

玉山江是县乡镇企业局的局长。我父亲都笑魁办厂是县长抓的项目。批地时，没费周折，玉山江痛快地给办了。过古尔邦节时，我父亲都笑魁为了谢他，包了几百块钱的红包。我母亲马翠花不愿意。那几天，一有空我母亲马翠花就和我父亲都笑魁理论，一副忧国忧民的气势，说不能这样把干部惯着。

"作孽，作孽，什么时候办事得给人家送钱了？这是害人家呀，你在教人学坏呢！人在做天在看，得遭报应呢！"

我母亲马翠花哭哭啼啼说，她一直相信诚实劳动，认定了清清白白、干干净净做人的道理，其实她心里还有一个结，就是心疼我们家的钱。

我父亲觉得过节送点礼和批地办手续是两码事。他表面应承着老婆，私下里卖了一箱酒，拿了现金，揣了个红包，去了玉山江家。我母亲马翠花是厂里的会计，手紧，发现我父亲都笑魁偷拿了钱，气得偷偷在家里哭。这些事都让我听到了看到了。

"巴拉种马一样硬气了，牙齿可以咬马嚼子了。"玉山江说。

"小孩子说话就是放闷屁——熏人，别理他。"我父亲都笑魁一边说，一边给玉山江递了根红山牌香烟。

玉山江摆摆手，说："戒了！他们不让抽。"

我父亲都笑魁会意地摇摇头，理解了"他们"的意思。

"都说亏，我们两家心连心，根连着根。可是外面好多人骂我呢，我女儿的名声都给毁了，我也没办法。"玉山江说。

"是啊，女孩子家，名声比黄金贵呢。他们就当兄妹吧。"我母亲说。

"好，好，是兄妹。都说亏，我们喝酒。"玉山江说。

就这样，他们解除了当初指腹为婚的婚约，玉山江好像卸下了一个大包袱。

"你喝酒？不怕被人骂？"我父亲故意说道。

玉山江愣了几秒，与人赌气似的，仰头喝了一大杯酒。

我父亲都笑魁那天心里还是不爽，原来两家人结了娃娃亲，亲得像一家子，可老邻居心里搁着一些不大不小的主意，虽然那些主意是别人闹出来的，但他也顺承着，有一股子邪气。我父亲都笑魁有心灌了玉山江几大杯。

玉山江笑着哭着，唱起了维吾尔刀郎情歌：

我的心儿呀

在你心房

你的心儿呀

飞在远方

我的人儿呀

站在马鞍旁

你的人儿呀

走进了人家新房

我的命呀

在戈壁流浪

你的命呀

捧在别人的心上

两条命呀

各自走四方

……

　　玉山江深情无限，我父亲都笑魁心底里还是喜欢这个邻居，刚才的怨气一扫而空。

　　当白水市重点中学的通知书到了的时候，我正在酿酒车间里忙活。那时候，我在厂里帮工，我把那张纸随手撕了。我母亲马翠花喜笑颜开的脸僵住了，泪水哗啦啦流下来。

　　"哭丧啊？我儿子，是龙不当虫，是虫难为龙，随他。"我父亲都笑魁笑呵呵地说。

　　我开始在我父亲都笑魁的酒厂当学徒，学会了抽烟喝酒，一副吊儿郎当的样子，只是贼亮的眼睛四处观望，看得人心里发毛。

　　我一直有一种异于常人的感知力。气流大幅度流动的时候，人们叫它"风声";雨落地的时候,人们叫它"雨声";虫子叫的时候,人们叫它"虫鸣"。其实,在阳光明媚的日子,我总是能听到空气流动的咝咝声,听到各种各样的虫子叽叽咕咕的不同的腹音,听到落叶由远而近的落地声,听到雨滴穿梭在天空的呼啸声。在我的眼睛里,天空的颜色五彩斑斓;在我的耳朵里,大地上的动物和植物操弄着万语千言;在我的嗅觉里,每一个动物都对应着一种植物的独特气味。这些都是我不能与人述说的秘密,他们不懂,但我知道,我不说,怕别人说我癫狂,我沉默寡言。

我父亲都笑魁请人写了一副对联挂在办公室:

天知、地知、你知、我知,暗室无欺;
顶天、立地、爱人、律己,光明正大。

别人说,这和酒有什么关系?我父亲只是微笑。我看了,觉得很自豪,觉得我父亲有文化,非常光明磊落。

那时,国有企业纷纷改制,一些工人干了好多年,单位按每年几千块的工龄补偿费,发个几万块钱,让工人将工龄买断。工人离开了工厂,实际上就失业了。可二十世纪九十年代头几年,几万块是个不小的数字,大家对金钱没有奢求,特别相信组织,也都认了命,各自自谋职业。

我父亲都笑魁心善,看着一拨一拨来求职的人,知道人家生活困难,小酒厂一下子接纳了二十几个下岗工人。生产规模没有扩大,成本却上去了。

工厂的空气里充满了各种各样的人的气味:腐烂的食物一样的

臭味、烂泥的霉味、杏仁的苦味、树的胶汁的涩味、千花百草的香味……这些味道别人闻不出来。我从味道里辨别人的好坏，决定说话多少、喜爱的程度。

一走进酒厂，我的眼睛里就飘出火苗。我预感到我父亲都笑魁这厂子办不好，我无心学徒的工作，整天抱着一大堆书，在他办公室读。

一天，突然来了一个女孩子，我闻到满屋浓郁的香气，一种沙枣花怒放的气息。

那女孩叫李小雪。她姨姨是内蒙古人，做新疆土特产的生意。她经常来我父亲都笑魁的厂里采购穆塞莱斯。她说她这个外甥女是大城市乌鲁木齐的孩子，假期来南疆玩，想和大人一起打工。

"打吧，一个月两百块，以后我也得给人打工了。"

我父亲都笑魁接纳了李小雪。

李小雪注意到了在角落里看书的我，说："都大转，你的名字还真有趣呢。"

我抬头看一眼李小雪，那一瞬间，我眼底似乎浮出一汪深潭，转眼成了雾。我眨巴眨巴眼睛，面前是一个大方漂亮的女孩，扎两条长长的大辫子。

李小雪为我的名字笑得腰弯了几次，胸脯上的小兔子在我眼前晃，我心慌了一整天。

我们认识了。

李小雪有事没事找我聊天，其实都是李小雪说。有时候我心里会生出温柔的感觉，只是眼前一片雾水，我明白自己的心，对李小雪不冷不热。

那天中午，李小雪叫我吃饭。我正趴在我父亲都笑魁的办公桌上睡觉。李小雪双手背后，蹑手蹑脚地走过来，用两个手肘支在桌上，双手托着下巴，仔细地观察我。

我的眉毛浓黑、眼窝深陷、鼻梁高挺，透着一股浑不吝的帅气。

李小雪嘿嘿地笑，用食指拨一下我的眼睫毛，嘴里嘟囔："一个男孩子，睫毛都比女孩子长，长得真不讲道理。"又揪揪我的耳垂，摸摸我的头发。

我睡眼惺忪地看着眼前的女孩。

李小雪穿了一件黄色的蕾丝边的连衣裙，V形的领口，衬得锁骨恰到好处，煞是好看，两条大辫子垂在胸前，小兔子随着呼吸上下起伏。

李小雪羞红了脸，掩饰说："睡醒来的时候挺浑的，还是安静的时候好看。"跑出了办公室。

平时，我受不了李小雪的叽叽喳喳，一直躲着她。

我父亲都笑魁说："你去陪李小雪转转，年轻人能说到一块儿。"

李小雪来了以后，我会说比平时多一点的话。我父亲都笑魁看在眼里，希望李小雪能让他儿子快乐起来，转移儿子胡思乱想莱丽的那些念头。

落霞满天，天边的云朵变幻着色彩，一会儿还是金色霞光，渐渐变成血色黄昏。大地豪迈，落日急速西沉。晚霞飘散，云朵像浓墨的写意画一般飘动。铅色的天空暗淡下来，空气中弥漫着麦穗的香味。

李小雪在我眼前蹦蹦跳跳地走。

我心思缥缈，似乎看到了莱丽在眼前飞动。

远处，一大片向日葵，一棵棵向日葵的花瓣像一条条七色彩虹。

李小雪兴奋地喊着，跑在田埂上，银铃般的笑声在田野飞荡。我的心里充满温柔，眼角一湿，突然眼睛里的一片雾水把我拉回了现实。莱丽的香味是淡淡玫瑰味，而身边却飘来枣花的浓香。

"你在想什么呢？"李小雪气喘吁吁地问我。

被汗水打湿的头发贴在她脸颊上，鼻尖上的汗珠晶莹剔透。

我默然地看向远处。

李小雪突然踮起脚尖，嘴巴在我脸上点了一下，笑着跑了。我愣在原地，任凭眼前的一片雾水开出鲜花。在李小雪眼里，我是一个让她揣摩不透的家伙，时而阳光灿烂，时而心事重重，时而顽劣不恭。

第二天，李小雪说她昨晚做了一个梦：夜里，都大转追在李小雪的身后，轻声唤着她。李小雪停下脚步，仰着头望着都大转。都大转刮了一下李小雪的鼻头，当两人伸手拉钩时，她醒了。

"为什么拉钩呢？"我问。

当然，她没有告诉我，在梦里都大转一把把李小雪拉进怀里，把初吻落在了李小雪的嘴唇上，都大转热烈地说："我喜欢你！"他们开始拉钩。

我不知道，那时候我搅起了李小雪翻江倒海的情思。李小雪的身影像壁虎的爬痕，在我心底只划下一点痕迹。我的心是一片沙漠，我把风和日丽、阳光明媚的绿洲留给了莱丽。

有一段时间，我没去酒厂。

那天，我去酒厂装车，不见李小雪。工人说她搬酒箱时把脚扭了，在宿舍待着。

"那是大男人干的事情，一个女孩子就为了两百块钱，拼死拼活的。"她姨姨说。

我心里一紧，买了李小雪爱吃的香肠，去看她。以前每次一起吃饭，李小雪总是把我碗里的香肠扒拉到她碗里。

没进屋，听到李小雪喊我，好像早已等在那儿。

"我在数院子里飞过几只麻雀呢，结果看到你了，我一直盼呀盼的。"李小雪说，接过我递去的香肠，迫不及待地塞进嘴里。

李小雪的大眼睛忽闪忽闪的，我心里有些愧疚。

"干吗干活那么拼？"我说。

"今我何功德，曾不事农桑。吃你家饭，干你家活呗。"李小雪文绉绉地说，一副无私奉献的神情。

我有一丝感动。

我骑车带李小雪兜风。李小雪在后座上，紧紧地抱住我的腰，她的气息在我后背弥漫。我突然想起北京，内心凌乱。

李小雪养伤的日子里，我一直骑车载着她去看医生、买东西。

那天，玉山江一脸心事来酒厂找我父亲都笑魁，他们在屋里嘀咕了很久。玉山江黑着脸出门，见到我，露出极度厌恶的神情，我闻到了芨芨草干枯的味道。我父亲送他走，还是乐呵呵的，这让玉山江更加不舒服。我父亲把我母亲叫到办公室，平时低声下气的我母亲，声音居然高了八度。

"就让马发贵来呗，三十年河东三十年河西，谁没有过生活不顺的时候？"我母亲马翠花说。

"唯女子与小人难养也，近之则不逊，远之则怨。"我父亲都笑魁说。

"又是那套酸咸菜！不就是当初人家马发贵起过你老婆的心思？多久了，陈芝麻烂谷子，你那心还让蚂蚁叮着呢？"我母亲说。

马发贵当了局长以后，乱给人批出国手续，不管合不合格，他收钱办事，后来被人举报，丢了公职，成了无业游民。

"看你那些高风亮节？成人之美呗！收了那么多下岗工人，也不多一个马发贵，何况还给你儿子当过老师，玉山江还是他亲戚！不就吃口饭吗？"我母亲说。

马发贵来到酒厂，见到我一脸尴尬，还有点讨好的意思。我从来不抬眼看他，说不清楚因为忌讳他是我老师，还是瞧不起他失魂落魄的样子。我总是闻到他身上散发的烂菜叶的味道。我父亲都笑魁嫌弃他天天在眼前晃，安排他去市场搞销售。别说，马发贵鬼点子多，酒的销售又上了台阶。

一天，一个汉子突然闯到我父亲都笑魁的办公室大喊大叫，拿了把刀，气势汹汹。他给了马发贵两箱酒的钱，马发贵却没有给他酒。

我父亲都笑魁把马发贵叫来，马发贵摇摇晃晃的。那时他已经染上酗酒的毛病，整天醉眼蒙眬。原来他把那汉子的两箱酒自己喝了。

那汉子也不要酒了，劈头盖脸对马发贵抡巴掌。

我看着生气，去拉那汉子，被他一肘击翻。不知什么时候李小雪冲过来，在那汉子的后背上砸了几拳，花拳绣腿的招式，似乎在给那汉子按摩。

李小雪跑了。一会儿，她牵了门口看门的狼狗冲过来。

"黑背，上！"

黑背上去咬着那汉子的裤管向后拖，一只狗解决了一场纠纷。

那汉子走了。李小雪欢叫着庆祝胜利，双手高举，一蹦一跳，两条大辫子上下飞舞，胸脯上的两只小兔子上下跳动。那样子很惹眼！李小雪狂野的做派，让我想起沙枣树上锋利的毛刺。

后来，我父亲掏了一笔钱，送马发贵去戒酒。马发贵认识了一帮乱七八糟的人，辞去了酒厂的工作。某一天，他醉倒在白水河里，死了。我曾经的老师在即将来临的第一个教师节前夕死了。

马发贵死亡的消息让我无比震惊！我的内心备受煎熬，难以言喻，不真实的感觉淤泥一样堵满了心中的每一点空间。马发贵走的时候放下了一切，在死亡的过程中他轻松吗？他从此入睡！一个活脱脱的熟悉的人突然就离开了这个世界，尽管这个人恶习丛生，但一个鲜活的生命戛然而止，让我对生命的无常产生了强烈畏惧感。我发现每个人都无依无靠，偶然来到这个世界，追求着梦幻般的人生价值，塑造着生命的形象，但我们必然会离去，在离去前我们会雕刻出各种各样的姿势：好看的、丑陋的！那些丑陋的就犹如泥塑，会成过眼云烟；那些好看的成了石雕或者丰碑，赞扬着活着的意义，鼓励着人们活下去。

我第一次面对了人的死亡，我从死亡的信息里感悟到了生命的高贵和价值！

"你为什么不再上学？"假期结束时，李小雪问我，我低头不语。

"我要走了，我们还有机会再见吗？"李小雪依依不舍地说。

那天，天空刮起沙尘暴，遮天蔽日。

"你那么聪明为什么不上高中、考大学？只有上学，学到知识和技能，才能打开人的智慧。外面有更精彩的世界，少年当自强，要立鸿鹄之志。你今后就在厂里上班吗？那是你父亲的生活。"李小雪临走对我说。

天空浮满沙尘。

我看着李小雪的大辫子在风里摇摆。我灰头土脸，一直站着，直到李小雪从视野里消失。不知什么时候，我的眼中溢满了泪水，沙枣花香淡出了我呼吸的空气。

我一直沉浸在自己的世界里，我对眼前的世界无动于衷，我想念外面的世界，可是我在迷茫什么呢？

一九九四年年底的一天，一场鹅毛大雪刚下完。大地白茫茫一片，孩子们在堆雪人、打雪仗，鸟在天空穿梭，天空湛蓝，万里无云。

我父亲都笑魁开着他新买的桑塔纳汽车去机场接人，我母亲马翠花切菜、做饭，在厨房忙碌。

我在看《神雕侠侣》。那个让我魂牵梦绕的小龙女，她绝世的容貌、灵秀的天姿、飘逸的武功，带我走进一个梦幻般的世界。我嗅到了从书页里飘溢的玉兰花的香气，那个至真至纯的美女与杨过四离四合，生死相随。我艳羡不已。

正看到在古墓中杨过全身冷得发抖，央求小龙女饶了他那节。

杨过说："谁待我好呢，我为他死了也是心甘情愿！"小龙女呸了一声杨过，说："不害臊，谁待你好了？"

我想起我从没有向人这样表达过。

"大转、大转……看看谁来了？"

我以为是小龙女在呼唤，回过神，看到我母亲马翠花站在我身旁操着甘肃腔在叫我。

我叔叔都笑天笑眯眯地站在我面前，我大脑一片空白。

我叔叔都笑天从北京来新疆，帮我父亲都笑魁打理穆塞莱斯酒厂。去年，他腿伤好了以后，厂里照顾他停薪留职了，他知道我们家开了一个效益不错的厂子，就有意入股和我父亲都笑魁一起经营。

那天晚上，他们一起喝酒，兴高采烈，天南地北地穷聊。

我叔叔都笑天说："现在好了，环境好呀！社会主义初级阶段的基本路线确定了，国家开始搞社会主义市场经济了，不懂吧？就是要以经济建设为中心，在公有制为主的前提下，把企业办成股份制公司，以后咱家的穆塞莱斯酒厂上市后就叫'都好穆塞莱斯酒业股份公司'，多有范儿！"

我叔叔都笑天总是不忘天下大事，世界在他眼里就不大，他嘴里会蹦出一堆堆座右铭："脚有多少劲力儿，世界有多大地儿。"

但他的口音有点串，"儿、儿……"的普通话里夹着甘肃腔，有些人间烟火的味道。我不知道他那些名言警句都是从哪儿学来的。

以后，我叔叔都笑天当了厂里的 CEO，大刀阔斧地搞改革，不时地飞北京，找合作伙伴。我叔叔心大，看不上我父亲的经营方式，他有个理想，要让北京的企业整合我父亲都笑魁的酒厂，让戈壁滩上的野玫瑰在北京的大地上绽放。

我叔叔都笑天的本事让我父亲都笑魁刮目相看。过去在我眼里，我叔叔就像盛开的向日葵，充满了阳光的味道，而眼前的叔叔却像剥了壳的瓜子仁，香喷喷、油腻腻。这些感受，我没给我父母亲说。

只有新疆人喜欢穆塞莱斯酒，那是家乡的味道。我闹不清，我叔叔都笑天怎么相信北京人会喜欢这种甜腻腻冲兮兮的葡萄汁？而我父亲都笑魁也迷迷瞪瞪地随着我叔叔都笑天异想天开。

我叔叔都笑天开除了好几个老员工，他们都是原来下岗后来厂里的那一批。我母亲马翠花从不反对，只是对离开的人不停地道歉，多发一个季度的工资。我叔叔说："他们没文化。"他招进几个大学生，其实好几个都是白水市职业技术学院的毕业生。那些家伙打着领带，穿着西装，像穿着衣服杂耍的猴子，满世界跟着我叔叔都笑天去谈判，说服别人来重组我父亲都笑魁的酒厂，搞了五花八门的营销模式，渐渐地把厂里的资金用去许多。我父亲赚的钱却越来越少。

虽然我叔叔都笑天的谱大，但他说的"没文化"的事情让我大受刺激。是呀，我一个初中毕业生能干什么呢？算账，我算不过我母亲马翠花；管理，我没有我父亲都笑魁的本事；出力，我干不过那些比我年长的工人。就连说话，我叔叔也总是埋汰我笨嘴拙舌。

我感到生活需要改变些什么了。

那天，一个我叔叔都笑天招来的"眼镜"大学生，慌里慌张地找我父亲都笑魁，说遇到了些麻烦。

以前，我父亲都笑魁做生意，简单实用，点对点、面对面，谈合同、付货款。我叔叔都笑天接管以后，嫌我父亲老套、土气，说中国已经是互联网国家，美国都认可了，再过几年，谈生意都使用美国人发明的电子邮件，用电脑传送信件、资料。现在要使用传真、"大哥大"、传呼机，和客商直接联系，不需要见面，快捷、花钱少。

我父亲都笑魁对我叔叔都笑天言听计从，立刻在家里装了电话，给我叔叔买了一台拿在手上的砖块电话、挂在腰间叽里呱啦乱叫的黑盒子。我叔叔都笑天开着桑塔纳，打着"大哥大"，腰挂传呼机，派头十足。

我叔叔最得意的是不和对方见面，打一通电话，接几次传呼，发几个传真，就谈成一笔生意。这把我父亲惊得张口结舌。

"眼镜"大学生负责和内地客商谈重组的事情，都是通过传真机。那次"眼镜"像往常一样收发传真，"合作伙伴"新发来一封文件，说因公司内部调整，收款账号有所改变，让他把合同款八十万打进一个新的银行账户里。由于谈判时间很久，我叔叔对"合作伙伴"非常信任，简单地核实了下，向我母亲马翠花要货款。我母亲听着这些神龙见首不见尾的事情，内心发忧，和我父亲商量半天。

　　"弟弟是亲骨肉，错不了！"我父亲说。

　　我母亲还是紧张，以钱不够为由，只给转了四十万。当核实到账时发现对方公司并没有收到钱，恐怖！我叔叔被骗了。

　　当"眼镜"回头去细细查看传真，发现发来文件的是个"山寨"地址。报了警，发现假账户在美国。那些假老板精心设计一个局，让我叔叔都笑天钻了进去。

　　我叔叔蒙了！

　　我叔叔都笑天跪在地上给我父母亲磕了三个头，拿上换洗衣服毫不犹豫地走了，说去美国找那些"合作伙伴"，一去不复返。

　　那些日子，一大群小贩会来我家里要货款。我母亲马翠花整日好言好语，人散了以后她偷偷哭泣。没想到，一向兄弟情深的小叔子说被人家骗了，自己也跑路了，我母亲有一种被亲人背叛的痛苦。原来好端端的日子过得鸡飞狗跳。

　　"贫而无怨，难！消财免灾吧！"我父亲对我母亲说。

　　"我不是心疼钱，我受不了亲人骗亲人。这后半辈子怎么来往呀？"我母亲说。

　　"赔了钱，算上一次学，买一次教训，人不是都在学习中成长吗！笑天心气高，做事赶浪，走得太快，摔一跤而已，我们仁至义尽就好。弟弟对我家不薄，他也是为家里忙，都以德报怨吧。他不会骗我们的，何况天网恢恢，疏而不漏！"我父亲说。

其实，我父亲都笑魁和我叔叔都笑天都是"心气高"的人，我父亲是做人大度谦和，我叔叔是做事敢想敢干。那一刻，只是大家不说破，但也都对我叔叔的人品产生了怀疑。

我母亲马翠花不再多言，落落寡合，常常心绞着痛，却查不出毛病。我知道那件事对我母亲打击很大，她心思细密，为没有替我父亲管好家财内心愧疚。

我好像明白了知识是多么有用。我叔叔都笑天对现代社会发展的认识看似比我父亲丰富，其实由于读书少，不相信逻辑，逆势而为，相信江湖，相信哥们儿义气，栽了跟头；我父亲读书少，内心纯良，相信社会，相信血脉亲情，暗暗吃亏。

我想上学，要学习文化，去解开那些让我不明白的事理。我突然想起了勤奋好学的莱丽，我算准了，自己已经工作了一年，莱丽在上海上了一年预科后，也该上高一了。

"我要上学。"

我母亲马翠花激动得眼泪打湿了衣襟。她内心一直有个愿望，儿子要学知识，长大了要当国家干部。乡里的干部到了村里吃喝全有，干什么事都有人帮着，自己一家总是低声下气求人，办事老难。我母亲马翠花最大的理想就是儿子不要东奔西跑，能坐在县政府的大楼里拿国家俸禄。可我不替她争气，初中一毕业就窝在家里。我母亲心里作痛，一天到晚都感觉昏昏沉沉的。现在好了！

我母亲马翠花流泪的时候，我闻到了淡淡的青草的味道，那是我小时候嘬我母亲胸脯时那奶香的滋味。

"我说嘛，羊在戈壁撒欢，马在峻岭刨蹄，我儿子懂得道呢。"

我父亲都笑魁哈哈大笑。那晚，他一个人就着一碟花生米，把自己喝醉。

四

一九九四年的秋天，我回到了校园。

大家叫班主任"罗老师"。他五十多岁，灰发平头，穿蓝布外套，套着白布袖套，戴着酒瓶底的眼镜，像看小鸡一样四处张望，紧张兮兮。时不时用那根磨得光滑的木教鞭敲打桌子，面无表情地说："抬头、收腿，书包放进桌洞里，学生要有学生样！"

高一男生都是些生瓜蛋子，那些女生莺歌燕舞的，却吸引不了我的目光。那些和我同岁的同学眼里透出傻里傻气的光，露出没见过世面的呆滞。我在大北京混过，闯荡社会，眼界已开。我眼底的深潭里藏着让我心动的情愫，我只想和莱丽站在同一条起跑线上。

我像一个大修好的发动机，再次轰鸣起来，铆足了劲儿，刻苦学习。我对功课设计了一套套攻读方案，那些凝望橘子洲头、氢氦锂铍硼……一切未知的知识就是我要攻克的一座座山峰。

我高出别人一头，坐在最后一排，一个人一张桌，独来独往。

上课对我就是一种形式。不用老师多讲，我能立刻学会新知识，我具有电脑一样的记忆，只要我专心，学习不是一件难事。翻开课本，课本中的汉字符号、英语字母、数学公式，风一样钻进我的脑海，交响乐一样欢唱，毫无障碍地扎进心底，知识就永久地藏在我的脑子里了。有时候，自己想着都觉得过瘾，我享受这种神奇的感觉。看到那些按部就班、刻苦用功的同学，我会暗暗发笑。

我不说话的样子拒人千里，可是我每次考试的成绩都让同学们赞叹不已，班主任训斥同学的时候，总是说："看看人家都大转！刻苦学习的模范！"

我把历史当小说读，看两遍那些古人的事情就记住了，看明白祖先们在上下五千年里，怎么锻造了独一无二的中国文化。我那些同学却要跟着老师学整整三年，真是误了青春！我一骑绝尘。老师一开口，我就知道后面的故事。语文课最有趣，之乎者也的古文一学完，那些古诗、古词就印刻在记忆里。我在心中会回忆各种我经历的场景，琢磨着哪一句诗该念给莱丽，哪一句词是于小禾的模样。学习英语的时候，老师在课堂讲，我就闭着眼睛静静地听他的发音，默记新单词，老师总是批我上课睡觉，当我睁开眼，读一遍新课文，就记住了全文。

班主任罗老师让我讲解学习经验，我挠着头半天不说话，最后说了一句："我只是用心，看一遍书就全记住了。"

同学们双眼圆睁，窃窃私语："吹牛！不知道夜里花了他爸爸多少电费。"

以后考试，老师会收了同学们的书，特别安排我单独一个人坐在最前面，把纪律委员和班长安排在我两边，他们盯得我浑身不自在，好像我犯了什么错误，我一点不心虚，就是难受，鸡同鸭讲，说不清。每次，我以最快的速度答完卷子，提前走人，几乎每次成绩都在全班同学之上，蛮让人解气！

"以小人之心度君子之腹"，我很早就悟到了这句古话的切肤之痛。有时候太过聪明也是一种弱势，你和别人不在一个平台，别人就想把你拉下来。"行高于人"不是我愿意，爹妈给的基因，气死个人。

我只有沉默，不去炫耀我那点本事。

罗老师经常把我的作文当范文，他说我落拓不羁才华横溢，我认为他的评价很适合我。只有他懂我。

我父亲母亲还在酒厂忙碌着。我重新上学对他们来说是都家的光明前景。他们喜欢我刻苦读书的样子，那让他们觉得骄傲和踏实。我父亲母亲满心欢喜，不让我再踏进酒厂一步，怕我耽误了火热的青春。

自由懒散了一年，胳膊腿都锈了，我一时无法适应朝九晚五的作息规律，晚上睡不着，早上起不来。生物钟混乱不堪，心生烦厌。学习之余，我躲起来看《水浒传》，看《三国演义》，那些打打杀杀的豪杰陪我走过单调的上学时光。

课间休息，我思绪飘飞，常常涌起一种孤独感，周围喧嚣嬉闹的声音无法轰破孤独的壳。我在教室外面站着。秋天的太阳暖和又不刺人，墙根底下的蚂蚁排成一队搬着馍渣，远处的叶子一片一片飘落，树枝光裸，秋景萧瑟，我的心里却一片生机勃勃。我想起北京、想起上海、想起乌鲁木齐，想起于小禾念过的诗句："三里清风三里路，步步风里步步你……"我的眼底碧水汪汪，深潭宁静。

同学们说我得了自闭症，是怪胎，所以学习往往特好。他们认为我辍学一年，是个混社会的家伙，不是什么好鸟。我懒得跟那些闲得无聊的人解释。

秋去冬来，学校放了寒假。掐指一算，莱丽该回来了，我彻夜难眠，一闭眼，脑海里就全是她，明眸善睐、亭亭玉立……莱丽却始终没有出现。我找理由去莱丽家，今天借个扫把，明天送箱穆塞莱斯。玉山江·买买提见我来，慢条斯理地问寒问暖，对莱丽的事却只字不提。

我实在忍不住了，问玉山江："叔，莱丽今年不回来吗？"

"燕子绕梁，快回窝了。"玉山江不直接回答。

"你们学校没有漂亮汉族丫头子给你递字条吗？"玉山江说话怪里怪气的。

临近春节，假期所剩无几，莱丽终于回来了。

见到莱丽的瞬间，我的眼底那汪静谧的湖泊升腾起来，我魂牵梦萦的情思有了着落。我在她家门口的大榆树下终于等到她，玫瑰花香四处飘散。莱丽露出惊讶的表情，一只手捂着嘴，笑逐颜开。我的心要飞出去了，我多想牵着她的手，带她到西瓜地里去，坐在我们小时候抓鱼的河边，听风吹过，看鸟飞过，这一刻我等很久了。

"大转哥，听说你重返校园了？"

千言万语到了嘴边，我却"嗯"了一声。

那个跟在我后面流鼻涕的小女孩已经长成了少女，曲线优美、神情妩媚。上海的城市生活洗净莱丽身上戈壁滩上的浮尘，面前的女孩温润、精致而艳丽。

"这么晚才回来？"我问。

"我爸不让我回来，我在上海玩了几天，还是想家。"

我想起玉山江躲躲闪闪的目光，他就不想莱丽回来，让人当饭后谈资，他每天对我说"快了、快了"，那意思分明是让我快滚。

"休学一年，还能跟上吧？"

"那是必须的，不看看是谁！"

"还是那个超级厉害的大转哥！一点都没变！"

莱丽咯咯地笑起来，我心中的不快一扫而空。莱丽给我讲东方明珠和外滩。我给她讲天安门和北京胡同。我俩站在大榆树下，说个没完没了。

"莱丽，我爸爸妈妈好想你呀！"我说。

莱丽犹豫了一下，跟我去了我家酒厂。

我父亲都笑魁不在，去银行跑贷款了。酒厂被我叔叔都笑天折腾得元气大伤。我母亲马翠花哀伤缠绵，我们家祖祖辈辈老实本分，赶上了好时代、好政策，辛辛苦苦打下一点家业，却被自己家人骗了，她一直没想开。

莱丽轻轻拥抱我母亲马翠花，她们在彼此的脸颊上左右亲吻一下。

莱丽拉着我母亲的手。

我母亲喜欢善解人意的莱丽。我母亲常说，要是能再生个女儿就好了。我和莱丽从小形影不离，母亲觉得我俩是她的一儿一女。

"姨给你做你最爱吃的新疆拉面。"我母亲说。

我母亲点燃煤气灶，准备做饭。

莱丽有点不自在，说："我爸让我回去吃饭呢。"

莱丽不会撒谎，声音有一丝颤抖。我明白她的紧张，有一种被刻意强调的习俗悄然包裹了她。

莱丽在门口向我道别，天寒地冻，冷得彻骨。

春节过得冷冷清清。自打我记事起，整个村子里春节就我们一家挂灯笼，贴对联。除夕晚上，我父亲都笑魁照旧进行着年礼：烧纸祭祖，请灶神、打醋坛、撒黄米。他悄悄地买一些肉食，用蒜泥拌好，等新年的钟声响过之后，再吃。我父亲都笑魁有点迷信，说老家有"咬鬼"的传统，因为家里请来了先人，先人晚上出来活动，都想看看子孙后代，有的还想上身。活人吃了蒜，嘴巴臭烘烘，先人闻到哈出来的蒜气，被熏跑了，不再上活人身。我不怕鬼，小时候，除夕夜我不睡觉，屏住呼吸，故意弄一些声响，吓唬我父母亲。听到先人"活动"的声音，我母亲马翠花总是哆哆嗦嗦抱着我父亲都笑魁叫，我乐得哈哈笑。

我父亲都笑魁年年这样坚持着，找他心里那些根。

我们一家人封闭在自家这方空间，过自己的年，吃自己的饭，其乐融融，与世无争。看春晚，电视里朱时茂把陈佩斯变成了一个漂亮的女孩，我父母亲笑声不断，忧愁尽消。

我父亲都笑魁带着我放鞭炮，新年钟声响起，噼里啪啦的鞭炮声响起，那连串的声音刹那离开地面蹿上夜空，和远处的鞭炮声聚合，爆竹音消，夜立刻安静下来。

我想我对莱丽的想念就像这突突炸响的爆竹，炸在我心底，莱丽却没有听到，也不愿意听到。

假期里，莱丽似乎一直在回避我，我没有再见到她。

白水河迎来了第一波融化的天山雪水，春天来了。

新学期，我又回到白水城。我这颗心里面，盛满了对莱丽的思念，无法抑制，我给莱丽写了一封短信：

莱丽：

　　你好！你一个人在外，要保护好自己，一方面要保护自己的人身安全，一方面要保护自己的灵魂。社会上有些东西变了，但我们要问问自己的心，要有自己的判断，不要随波逐流。我一直喜欢你！我们为什么不能彼此坚守自己的真心？

　　我永远是你的卫士！

　　珍重！

　　我想莱丽应该明白我要表达的意思，虽然那些辞藻拙劣，但莱丽一定懂。

　　我终究没有等到莱丽的回信。

　　我父亲都笑魁的酒厂贷款终于下来了，厂子正常运转。

　　我父亲都笑魁说："以患难时，心居安乐！"

　　我母亲马翠花撇撇嘴。我母亲总是这样，遇横逆之事，不惧不怒；我父亲却是苦中作乐，万物缠绕奈他不得。

　　那天，玉山江来检查安全生产，末了，我父亲都笑魁打开一瓶穆塞莱斯，他们又喝上了。我父亲烤了几串羊肉，我母亲做了羊肉抓饭。

　　玉山江吃得满头大汗，说："马水花的手艺塔里木县第一！"

　　"不怕别人骂你？"我父亲故意说道。

　　"一家人呢，还不能一个锅里吃饭！"玉山江说。

　　他们大碗喝酒，大口吃肉。玉山江那样子好像回到以前两家来往的时光，无所畏惧、亲密无间。

　　说起两家的孩子，玉山江说："我让莱丽学理科，她还不愿意，我的丫头子嘛，山羊一样倔，但我说了算，她还得上理科！"

这是我得到的关于莱丽的唯一的消息，我记住了，也有了方向。

临走时，玉山江喝得东摇西晃。

"我在你家吃饭，出去别乱说啊！"

他们四目相视，都为这句话感到不舒服。

我父亲都笑魁没敢出门送玉山江，目送他走远，摇着头回到家。

"怎么好好的一顿饭都吃变味了？"我母亲马翠花说，她有点生气。

高一第一学年结束了，我成绩优秀。我不关心这些事，我关心的是莱丽回不回家。玉山江说，暑假有社会实践任务，莱丽留在了上海。我对玉山江异常愤恨，他似乎故意在我和莱丽之间挖一条沟壑，让我难以逾越。

假期，我在酒厂帮着父母干活，万念俱灰，沮丧颓废。

我父亲都笑魁看得明白，背着我母亲给我塞了两千块钱，说："儿子，你玉山江叔固执，石头大了绕着走，去上海看莱丽去！我就不信了，玉山江家要和我都家决裂！"

我傻笑，不知道怎么感激我父亲。

我父亲说："喜欢就是一件衣服，要及时穿上，日子久了，体形变了，就穿不住了，也留不住了。"

我父亲都笑魁就是我心里的虫子，这就是我亲爱的父亲！爱他！

我坐火车去上海。四夜五天，火车穿越天山，穿越河西走廊，穿越黄土高原，穿越中原大地，穿越江南水乡，到达了黄浦江边。

繁华的上海，活力无穷、魅力四射。

我在莱丽的学校门口等了三天，莱丽终于出现了。

没有任何预兆，我凭空出现在了莱丽的面前。她大张着小嘴，不敢相信面前的人就是我。

"是你吗，大转哥？你怎么到了这里？"

我张开双臂，迎接着莱丽的到来。

莱丽走到我面前，偏着头看我，像梦中的仙女从森林里探出头。

莱丽笑起来，突然一个三百六十度旋转，做出一个经典的麦西莱普舞姿。她裙裾飘舞，长发飘飞。她像一个欢乐的音符，在我面前跳动。

我泪流满面，莱丽喜极而泣！我们长久地注视对方。

第二天，我们从淮海路逛到南京路，一路说着小时候的事情。我们用维吾尔语交谈，说到高兴处，一起哈哈大笑，路人奇怪地观望。

晚上，我们去了外滩。

黄浦江边，灯光旖旎，人潮涌动，船笛长鸣，东方明珠塔直插夜空，万国建筑群争奇斗艳。傲视黄浦江两岸的钟楼，似一个连接过去和未来的灯塔，时针移动，挥洒着跨世纪的城市记忆，述说着小弄堂的海派故事，钟声响起，如梦似幻，都市丽景赏心悦目。

我浑身战栗，如临天堂胜景，无边无际的美感扑面而来，直击心底，无比震撼。我陶醉在逍遥快乐的体验里，心底焕发出一股汹涌的激情，那一刻我热泪盈眶。

在东方明珠塔旋转餐厅门口排了好久的队，终于坐到一个靠窗的位子。莱丽看着窗外波光粼粼的江面，我的视线牢牢地锁定在她的脸庞上。

莱丽变了一个人，不再像以前那样小心翼翼，她一直不停地笑，似乎我说的每一句话都让她高兴，她不再左顾右看，不再矜持，她无忧无虑。在这样一个到处都是陌生人的地方，我们内心温暖，有一种来世重逢的激动。

"莱丽，我寄给你的信，你收到了吗？"我鼓起勇气问她。

"嗯。"

"我一直喜欢你！"

莱丽仿佛一下子回到了现实，欲言又止，过了许久，说："你永远是我的大转哥！"

她在回避那个敏感的话题。

近在咫尺，远在天涯！何处是归程？炎炎夏日，我心如冰凌，稀里哗啦碎裂一地，一点点汇入黄浦江的滚滚浪潮。

上海之行，只为看她一眼，足够了，我心已安！

离开那天，莱丽送我，我嗅到了满街的玫瑰花香，我们握手。我上了火车，站在车门口，门关上了。我张开双手，做出一个拥抱的姿势。莱丽跟着火车跑了几步，突然蹲在站台上，开始哭泣，双肩颤动。我不顾一切地大叫："莱丽，我喜欢你！"

火车汽笛长鸣，我的脸紧紧地贴在车门的玻璃上，我失声痛哭。

那一刻我明白，我和莱丽隔着千山万水，不是一个白水城和大上海的距离，我们待在各自的心灵城堡，之间隔着一道望不到底的沟壑。

高二是一道分水岭，大家都要在上文科还是上理科上做出选择。我是尖子生，自然是老师重点关注的对象。班主任罗老师是文科教学优秀教师，他说我生来就是文曲星，有文气、有灵气，有一股儒释道弟子的气息，少有人及，适合文科。他拉拢我上他的班，我一口回绝。

我毫不犹豫选择了上理科！玉山江说过他女儿上的就是理科。

我相信自己过目不忘的本领，犹如神助，学什么像什么。也是奇怪了，当学习理科时，我的脑瓜子不怎么灵光了，牛顿、门捷列夫、阿基米德比我有天赋多了，学习起来，有点吃紧，钻进脑袋的公式，用起来不怎么明白，这让我有点恐慌。我的脑汁只有在我抱着《水浒传》，念着"独怆然而涕下"，揪着阿Q的大辫子时，才会沸腾起来，这是我以前没有发现的情形。

操场上，初三的学生在军训。我看到了脸蛋晒得通红的玛依拉·马。我想起那个和我父亲都笑魁斗了一辈子的人，稀里糊涂离开了人间，留下了一儿一女。

看到玛依拉，我心中打了个激灵，一股寒气从九月的阳光里扑面而来。人生犹如钟摆，善恶之间是纠缠、是恩怨，人去楼空，恩怨已随风。那个被我哄着骂自己爸爸是豁嘴的小女孩，已经长成了小姑娘。

玛依拉看到我，低下头。

下课了，我去找她，小女孩怯怯的。

"以后有什么事尽管来找我。"说完，我走了，不知道为什么，我心里就是有一种想保护她的念头。

一次化学实验课，发生了事故，第一排漂亮的女生的脸被喷出的化学液体烧伤。我对上化学课有了深深的抵触情绪。拿起化学书，会想起女同学那张不再好看的疙里疙瘩的脸。在我眼里，化学老师也变得丑陋无比，我的内心开始拒绝学化学。我的心思细密，天性敏感，一旦感觉不对，我就会放弃对那些事情或人的兴趣，这是我无法避免的心结。我的化学成绩直落千丈，总成绩立刻从第一梯队落到了中间，心里有一种从高空坠落的感觉，却做出一副无所谓的样子。

我发现我同时封闭了对学习理科课程的兴趣。

我不再深究物质与盐酸反应是放热的还是吸热的，那些反应产生的 Na 黄色、K 紫色、Cu 绿色、Ca 砖红，就像熊熊燃烧的火焰。我弄不清微弱的淡蓝色火焰、蓝色火焰、明亮的蓝紫色火焰的区别。眼里生出一道道刺眼的光芒，让我大脑一片空白，内心揪成一团。我只记住了物理的动量守恒定律，那些验算让我烦厌。我把牛顿第一运动定律、第二运动定律、第三运动定律混为一谈，不再关心温度、体积、压强。我失去了共点力的平衡，晕头转向，考试成绩一落千丈。

我父亲都笑魁不怎么在乎我的成绩，看到卷子上的一排排大叉，说那老师把纸都捅破了，看来老师很生气。倒是我母亲马翠花愁眉不展，向我父亲抱怨："眼看麦地绝收了，也不想一个办法。"

我父亲都笑魁说："知之为知之，不知为不知，学深似海，随遇而安。"

我母亲把扫帚扔到我父亲头上。

"满嘴倒牙，'知之'个屁，你儿子学不到本事呢！"

我母亲非常无奈。

我有点惶恐不安，为了莱丽，我慌不择路上了理科班。我发现自己心里对理科课程深怀畏惧和厌恶，纵有一个好脑袋也无济于事。最可怕的是我刻意躲避这些学习。莱丽总是隐藏在我心底，以各种各样出其不意的方式折磨我。她却渐离渐远，遥不可及，让我痛不欲生。

我漫无目的走在大街上，路边小店的喇叭播着港台粤语歌：

今天我　寒夜里看雪飘过

怀着冷却了的心窝漂远方

风雨里追赶　雾里分不清影踪

天空海阔你与我

可会变

多少次　迎着冷眼与嘲笑

从没有放弃过心中的理想

一刹那恍惚　若有所失的感觉

不知不觉已变淡

心里爱

……

我心情好起来，走进小店，买下了那张《乐与怒》的专辑，我知道了 Beyond 乐队，知道了黄家驹，知道了这首《海阔天空》。那些摇滚节奏，击打在我沉闷的心门，让我热情高涨。我一头跳进摇滚乐的坑，一发不可收拾。我问我母亲马翠花要了钱，买了一把二手吉他，开始了我的青春"摇滚"。

在艺术上，我脑窍洞开。只要看一眼简谱，我就立刻让六弦琴发出美妙的声音。我常常抱着吉他，坐在操场上，一曲曲吟唱，目中无人。

玛依拉常常远远地站着，看着我，听琴。她的样子孤苦伶仃。

我成了一个怪胎，成了一个不学无术的问题学生。罗老师一看到我，直摇头，冷笑一声，走了。我知道他在笑我不听话，落得这副下场，那又如何？

我这个高一时期的尖子生现在成了一个反面典型，老师们也放弃我了，只要我不违反纪律，爱干啥干啥。我有大把的时间弹着我的琴，唱着我的 Beyond。

有一天，我路过初三年级教室，看见一个男生正揪着玛依拉的辫子，旁边的人大声哄笑，玛依拉在苦苦挣扎。

"你这个杂种，还把自己装成纯洁的样子，哈哈哈……"

欺人太甚！

可怜的失去父爱的玛依拉！

我怒火中烧，冲进教室，一把揪住那个男生，把他狠狠地掼在了地上。

我指着他的鼻子，说："不要欺负玛依拉！听好了，她是我妹妹。再有下次，见你一次打你一次。"

那个男生从地上起来，哇哇大叫，跳起来，给我脸上来了一拳。

他们班的几个男生顺势把我围了起来。我们扭打成一团，旁边的人大呼小叫地欢呼。学校教导主任带着保安冲了进来。我和参与打架的几个人被罚站在国旗杆下。

我父亲都笑魁来了。

我父亲低着头，教导主任大声呵斥他。真让人耻辱！我父亲都笑魁不再威风凛凛，像一个做错事的孩子干笑着，不停点头，我羞愧万分。

学校正愁没有机会开除我，终于抓住了把柄，我被父亲领回了家。

我父亲胡噜着我的头，嘿嘿直笑，怪里怪气。我身上起了一层疹子。

我父亲讲了个故事："晚清名士曾国藩，小时候读书笨，别人一两遍能背会的诗词，他得背上百遍。有一天他家进了贼，趴在他家房梁上，曾国藩在背书，背了好久，贼都听会了，他还没有背会。"

我父亲说："人一能之己百之，人十能之己千之。曾国藩愚钝至极，却成就了天下大事。我都笑魁的儿子，用不了百遍千遍。但走什么路你选好了，只是不要做梁上君子。"

我母亲说起玛依拉，流露出可怜她的语气。玛依拉和哥哥没了父亲，孤儿寡母受人欺负。

我又离开了校园。

辍学三天以后，我背着吉他去了白水城。我不想看我母亲唉声叹气的模样，不想看到我父亲莫名其妙的憨笑。我父亲都笑魁装着什么也不知道。

那是段晦暗的日子。

我找到一家酒吧做服务生，每天清洗客人的呕吐物，搬运成箱成箱的空酒瓶，看各色男女买醉寻欢，看霓虹闪烁，音乐轰鸣。长夜漫漫，孤寂难熬，我弹着吉他，轻轻地哼唱学会的新歌：

　　夜里有风　风里有我　我拥有什么
　　云跟风说　风跟我说　我能向谁说
　　……

我住在酒吧的库房里，一个人，没人管。白天睡觉，晚上上班。我流连于流行歌曲塑造的世界里，多愁善感的情愫在心底疯长，在凄凄切切的倾诉里寻找温暖，内心脆弱得不堪一击，对莱丽对现实不再幻想。

酒吧老板发现我会弹吉他，正式试听了一番，请我做驻场歌手，每天唱三个小时，一个小时五块钱。我提了个条件：我是学生，不伺候那些放浪形骸的客人。

老板连说好。每晚我开始登台卖唱。

那天，我在台上唱歌，玛依拉站在台下。

"大转哥，对不起！我害得你不能上学。"玛依拉用维吾尔语说，眼泪汪汪。

可怜的玛依拉哭成泪人。

我摸摸她的头，她的身上飘出苦菜花的苦味。

"这是我自己的选择，跟你无关。"我微笑着说。

玛依拉抹抹眼泪，笑了。

玛依拉一有时间，就来我住的库房。白天，我在库房呼呼大睡，醒来，桌上就有一碗热腾腾的汤饭。夜里，我很晚回来，凌乱的床铺已被收拾得整整齐齐。有一次，我用维吾尔语问她看过田螺姑娘的故事没有。她摇头。后来，她找来汉语的连环画，读田螺姑娘的故事，我连比带画给她讲解，她读懂以后，笑了好长时间。

我见到她的次数不多，时空交错，我们的时间对不到一起，但每天都有她来过的痕迹。

一天傍晚，我背着吉他出门，艾力·马从天而降，气势汹汹提根木棒。他已经长成牛高马大的小伙子了，嘴上的黑髭特别刺眼。我不知道他找我的目的。我们面对面站着，都有点不知所措。

艾力突然举起木棒向我击来，我举起吉他迎接他，一声嗡响，吉他弦断。

"你这个犟驴，这吉他好贵的，一千块钱，你赔不起。"我一边喊一边跳开。

艾力怒气冲冲，看看我，看看我的吉他，不敢再下手。

"你离我妹妹远点，她的干净的名声都让你坏了。"

"你这个傻郎，你们家人在那些人眼里就是小丑。"

艾力像一只破了口的气球，耷拉下脑袋，双手拽着自己的头发。

那一刻，我非常同情他，我戳到了他的痛处。

艾力呜呜地哭起来。

我有许多闲暇去思考。我常常坐着发呆，看天空变化无常的白云，看斑斓色彩的变化，看落日余晖洒满大地，看星光闪亮。时间慵懒，我的脑海充满幻象，会辨不清现实。我看见自己在原野上游荡，风吹起五颜六色的云朵，然后那云朵幻化成轻纱，里面有一个美丽的影子在飞舞，我梦见了莱丽。那些梦境弥合了我内心的缺口，洞穿了我在现实中伪装起来的麻木。我在幻觉里体味永不分离的温馨，郁闷的心结烟消云散。我愿意一直沉浸在那种虚幻的时光里，找到自己的存在。

一天，我进门和玛依拉撞了个满怀，她温热的身子触碰我的一刹那，我身体一颤，我有一种冲动。

我愣愣地站在原地，玛依拉没感觉到我情绪的变化，眼神明亮。

我的脑海里幻想了一百种情节，心里只有一个念头：留住她！不管天塌地陷，做一切想做的事。

"今天别回去了！"

"宿舍十一点熄灯，现在……还早，那我多陪你一会儿。"玛依拉羞涩地说。

她带来了热饭，我大口吃，心神不宁，味同嚼蜡。我第一次仔细打量玛依拉。她穿着黄色连衣裙，十几根仔细编织的小辫垂在胸前，圆鼓鼓的两只小兔子在我眼前扑腾。我的双颊发烫。

玛依拉感觉到了一些异样，突然问："大转哥，你真的不打算上学了吗？"

她的话让我回到现实，我从混沌的状态里回过神，瞬间心里生出一股恼怒的情绪，她戳到了我的痛处。我嘴巴大张，绿的、白的食物堵了一口，杵在那儿，目光变得凶狠。

玛依拉怯懦地说："对不起，大转哥，我不该提这事。"

我心疼这个女孩，她毫无顾忌地跑酒吧，每天黑灯瞎火才回去，从来不考虑自己的安全，对别人的议论从不放在心上。我知道她坠入了一种感情的漩涡。我也一样蠢蠢欲动，我害怕这种肮脏的感觉！她和我来往，她哥哥艾力来打我，是因为别人骂她伤风败俗。我也不敢触碰忌讳，做出一些大逆不道的事情。

她明媚的笑容让我突然清醒，我意识到我们处在一种危险的境地，只有远离，对她才是最好的保护。

"你不怕我侮辱了你的名声？不怕被人伤害吗？你走呀，你走，再别来烦我！"我怒吼。

大颗大颗的眼泪从玛依拉的眼睛里扑簌扑簌落下来。我呆望着玛依拉，不知所措。我用手轻拍她的头，玛依拉一把抓住我的手，紧紧贴在她的脸上。

"大转哥，因为我，你失学，对不起！但我喜欢你，为你做什么都愿意，你不要赶我走，我和你要在一起。"

我彻底醒了，抽出手，站起来，打开门，吼道："你走吧！别胡思乱想，你是我的妹妹，我混成这样，罪有应得，你不欠我，不必向我赎罪，以后不要来了！"

玛依拉消失在夜色里，哭声凄厉，心痛撕扯着我的神经。

那天，一些人喝醉了嚷嚷着点歌，要听《小芳》和《爱如潮水》，我不想唱，那些歌低级到家，表达不了我的心情，我唱 Beyond 乐队的《海阔天空》。

　　　　今天我　寒夜里看雪飘过

　　　　怀着冷却了的心窝漂远方

　　　　风雨里追赶　雾里分不清影踪

　　　　天空海阔你与我

　　　　可会变

　　　　多少次　迎着冷眼与嘲笑

　　　　从没有放弃过心中的理想

　　　　……

　　　　一刹那恍惚　若有所失的感觉

　　　　不知不觉已变淡

心里爱

原谅我这一生不羁放纵爱自由

也会怕有一天会跌倒

背弃了理想　谁人都可以

哪会怕有一天只你共我

……

我被自己唱的粤语歌打动，无神地望着喧嚣的舞厅，想象着一个孤苦伶仃的家伙，正走在雪夜里……

突然一股凉丝丝的液体浇在我头顶。

"你唱的什么鸟语，贡嘎贡嘎地吵死个人。"一个客人一摇一晃地不停向我身上泼啤酒。我站起来，一吉他将他拍倒在地。酒吧乱作一团。

老板炒了我鱿鱼，我躲在库房里，三天没出门。玛依拉没来，没人管我，我像个流浪汉，没吃没喝。我父亲都笑魁来找我的时候，我正蒙头大睡，我的鼻梁上贴着一块纱布。我父亲推醒我，我睁开眼，看到我父亲满是褶子的脸。我鼻子一酸，强撑起的倔强像瓷片碎了一地。

"以为捂块纱布，别人认不出你是谁了？"我父亲说。

我咧了咧嘴，一脸生疼。

"别糟践自己了，你混社会还没资格，你的出路是读书。"我父亲说。

眼泪决堤而下，我扑在我父亲的怀里号啕大哭。

我父亲笑起来，说："走路哪有不摔跟头的？错误是成长的养料，强大都是被错误炼的，但不要被击倒，要站起来，坚强面对！"

辍学半年以后，我重新回到校园。我转科去了罗老师的文科班。

兜兜转转，我回到了原点，离开了门捷列夫和爱因斯坦，回到了李太白和杜少陵的身边。

罗老师说，长大就是一件危险四伏的事，看似金光大道，其实可能走向万丈深渊。不在行晚，而在觉迟。选择正确的方向并不容易，会头破血流，需要勇气和智慧，要看清楚，不迷失本性，人生才能飞越迷雾。

罗老师把人生说得异常沉重，也不理会我明不明白。罗老师提了一个要求：别再玩吉他，和过去划清界限！

上文科的感觉真好，如鱼得水，我发现自己以前刚愎自用，明明是李太白的同党，却要贴门捷列夫的冷屁股。

我恢复到过目不忘的状态，知识鱼贯而入。上天是公平的，给人一个灵慧的右脑，就会愚钝你的左脑。要是两半脑子都开启了，孱弱的肉体一定无法支撑巨大的能耗。

我攻城略地，拿下了所有考试科目，又站在巅峰。罗老师心中欢喜，他没看走眼。

我一心读书。

高二假期，莱丽没有回来，我心如止水。

高三学年如期而至。我不断地寻找自己的知识短板，一节一节地补齐。原本枯草一样的奢念又充盈起来，莱丽的影子不时在我眼前浮现，越来越清晰。我想和莱丽比肩同行，殊途同归。

罗老师一辈子当园丁，弟子满天下，他以此为傲，可就是没有学生考上过北大或者清华。一个登山者登上了世界大大小小的山峰，就是没有登顶过珠穆朗玛峰！这让他遗憾，眼看要退休了，他急。罗老师单独给我开小灶，传授高考的独门秘籍。

"大转哪，你现在缺的不是基础知识，而是一种规划。人要立鸿鹄之志，上一线重点大学是一种志向，但你想过上清华、北大吗？要想！登高望远，人生才有大气象。你目前的精气神和学习成绩还不行，要突破！"

罗老师点破了我一直以来的困惑。

"你不要只顾埋头死做题、读死书，要放宽眼界，看电视、看报纸、看新闻、看课外书。相信我，这绝对有意想不到的收获。"

醍醐灌顶！那段时间，我信马由缰，整天看报纸、看书、看电视。我母亲马翠花以为我又"犯病"，忧心忡忡。

"杀猪捅屁股各有各的道道，我儿子读社会这本大书，比书本的道理多，一样考第一。"我父亲都笑魁说。

"马上高考了，还放马南山，考试又不考'新闻联播'！"我母亲说。

"你儿子种地也一样是好手，干吗把高考当饭吃？人的活法千千样。"

我母亲直摇头。

罗老师的独门秘籍有奇效，一段时间后，我再做时政题和历史题，有了成竹在胸的"超然之气"，能一眼看穿题目的要义，答案自来。特别是写作文，有一种一览众山小的感受，再不蛰居在"横看成岭侧成峰"的视野里，一气呵成，气象万千。

罗老师啧啧赞叹，给我讲头悬梁锥刺股的励志故事。我忍住笑。那种小儿科对我没用。我，谁啊？只要学会了方法，别人学了三遍，我一次就会。舒舒服服学习，头悬梁？太累！

高考填志愿，面临选择的十字路口。

"北大！我要放颗卫星，让那些仰脸看人的家伙看看我带出来的学生！"罗老师说，底气十足。

凭他多年的教学经验，我就是他心里的"卫星"，绝对看不走眼。

我对我父亲都笑魁说："问一下玉山江叔，莱丽报的什么志愿？"

我父亲笑起来，说："大路朝天，各走一边，还要一条道走到黑？我儿子，真是我儿子！"

晚上，我父亲醉醺醺地从玉山江家回来，搂着我的肩，腻味地说："我也想让玉山江的丫头给我当儿媳妇，你们在肚子里，我们就约好了，他玉山江怕事，怕人骂他……"

我父亲语无伦次，开始脱鞋、上床。

"儿子，莱丽报的是新疆大学。别强求，要认命！"

我父亲睡着了。

第二天，我告诉罗老师，我报新疆大学。

"为什么！"罗老师怒发冲冠。

"我想留在新疆，新疆大学一样培养祖国的接班人。"我说。

罗老师一声叹息，万分痛惜。他使出了浑身解数栽树、耕地、浇水、施肥，他要培育最好的果树，那是他退休前唯一的梦想，我是他扬眉吐气的机会，结果，长出了一树的酸果子。

对不起了，罗老师！

高考如期而至，我以一九九六年白水城地区文科状元的身份顺利考进了新疆大学。

莱丽，我来了！

五

时间散发着香草的味道，我的心沉醉在无边无际的快乐里，无忧无虑，我在等待去大学报到。

我依然会想起昏天黑地的酒吧。有些日子，我一个人坐在舞池，独自抽烟、喝酒，我放纵着内心纷乱的情绪。有时候，我会突然跳上舞台，弹起吉他，甩着长发，撕心裂肺地欢歌，酣畅淋漓，心醉神迷。

亚特兰大奥运会开始了，每天晚上，酒吧里人头攒动，人们呐喊、欢呼、拥抱，甚至咆哮。那些快乐，与梦想无关，与未来无关，只活在当下。

时间凝固了。

那些时间我狂热地想念莱丽，我要给她唱一首歌。

那天，我母亲马翠花给我做好吃的拉条子，看着我狼吞虎咽，规劝我别再"夜夜笙歌"，虚度年华。

"你儿子活得好好的，你别给灌一脑子古董一样的想法，他懂艺术呢。"我父亲都笑魁说。

院外有人按门铃，我母亲开门，惊叫起来："这是谁呀？别跪着，受不起，受不起。"

我和我父亲冲进院子里，院子中间跪着一老一小两个女人。

那是我婶婶和笑笑。

笑笑长成小姑娘了，粉扑扑的小脸蛋，梳着一头短发，一身牛仔服，假小子一样。婶婶一脸安详，只是两鬓青丝里添了几缕白发。

婶婶拿出一个存折，递给父亲。她们母女来还我叔叔都笑天被骗的钱。三个大人悲喜交加。我母亲愣了半天神，缓过劲来。我叔叔已经以一个骗子的形象深深刻在我母亲马翠花的脑海里，虽然她从来不说，但是内心充满了怨恨。而我婶婶的到来，让她幡然醒悟，原来我叔叔一直默默忍受着误解。两年前，我叔叔都笑天回到北京，不久就去了美国，说是要找那些骗子，将他们送进监狱，从此杳无音信。

婶婶说，我叔叔后来在美国开了家饭店，赚了钱，也不太想回国了，让她们母女专程替他还账。

我父亲都笑魁也不推让，把存折递给了母亲。

"朋友切切偲偲，兄弟怡怡，兄弟手足呀！"我父亲说。

我母亲抱着我婶婶放声大哭。

"我弟弟赚美国人的钱呢，无产者在这个革命中失去的只是锁链，他们获得的将是整个世界！我弟弟就是先进的工人阶级，他获得了全世界对他仁义的认可。"我父亲满嘴跑火车。

我婶婶破涕为笑，直夸我父亲都笑魁有文化。

"那句话《共产党宣言》里有。"我父亲嘿嘿笑着说。

叔叔走后，我对他的人品产生过怀疑。我父亲一直说他不会骗我们，我有点不信。到后来，我理解了我父亲的判断，我叔叔算是真正的工人阶级，他有自己的道德底线，诚信和道义对他很重要。

为人谋而不忠、与朋友交而不信不是他的做事原则。

笑笑给我说起当年的钢厂子弟学校，已经改为区中学了。我想起了酒红色的教学楼、酒红色的跑道，眼底湿润，我想起了那个甩着两条大辫子的女孩，心底一沉，往事成烟，世事无常。我的鼻子一酸，想起了离开北京的那个雨天，不知道那些带给我美好记忆的人还好吗？

婶婶和笑笑小住了几天，我带着她们去塔克拉玛干沙漠边缘走了走。婶婶兴奋得像个孩子，一改平日不苟言笑的神情。笑笑赤脚扑进大漠，在沙包里打滚。笑笑脱掉鞋子狂奔，不停地在沙丘间追逐着婶婶和我。欢笑声飘荡在广漠的沙原，那种欢乐是一种重见天日的欢乐，来自心底，来自大自然坦荡的馈赠。

沙漠不再咆哮，安静地袒露在阳光下，连绵流沙在天际刻出流动的曲线，像大海波涛起伏，似湖水波光粼粼，逶迤蜿蜒，千姿百态。辽阔荒原，大地荒芜，苍寥豪迈，人站在那里就不再脆弱，就被唤醒了生命的活力。当落日西沉，大漠旷野仿佛在燃烧，浩渺无边，苍穹之下，温馨洒满人间。

"真不可思议，世界这么大，我却不知道！以前我以为人们都是住在高楼大厦，乘地铁、吃快餐、看新闻，原来人们的活法千姿百态，大千世界争奇斗艳，人人都有各自的幸福！"笑笑说。

我叔叔都笑天还债的事情对我刺激很大，一个人怎么就能够承担那么多委屈，毫无怨言，而且不顾一切地去担负一种道义的责任？其实我父母亲再没有提到过那些事情，他们总是认为自己太大意。只母亲对我叔叔背叛我们觉得很受伤害，却没有想到我叔叔为了我家背井离乡，铁肩担道义。

我幻想了一百种和莱丽重逢的景象，那些幻觉让我热血沸腾。莱丽迟迟未归，没有她的任何消息。当我背上行囊，坐上火车，才发现车厢里聚满了上大学的学生。我坐在车窗前，空气燥热，逼仄的车厢里，人声嘈杂。窗外的戈壁，黄褐色一片，茫茫无际。

　　我拿出吉他弹唱：

　　　　不要问我从哪里来

　　　　我的故乡在远方

　　　　为什么流浪

　　　　流浪远方　流浪

　　　　为了天空飞翔的小鸟

　　　　为了山间轻流的小溪

　　　　为了宽阔的草原

　　　　流浪远方　流浪

　　　　还有还有

　　　　为了梦中的橄榄树　橄榄树

　　　　……

　　我弹得心不在焉。

　　一个维吾尔族姑娘随着音乐的旋律轻轻摆动，我闻到了盛开的玫瑰花香。

　　"莱——丽！"

　　我泪眼模糊。

"哈哈，我们的抒情王子！"

艾力突然出现，抓住我双肩往车厢壁顶。我们三个发小在开往乌鲁木齐的火车上不期而遇，奔向同一个目的地。艾力似乎完全忘记了小时候在校门口堵我、天天打架的事情。时光荏苒，一切都在变化。

艾力已经是一米八的大小伙了，深陷的眼窝，黝黑的皮肤，浑身一股糙劲儿。他初中毕业直接考上了新疆一所五年制的职业大学。自从他爸爸马发贵去世后，艾力就像变了个人似的，他继承了他父亲的那些聪明的素质，刻苦好学。入学通知书下来，难坏了他母亲阿依仙木，家里出了个大学生，她有了奔头，但生活却捉襟见肘。她无力负担艾力的学费，终日以泪洗面。艾力有了不想上大学的打算。

阿依仙木心一横，来到我家借钱。

我父亲都笑魁和我母亲马翠花商量一下，决定承担艾力上学期间的所有费用。阿依仙木拉住艾力跪在我父母面前。

我父亲扶起他们，说："我不助人，是我无善。我就把艾力当我儿子呗。"

阿依仙木的脸上露出一丝激动和惶恐。我父亲这样不计前嫌、大手破费帮她家，让她有点意外；说把她儿子当我父亲的儿子，她内心有点抵触。她不敢和汉族人接触，来我家借钱还是下了决心，偷偷摸摸地晚上来。以后再让艾力叫我父亲都笑魁"爸爸"，还不知有多少人会骂她。

我父亲看出了她的犹豫，知道她不想自己的儿子叫他"爸爸"。

"艾力是你的，算我借给你钱，有了还，没了算。"我父亲说。

艾力搀着瞎一只眼的母亲阿依仙木走了。

我父亲都笑魁的超然大度，让我五体投地。

眼前的艾力喜气洋洋。

莱丽在一旁抿着嘴微笑。高挑的莱丽长着一张迷人的脸蛋，雪白的皮肤像被乳汁浸泡过一样，会说话的眼睛泛着幽幽的蓝光，嘴角高傲地翘着，骄傲得像个公主，如出水芙蓉，水灵灵的。

那一刻我的眼里浮出碧绿的深潭。

我内心震动，已经很久眼底没有浮现过那汪水了。在内心深处，我一直怀疑自己是不是已经丧失了某种功能，那天我明白自己依然心明眼亮。

一九九六年，我和莱丽成了校友，我们不是一个专业，我学国际贸易，莱丽学生物。

刚进大学的莱丽就像闯进新天地的小鹿，会说话的眼睛走到哪儿就把色彩带到哪儿，男生女生都喜欢她。

以后，我每天等在生物系的门前和莱丽一起吃饭。我们的关系发生了一系列的变化，我们同出同进。许多时候，人们都能在图书馆看到我们一起读书的身影，大家似乎都接受了我们热恋的事实，在别人眼里那样有些大逆不道。

其实，我内心恓惶。莱丽压根儿没向别处想，在她心里我们只是同乡，好比兄妹，而且她父亲玉山江叮嘱过，要离都家的人远点。莱丽也搞不清楚，两家关系一直不错，父亲为什么那么避讳我们接触。莱丽喜欢学习，我也做出刻苦好学的样子，在她心里我就是喜欢和她同桌学习的人——同学。

我再见到莱丽，眼底的那片深潭消失了，却总是浮现一团雾气。这让我有点怕，我精确地知道自己的感觉，这种感觉让我有点绝望，但我又抗拒不了莱丽的吸引。

休息的日子很难熬，莱丽总是消失得无影无踪。对我打去的传呼，莱丽很少回。我不知道莱丽那些时间在干什么，我如坐针毡。

生活中总有一些意外是你无法预知的，但那会改变你原来的人生轨道。

那个星期天，莱丽又来去无踪，我心情沮丧，在被窝里捂了一天，饥肠辘辘，提着暖水瓶去打水。

一路积雪，地面湿滑。

我心不在焉，胡思乱想，一个跟头摔在地上，暖水瓶"嘭"的一声炸了。我躺在雪地里，静静地看着蓝天，白云飘荡。我想一直这样躺着。

一个女生在一旁咯咯地直笑，我闻到了一股淡淡的沙枣花的香气，这让我有些奇怪，我的那些奇异的感知力复活了，在十二月的寒冬里我闻到沙枣花香。我仰起头，看到了一个青春靓丽的姑娘。她在一直不停地笑着，眼睛月牙似的闪亮，披肩短发，着白色羽绒衣，牛仔裤角扎在白色的靴子里。

她笑着笑着，眼泪流下来。

她单膝着地，抓住我的胳膊。

"大转哥，我是小雪，李小雪呀！"

我摸摸脑袋，确认我正躺在地上，不是在梦里。

"错过那么久，还会相遇？"我说。

我居然和李小雪在校园重逢，她在外语系学英语专业。

我在日子里煎熬，我的内心都被莱丽占得满满当当的。李小雪热情如火，我对她不冷不热，整天忧心忡忡。李小雪一定演绎过无数次和我见面以后的剧情，却没想到和我隔着一座山梁，她眼睛里的光彩瞬间黯淡了下去。李小雪渐渐明白我在等待什么了。成双成对的背影，会让李小雪想起我等莱丽痴迷的模样，她内心抓狂。

李小雪清楚在我身上所发生的一切，都是因为那个维吾尔族姑娘，所有的症结都在她那儿。她日渐消瘦，变得多愁善感。我一见到她就心生惭愧，不知道如何安慰她。我说你不要在我这里浪费时间，要好好照顾自己。我的语气寒风一样飕飕地吹过。

"我好着啊，你瞎操心什么？"李小雪对我大吼。

她好像不需要我的关心，却又无法做到不见我。她大声地哭泣，然后会笑着向我摆摆手，消失在我的视野里。

在我心中莱丽夺走了李小雪所有的光芒，这让李小雪自卑不已。

她回忆起少年时我若即若离的样子，似乎突然看透了我忧郁的眼神背后的那种等待。爱而不得，夜里，李小雪辗转反侧，决定去找莱丽。

我每天都围着莱丽转，李小雪不愿意面对我把事情说破，她一直找不到单独和莱丽说话的机会。一天，在澡堂里，李小雪等到了莱丽，莱丽瀑布般的长发湿漉漉地搭在雪白的背上，脸蛋晕红，千娇百媚。

李小雪鼓起勇气走过去，介绍了自己，说："我喜欢都大转，我知道你也喜欢他。"

莱丽看了一眼莫名其妙的李小雪，笑着说："那个校草，谁都喜欢，我和他从小一起长大，他就像我的哥哥。"

"都大转可没有把你当妹妹啊，他爱恋你。"李小雪说。

"我有喜欢的人了。"莱丽一字一句地说。

李小雪的嘴角上扬。莱丽大笑着说李小雪应该向我直接表白，不要来找她。

那一刻，李小雪彻底轻松下来，以为自寻烦恼。

一天，李小雪在教学楼前找到我，递给我一个信封。我打开，居然是我在父亲都笑魁酒厂打工时的一张照片。画面很有韵味，车间里摆放着巨大的酒缸，两排圆形的缸口由近及远排列着。一束束阳光从窗外射进来，酒缸口冒着热气，圆圆的缸口如深邃的海面冒出的一串串水泡。瘦削的我站在两行酒缸中央，高举一串葡萄，在阳光下仔细地辨识葡萄的色泽。逆光里，稚嫩的我聚精会神。那就是我精神深处的样子——对每件事情，通过细节辨别出事物的差别、找出背后的规律，然后把一种准确的判断作为新的知识，一丝不乱地储存在我拥有超凡记忆的大脑里。

我非常惊讶，抓拍的相片精确地表现了我少年的神态。可是我并没有想起来在什么时候李小雪拍摄了这张照片。

那是你少年清纯的样子，我从那时就喜欢上了你！

李小雪在相片背后，写了这句话，字体娟秀。

我心里有一丝温暖的感觉，李小雪的形象慢慢爬进我的心窝，我感到我的内心有点混乱，我知道自己感觉奇异，和所有人都不一样，但我内心一直觉得缺少点什么。

多年以后，我回忆这段时光，有一种春蚕破茧的感觉，这种感觉与这两个女孩有关，那是一场恋爱，却若隐若现缥缥缈缈，让我犹如浮在空中。

一天下课后，我没有等到莱丽，忐忑不安。我等在女生宿舍的楼下，直到莱丽出现。她旁边有一个英俊的长着卷发的维吾尔族男孩。那一刻，我的心被一束阴暗的光刺得发痛，我装作满不在乎的样子，去和那个维吾尔族男孩握手，结果却扭作一团打了起来。

路边围满了看热闹的人。莱丽脸色羞红，一头扎进宿舍。

"住手啊！"李小雪一把抓住维吾尔族男孩的衣领。他被李小雪的怒吼镇住了。李小雪猛地咬住维吾尔族男孩的胳膊，死死不放，疼得他嗷嗷直叫。那一刻，像极了早年，李小雪在酒厂放狗咬人的慢镜头。

李小雪拉着我走了。我衣衫不整，她帮我整理头发，一脸心疼。我一把抓住李小雪的手，李小雪的眼泪簌簌地落下来。我轻轻把她搂在怀里。

后来，我们成双入对地出现在校园。偶尔见到莱丽和她的维吾尔族男孩，我都会下意识地松开李小雪的手。李小雪心里不平衡，认为我贼心不死、暧昧不清。我没心哄她，她常常甩手而去。

李小雪就像变了一个人似的，不再咯咯地笑，总会问我在不在乎她，是不是又在想莱丽。那种难堪折磨得我苦不堪言，我开始有意躲避李小雪，她却不离不弃。李小雪对我的感情像是在给她自己砌墙，日子是一块砖，思念是一片瓦，慢慢地她把自己砌进了围墙里。可我拯救不了她。

琐碎的感觉几乎摧毁了情感的基石，我无力招架。

我认真思考情感的事情。

我发现在我眼里只有大自然让我心情舒畅，而女性也是我心中的自然天地，她们就是生命中的花、草、河流、炊烟。我在苦苦寻求着生命的乐园，但我犹如被放逐的风筝，在风中飘扬，直到精疲力竭，坠落在地，只想投入女人思念的怀抱。

我发现对最熟悉的女性我也并不了解，我搞不清应该以怎样的态度善待眼前的姑娘。莱丽只是一个晃动的影子，传播着一种神秘的感觉；李小雪却是我生活里真实的存在，但我已经丧失了对她的新鲜感。我渴望遇到自己深爱同时也深爱自己的人。感觉已被磨钝，没有愉悦和惊喜。我分不清是"爱"还是"喜欢"。在这种波谲云诡的情感纠缠里，我越来越盲目。我想时时刻刻围绕在莱丽身旁，但却无法接近她；我对李小雪怀着一些莫须有的哀怜，担心她遇到意外，却没有保护她的冲动。

我的悲剧在于眼前非己所爱，梦里我在爱人。

我转移视线，和大学社团里的同学乐手组建了"梦幻未来"乐队。每周两个下午，我们练歌、弹唱，打发寂寥的青春。我们出入各种舞台，宣泄郁闷的情绪，把日子过得生龙活虎。渐渐地，我们有了名气，"梦幻未来"成了一个校园文化符号。在舞台上，我会放声呼啸，我会热泪横流，我会想起在酒吧唱歌的日子，我会想念美丽的莱丽……我要唱一首歌给莱丽听！不管她心属谁，她是我的莱丽，我永远的莱丽！

莱丽的生日快要到了，我要送她一个终生难忘的生日大礼！我和乐手们谋划着。

那天，风雪交加，寒风刺骨。

我们瑟瑟缩缩地窝在墙角，等莱丽下晚自习。她来了，雪地里发出咯吱咯吱的足音，那声音一下下敲在我们的心头。我们一个个热血澎湃。

莱丽上楼了，宿舍的灯亮了。

"莱丽，生日快乐！"

我们一起呐喊，呼声划破寂静的夜，一排排窗户探出一排排美丽的姑娘的脸，一片欢啸。

莱丽探出了头。

我们开始纵情弹唱：

人潮人海中　有你有我

相遇相识相互琢磨

人潮人海中　是你是我

装作正派面带笑容

不必过分多说　自己清楚

你我到底想要做些什么

不必在乎许多　更不必难过

终究有一天你会明白我

人潮人海中　又看到你

一样迷人一样美丽

慢慢地放松　慢慢地抛弃

同样仍是并不在意

你不必过分多说　你自己清楚

你我到底想要做些什么

不必在乎许多　更不必难过

终究有一天你会离开我

人潮人海中　又看到你
一样迷人一样美丽
慢慢地放松　慢慢地抛弃
同样仍是并不在意
不必过分多说　自己清楚
你我到底想要做些什么
不必在乎许多　更不必难过
终究有一天你会明白我
……

唱着唱着，我鼻子一酸，千头万绪涌上心头。我苦苦等待，苦苦不得，莱丽却渐行渐远。这么多年来，迷恋着她，追随着她，我的情感却像一个童话。童话里的公主被别人感动，骑上了白马王子的骏马。

我歇斯底里地高唱：

……
不再相信　相信什么道理
人们已是如此冷漠
不再回忆　回忆什么过去
现在不是从前的我
……

我痛不欲生！我的莱丽，为什么你已是如此冷漠？

我不知道李小雪一直在围观的人群里观望着眼前的一切。我泪流满面，在她眼里我滑稽万分，就是一个笑话。她心心念念的人，却在大庭广众之下向别的姑娘献殷勤。李小雪冲过来，一把夺了吉他，摔得粉碎。我毫无防备，我被拉回现实。

"都大转，你真无耻！"

男生的口哨声、女生的尖叫声，一浪高过一浪。

李小雪转身离去。

我和李小雪断了联系，我的日子慢慢恢复了平静。

一九九七年寒假，我回到家。

白水市大雪纷飞，冬天在落雪中休憩。雪花沙沙，白雪茫茫，天地之间是冰雪世界，冰冷、寂静、辽阔。

我来到郊外，站在茫茫雪地，生出些许悲怆的感觉。命运如风，生命如雪。天空下从没有两片完全相同的雪花，世界上从没有完全相同的两个人。我们来到这个世界，像一颗雪粒拼命飘飞，寻觅另一片融化自己的雪花，落在泥土，一起塑造冰雪的雕像。

冷冷的孤独感浸透心髓，那个我寻找的人在哪里？你也独立在雪中吗？

除夕的春晚，电视里在唱《春天的故事》。

我父亲都笑魁放下酒杯，认真听，满眼泪花，说："唱出了老百姓的心声啊，改革开放是我们这一代的好命呀！"

"咱大转可是跟改革开放同岁啊。"我母亲马翠花擦着眼角的泪水说。

我望着窗外的雪花，心里想着莱丽家的窗外也一定被白雪覆盖了。

半个月以后，改革开放的总设计师走了，大地同悲！

我父亲都笑魁在伟人像的上面贴了"小平同志，我们想念您"的白色字幅，大哭一场，以后的日子他寡言少语，每天烧香磕头，磕了七七四十九天。

一个寒假，我没有见到莱丽。

开学了。

校园的小路上飘来一股烤红薯的香气，唤醒了我对童年的记忆：莱丽高举着一块烤红薯，笑着跑着。我一手抓着一把扫帚支在裆下，高举着另一只拿烤红薯的手，嘴里"驾、驾……"地喊着，追着莱丽围着火炉转圈……

我买了一个烤红薯，在莱丽宿舍前徘徊。

不期而遇，李小雪走出来。自上次她砸了我的场子，我们再没有见过面。她走过时看了一眼我手里的东西，蔑视地说："贼心不死！"

当红薯凉透的时候，我看到莱丽和维吾尔族男孩的背影，他们一路说笑，亲密无间。

我把红薯扔进垃圾箱。

系里要举办联谊舞会，舍友们躁动不安，他们挑选衣服，梳平头发，像一只只大公鸡，雄赳赳气昂昂的。我无动于衷，一副邋遢模样。

狂欢是一群人的孤独，独孤是一个人的狂欢。

舞会上的女孩们花枝招展，男孩们眉飞色舞。我坐在角落，心里堵得慌。

"都大转。"有人叫我。

是李小雪。她穿着一身白色连衣裙，长发披肩，脸颊红晕翻飞。她伸出手来请我跳舞。

我起身想走，李小雪一把抓住我的胳膊放在她的腰上，手搭在我的肩上。不容置疑！

我心猿意马。

交错辉映的灯光下，我看到了莱丽，我闻到了迷人的玫瑰香味。我呆立在舞池中央，望着莱丽。李小雪一甩手，匆匆离去。

一个月以后，我成了别人眼里的英雄。

那天，我去二道桥买吉他弦，看到两个坏小子在殴打一个姑娘，他们偷姑娘的钱包时被发现了。我就看不惯这些渣滓不可一世的流氓嘴脸，他们总是在山西巷子和二道桥的大街上飞扬跋扈，偷抢不成，就群殴对方。大街上溢满了腐烂的气息，人们行色匆匆，胆战心惊。

我从小好勇斗狠，见义勇为对我来说不是什么事情。

后果很严重，我的肚子上被人捅了一刀。

我像一片金色的羽毛，在一个隧道里飘浮，一头阳光灿烂，一头幽深黑暗，我在里面任意穿梭。我听到嘈杂的声音断断续续在耳边回响，内心舒适。我站在高处，自己看着自己，发现自己处在一个自由自在的空间中。我看着眼前各种各样的脸，和他们说话，但是没人能听到。一只无身的大手在隧道的深处向我摇摆，越离越远，消失在黑暗的阴影里……

我醒了！

三天以后，我从昏迷中醒过来。第一眼看到的居然是李小雪。

李小雪每天给我做我最爱吃的西红柿鸡蛋面。

"这个闺女实诚！"我母亲马翠花说。

"这个闺女，脸似桃花，眉目传神，大转养不住呢，野着呢！"
我父亲都笑魁说。

李小雪双手托腮，看着我微笑，让我回想起多年前她受伤的那
些日子，我每天送她爱吃的香肠。一场回忆一场梦。

莱丽来了，维吾尔族男孩跟着她，我五味杂陈。

"你们满意了？但他们没能杀死他。"李小雪说。

"谁是'你们'？"莱丽说。

"别再纠缠了！"

"我们是一家人！"莱丽说。

我无力地摆手，李小雪哼了一声，不再说话。莱丽满脸绯红，
丰满的胸脯上下起伏。

他们走了，李小雪把莱丽送的香蕉，扔进了垃圾桶。

我出院的第二天是七月一号，阴雨连绵。

那天香港回归祖国了，普天同庆。

电视里说今天驻香港部队越过管理线的这一小步，是中华民族
的一大步，为了这一步，中华民族等了百年。

我们在宿舍高唱国歌，热泪盈眶，尽情享受身为中国人的自
豪感。

莱丽专程来看我的恢复状况，一脸羞涩。再有几天该放假了，

我邀请莱丽放假后一起去天池看风景，莱丽点点头。

我兴奋得手舞足蹈，我的心情阳光明媚。

莱丽走后，李小雪学着莱丽的腔调说："那你带上你的女朋友，我带上我的男朋友，一起去？"

出发那天，我们等了很久，莱丽没有来，我垂头丧气。

"难道没有她，你会死啊？"李小雪嘴上说着硬话，却笑眯眯拉我上了车。

我和李小雪来到远古西王母洗脚的瑶池——天池。

云杉、塔松挺拔苍翠，漫山遍岭，湖水清澈，晶莹如玉，绿草如茵，野花似锦，群山环抱，碧水似镜，风光如画。

"一池浓墨盛砚底，万木长毫挺笔端。"李小雪吟了一句诗。

阳光洒在李小雪的帽檐上，她的鼻尖微微冒汗。我突然发现，我从未认真关心过她的内心世界。

晚上，我们在山脚下农户家的毡房里住下。他们说毡房是生殖崇拜的产物，蕴藏着阳刚的力量，爱情总会在毡房里开花。火炉上的奶茶咕嘟咕嘟地响着，我回想起小时候，天寒地冻，莱丽在我家，我母亲马翠花招呼她上炕，我总是拿她脱下的鞋子去火炉旁烤。

我拿起李小雪的鞋子烤在炉架上。

我们相对无言。

李小雪默默地抽泣，说："我到底哪里比不上她？"

我无法回答，心乱如麻。我一直以为莱丽即使不属于我，也不应该属于任何人，可那个维吾尔族男孩撕碎了我的臆想。我渐渐清醒，在玉山江他们那些人的眼里，我和莱丽就是两个城堡的精灵。我一直想在城堡的鸿沟上造一座桥，全心全意地去爱天下的精灵，但我做不到，我们似乎无法共生。我为明白这些道理而恐惧。

我独自踱步到毡房外，夜色宁静。

天空下起了小雨。

李小雪疯狂地喊我，她的呼唤在山谷里回响，余音袅袅。

我坐在石头上抽着烟，任凭雨水浇湿衣衫，我的眼泪和雨水一起从眼角落下。

李小雪撑着伞站在雨中，雨水啪嗒啪嗒打在伞上。我一把将李小雪拉进怀里。李小雪双手环住我的脖子，眼泪决堤。

雨下个不停，我们在湿漉漉的石块上疯狂，空气里飘溢着湿漉漉的青草和沙枣花的香气。

我无比震撼，放声长啸。

那天夜里，李小雪说："未来你会去哪里呢？你的莱丽打算考托福，她要去美国留学了。"

这句话犹如一束光，照亮了我前行的路。

以后，我开始疯狂地补习英语，准备留学前的托福考试。

我总是以各种理由敷衍李小雪，她很难再见到我。

那天，艾力来了，面色苍白。见到我，他呼天抢地地哭。他妹妹玛依拉出事了。当天，我们乘飞机回了白水市。

玛依拉上高三了，一心一意想像哥哥一样考上大学。她的班主任老师常常给她补课。

但厄运不期而至。

伤天害理的暴徒侵害了她，把她扔在白水河边。

玛依拉受尽了屈辱，她受不了失去贞洁的侮辱，一头扎入白水河。

那条河曾经带走了她的父亲马发贵，现在又带走了她。

我和艾力几乎不吃不喝在玛依拉的坟边坐了三天三夜。想起那个扎着一堆小辫子的妹妹，我伤心欲绝，一次次哭倒在坟头。艾力大声号一阵，然后嘴里不停念叨，双手捧着，做出祈祷的样子。

"上天啊，你存在吗？你为什么从我身边夺走她？你的正义之光在哪里？"

艾力哭吼着，仿佛天空里隐藏着他的仇人。

"我要报仇！"艾力说。

那几天，我和艾力守在玛依拉的坟前，玛依拉的死让我们痛不欲生，我们没有能力保护柔弱的妹妹！

艾力打消了辍学的念头。

"我要学好知识！"艾力发誓说。

我和艾力泪流满面，柔肠寸断，搀扶着走出坟场。

我们回头望了最后一眼。

沙丘深处，玛依拉的新坟微微隆起，紧连着马发贵的旧坟。四周芦苇丛生，白色的芦苇须在微风里飘散，野蔷薇刺藤上挂满了鲜红的蔷薇果，坟地弥漫着悲凉的气息。一群乌鸦在天空盘旋，黑色的影子在刺目的阳光下飘浮，刺耳的叫声在上空飘荡。

在天有灵，让他们父女在地下相会。

李小雪终于找到了我。

我不知道李小雪内心经历了怎样一番挣扎。在停经两个月后，她呕吐不止，肚皮急剧膨胀。她开始后悔那一晚的冲动，她恨自己也恨莱丽。嫉妒和焦灼摧毁了她的意志，让她不顾一切去证明她比莱丽更珍惜我，哪怕献出她的一切。

李小雪内心对自己充满厌恶。

李小雪说她怀了我的孩子，我眼底飘出火苗。我不理解就那么一刻，那雷雨交加的一刻，我永远地伤害了这个桀骜不驯的姑娘。我意识到一切都该结束了。

"打了吧！"

李小雪的眼泪扑簌簌落下来。

"那可是一条命！"

"是一个胚胎而已。"

"是你我的命！"李小雪歇斯底里地吼。

我知道李小雪是对的，世事轮回，那个胚胎就是又一次生命的开始，我甚至能看到那个孩子眉开眼笑的模样。

"你会受到良心的惩罚和永恒的诅咒。"

我甘愿受到惩罚，我还没有开始梦想，一切来得都不是时候，我看不到我和李小雪的未来。我知道自己从此会背上赎罪的枷锁，犹如被镣铐捆绑的一个囚徒。尽管别人不知晓，我还是能感到冥冥之中有一双眼睛在看着这一切。

我拿出一万块钱给李小雪做手术，她把钱甩在我脸上。

李小雪从我的生活里消失了，我的内心充满了负罪感，一个人的时候，我常常默默流泪。

二十二年以来，我生活在一个逼仄的精神世界里，在那里寻找自己的理想、爱情，释放自己的欲望，活得奇形怪状活得浑浑噩噩，像一个蛹一样躲在自己的时空的壳里。原来我的灵魂从来没有依附，我和那些我爱的姑娘、爱我的姑娘从来就不在一个世界。

持续了我的童年、少年、青春的百折不挠的恋爱，碎裂得像片片青瓷，扎得我遍体鳞伤。

二〇〇〇年的夏天，我如愿被美国哥伦比亚大学录取。

莱丽，我要找到你！

六

　　我飞到北京，去签证。那个高鼻子金头发的美国人极其认真，问了一堆我的隐私。但事情还算顺利。

　　我去找我婶婶，她现在在社区当干部，管着一堆胡同里家长里短的事。见了我，婶婶泪眼婆娑。那一刻，我觉得婶婶是我在这个世界上最亲近的亲人。笑笑一蹦一跳地抱着我转圈，两条大辫子甩在腰间，她已经是一个亭亭玉立的大姑娘了。我疑惑北京姑娘的打扮怎么几十年没变，学生们一直喜欢扎大辫。

　　婶婶包了饺子，我又吃出了小时候的味道，眼泪直流，边吃边哭。笑笑笑着用餐巾纸给我擦脸，不问我为什么。

　　晚上，我们一起来到天安门广场，照了张速照。

　　"带给我爸爸，让他早点回家！你也别忘了回家的路！"笑笑说。

　　飞机飞过北海道、堪察加、白令海和阿留申群岛，画了个大圆弧，从自由女神像的头顶掠过，在纽约机场落地。

　　美国的神奇令人无法抗拒。以前，身边充满了美国的影子，可口可乐、好莱坞大片、波音飞机……熟悉却遥远、陌生。站在这片土地上，我闻到空气里不同的气味，心里空荡荡的。

下了一夜小雨。早晨，窗外的小鸟叫醒了我，我闻到了青草和泥土的味道。校园里绿树成荫，安详寂静，人们三三两两走着，天空湛蓝，星条旗在屋顶摇曳。站在窗前，我清醒地知道我来到了另一个国度。

室友一个叫迈克尔，来自芝加哥，金色头发，皮肤白里透红，高大帅气；另一个叫阿奈·穆斯塔法，来自中东，蓄着胡子，符合人们对中东人的印象。迈克尔不怎么住宿舍，偶尔回来，身边会跟着金发碧眼的女孩。阿奈是个典型的学霸，天天泡图书馆，几乎不浪费任何时间，只有星期五礼拜的时候会去清真寺。我们是一个国际团队，文化各异，互不干涉，友好相处。在他们眼里，我来自一个贫穷的国度，居然连阿奈都那样认为。他们对我说话时彬彬有礼、不露声色，担心伤到了我的自尊心。我不在乎他们的想法，只是不太想故意讨乖，有点形单影只。从他们的神情里，我意识到自己离开了祖国的土地，那一刻，我想回家。

行人悠闲，教室很近，黄顶红墙，阳光灿烂，天空深邃，满眼绿色，零星的黄叶缓缓飘落，静物画一般。我时时生出些忧伤的情绪。

以后的日子，我踩着滑板，穿过校区的小道进入教室。在这里，只要不冒犯别人，没有人在乎你是从天而降还是钻地打洞，放松的感觉让人十分舒适。不再被人议论，不再关注别人的看法，我有一种被解脱的愉悦，像破土的芽苗一样生长，兴致勃勃。

我的神经不再紧张，脚踏高勒靴，穿露出毛皮的牛仔裤，大格子衬衫外套短夹克，斜挎黄色 NIKE 双肩包，出入校园。我留学时的形象是自在放松、自信坚定、无忧无虑、激情四射的。幽静的环境、舒缓的节奏、处处流露的善意，让我着实不太适应。我猛然发现，以前，我一直处在一个封闭压抑的环境里，紧张兮兮。国内那些生活渐渐淡出记忆，忧伤的感情纠葛变得模糊起来。

我急着联系我叔叔都笑天，他在加州，与我隔着一整片北美大陆。我叔叔都笑天终于找机会来了纽约，他微挺着肚子，西装革履。

我有点陌生，内心没有生出想象中的激动。倒是我叔叔扑到我怀里，放声痛哭。我木讷地搂着他，眼睛漫无目的地看着远方。他没有我记忆中那么高大。

我叔叔已经多年没有见到从祖国来的家人，可以想象他经过多少离别的苦思！多少冷漠！多少生不如死的煎熬！

原来，他一直在唐人街给一家餐馆打工，靠着不多的薪水，维持生活，偿还我们家那些债务。我真佩服我父亲一家，他们血脉里继承了一种百折不挠的信仰，坚守着对诚信的执着、对良心的善意。

我们讲述多年以来的经历。我叔叔一直哭，我从没见过一个成年人流过那么多眼泪。一次喜悦的重逢变得痛苦不堪，不知道的人以为我叔叔死了爹娘。

心绪平静以后，我们从百老汇走过东河，穿过一条窄小的街道，那是著名的华尔街。

"这一条窄窄的街道，能够掀起全世界的金融风暴。你要认真研究这些原因，万恶的资本主义剥削大鳄！"我叔叔说。

我又找回了我叔叔工人阶级的豪迈印记。

我突然觉得自己的渺小，我叔叔都笑天寄人篱下的时候，还在考虑国际风云的大事，我却浅薄到为了追寻一个姑娘，不顾一切满世界瞎跑。我躲在幼稚的心态里，明知道走进了一个死胡同，却不知道怎么从那里出来。爱，是无辜的！但我却爱得漫无目的，死缠烂打，和自己过不去，和生活过不去。什么时候，我会揭开被欲望掩盖的虚情假意的表象，让心灵安静下来，坦然面对男女的纠葛？

我对自己来美国的意义开始怀疑，我为我父母亲辛辛苦苦培养了一个这么自私、这么不懂生活责任的儿子而自责，想起他们渐渐苍老的面容，我浑身哆嗦。

没过几天，迈克尔找个理由，邀请我去他朋友家参加 Party。我第一次喝洋酒，琥珀的酒色诱人，没有白酒辛辣的劲道，入口绵香甜润。不知不觉喝大了，我飞奔到车站，末班地铁飞驰而去。我恓恓惶惶走出地铁口，迎面遇到几个五大三粗的黑人和白人汉子，他们醉意醺醺，向我吼叫着走来。

我见惯那些欺负人的嘴脸，嘴里吹着口哨，看着他们。

领头的哥们儿拍一下我的肩膀，说："Brother，what's up！（兄弟，怎么了！）"他们居然问我要不要帮忙，然后和我谈了会儿中国功夫，相搀扶着一摇一晃走了，最后来了句："Have a good night！（晚安！）"感觉大家都是一家人似的。

我开始接受这里的生活。

老师上课的方式奇形怪状。有的容不得学生说话，直视天花板，侃侃而谈一堂课，抬手看一眼腕表，露出迷人的微笑，走了；有的说出自己的学术观点，然后举出各类不同的观点，引经据典反驳与他相左的论点，仿佛对面围坐着一圈辩手；有的先讲一通理论，开始阐述这个理论的不同著述……最头疼的，给你列一个题目，列出参考著作，限定时间，写一篇论文，人类创造的所有知识皆可拿来所用，为你开放，你只做一件事情——研究出自己的观点，交卷！我那些应付托福的英语底子，折磨得我苦不堪言。

我常常深陷亚当·斯密的自由贸易论找不到北。往日，那些写在书里的大名鼎鼎的华尔街大亨麦利威瑟、巴菲特……就在身边。他们站在高高的讲台上，对着台下鼓爆眼睛的听众，鼓吹美国的机会，判定股市的前景，煽动起人们对财富的无限渴望。

我似懂非懂地理解他们的思维逻辑，产生了强烈的以财富证明人生价值的是非观。这些思想的转变让我非常惊讶。

我们三个室友各有各的圈子，迈克尔脱不开他的美国白人社交圈，阿奈总跟一帮人神秘兮兮地聚会，我喜欢去唐人街吃变了口味的中国饭。

我去的那一年正值总统大选，每天都有竞选演讲在轮番上演，一个个斗志昂扬。我非常好奇，今后被选出的家伙这么恶贯满盈，以后怎么在人民心目中树起光辉的形象？我觉得有些荒诞，觉着自由就是想骂谁就骂谁。

美国人觉得谁说了自己想要的，谁就是总统的料，并不在乎他过去是个什么下三烂，但对有没有投票权非常在乎。这一点我印象深刻，民主是每个人的事情，每个人都可以表达不同的政见。人们投票给那个看上去顺眼的、政治宣言还行的人，然后回家继续吃廉价的汉堡薯条，喝滥大街的星巴克。

那个没读过多少书的小布什，小时候像个混混，十二岁抽烟，说话骂娘，见到姑娘喊："嗨，小妞儿，够性感的哟。"上大学时成绩糟糕，他却打败了学识渊博的对手，成为美国总统。美国人喜欢他代表的精英形象，那是他们认为美利坚民主高高在上的形象。

我就不明白为什么一个从来没有管理过国家事务的人，一经选举，就成了经天纬地的天才。怪不得美国人对世界的态度，一天一个主意，好像世界是他们表演的舞台。

媒体每天的头条是：小布什当选总统了！戈尔票数最高！搞不清楚美国人的新闻真实到底依据什么。经过一个月的争议后，小布什当了总统。让我吃惊的是，没有总统，美国一样运行。我对美国的政治运行系统佩服有加。

我给我父亲都笑魁打电话，跟他讲这些奇奇怪怪的事，我父亲听得哈哈大笑，说："师夷长技以制夷，儿子，好好学点本事，回来齐家治国平天下，国家缺人才！"

我父亲对我的教育一向顺其自然，只有当他发现了我的特长时才会引导我，我慢慢感悟出来：我父亲才是个教育大家。

我尝试过跟莱丽通信，出国前我们留了QQ邮箱，可我发出的所有的邮件都在太空里漂泊。我父亲都笑魁说莱丽被玉山江送到了月球。玉山江对莱丽的行踪守口如瓶，同学们说莱丽去了德国。我异常消沉，莱丽筑起了一座高高的墙，把我和她隔绝开来。

我想起在大学期间，一个江湖术士捏着指节，眯眼半晌，说我命格中桃花带刃，念而不得，反伤己身，要斩断情根。当初我哪里肯信江湖术士的神道？现在想来，我对莱丽的相思之旅，翻过一道道山梁，渡过一条条大河，坎坎坷坷、遥遥无期，依然情无所依，爱无所居。

我心灰意冷，望月长叹。

我常常静坐着抽烟，看着夹着香烟的手，想起握住莱丽小手的模样。

学校每个学期都有课外实习任务，学校统一安排，每个留学生都要做满六百个小时。等分配结果下来，我傻了眼，迈克尔被分到了摩根银行，就在世贸中心高高的双子塔里。我和阿奈却同时被分到了一家餐馆。荒唐！我不知道国际贸易跟餐馆有什么关系。我无数次去找负责人，他不耐烦地告诉我："实习指标有限。"说得次数多了，他开始赶我走，就差没说"白人优先"了。

　　阿奈说："没什么好奇怪的，美国人就是这样一副高高在上的样子，觉得一层白皮高贵。"

　　我狠狠地啐了一口唾沫。两百多年前，美国人还是一群无家可归的乞丐，渡过大西洋，屠戮印第安人，占领美洲大陆。我就不明白了，一个血液里流淌着侵略和野蛮的民族，算是哪门子高贵？

　　餐馆的老板是个白人，他对我们俩颐指气使，像对待雇工一样，名牌高校生在他眼里没用。我们做最低级的洗碗拖地工作，感觉像当年在白水城酒吧打工。我不禁感慨，走出了国门，读了研究生，却在异国他乡被人蔑视。

　　有一天，迈克尔邀请我和阿奈去参加他的 Party，那坐落在市区的别墅里全是帅哥美女，弥漫着荷尔蒙的气息。

　　突然音乐停止，镁光灯指向我们。

　　迈克尔喊道："先生们女士们，请欢迎我的室友：都！穆！"

　　场上爆发出一阵尖叫声。

　　我们狂欢。

　　心中生长在孤独之上的欲望，像石板缝里的杂草一样顶出来，焚烧我的意志，我想一直喝下去。一个金发碧眼的女孩向我走来，她的眼眸迷离，朱唇轻启，像一条蛇缠绕上我的身体。月夜的草地，怀中的女孩幻化成莱丽，乳汁一般白皙的肉体在扭动。我们纠缠不休，我的身体如雷爆裂。

自那以后，我开始出入夜店，犹如一只夜蝇，吸食着资本主义社会的养料，让肉欲肥胖地疯长。我滑向一个无底的深渊，四处寻找自己的灵魂。下午，我每天期盼着夜色来临；早晨，我从大小不一的胸脯上醒来。那些白的、黄的、黑的蠕动的肉体让我回味无穷。

我知道自己被环境污染。在这里，从没有人指责一个人享受肉体的快乐是错误的，只要你是合法的、不侵犯的，浪费多少金钱是你的事情，寻欢猎艳是你的肉体权利。在放纵生长的自然状态里，我逐渐适应，羞耻感越来越弱，肉欲疯长，我如鱼得水。

那个周末，在图书馆读了会儿书，心里急急慌慌，我的暗瘾袭上心头。我溜着滑板，走出校园，走进街区，进了那间熟悉的酒吧。我坐在高高的转椅上，双手支在吧台上，要了杯鸡尾酒，点一根CAMEL香烟，随着音乐的节奏，抖着腿。

那个深邃眼眸、棕色皮肤的西班牙姑娘醉意蒙眬，丰乳肥臀，曲线诱人。

我有点犹豫，第一次去迈克尔的Party，我见她和迈克尔纠缠在一起。

"迈克尔，那个人肉机器，我让他停转了。"西班牙女郎说。

回到宿舍，她热情似火。我看到一顶王冠的图案雕刻在她光滑的背上……

一个人突然敲开了门。

迈克尔凭空出现在面前，我无地自容。

迈克尔愤怒地将一千美元摔在西班牙女郎的脸上。

"你赢了，赢得了不同人种的臣服。"迈克尔说。

"你输了，输掉了我对中国人最后一点尊重。"迈克尔说。

西班牙女郎临走对我竖起中指。

原来，我逍遥在室友的赌注之中，我的身体不住地颤抖，像被雷电击中一样，感到自己无比下贱，悔恨吞噬着我，填满了我内心的空地。

晚上，我在梦中看到美若天仙的莱丽，她说她在德国等我。我伸出手，莱丽的脸缥缥缈缈。一个空虚的影子在嘲笑我，转瞬即逝。我被惊醒，一身冷汗。

以后，每次迈克尔笑眯眯地看我，露出胜利者的神态，仿佛我不光彩的行为更证明了他的高贵。一次，他亲切地搂着我的肩膀，说："都，我可以给你介绍摩根银行的工作。"我内心充满耻辱。

二〇〇一年九月十一日上午，迈克尔打来电话，让我下午去双子塔面试。我将信将疑，去修理厂提车，车依然没有修好！站在修理厂的空地，我突然看到一架飞机撞向世贸中心双子塔，我目睹了那场世纪灾难。

我哭泣起来，浑身战栗。

之前，迈克尔说他因为突然发病，不能陪我前往。我不知道迈克尔是不是又在糊弄我，但愿这次他没有骗我！

我找了迈克尔足足一个星期，在那座废墟墙面贴出寻人启事。

迈克尔回到了学校。

迈克尔回来的第一天，阿奈和我不约而同地回到宿舍。

阿奈说："感谢真主，幸亏迈克尔被上帝选中，生了病。"

迈克尔不再说一句话，收拾完行李，消失在夜幕中。

"9·11"事件是压垮美国自由主义的最后一根稻草，美国政府加大了监管力度，人心惶惶，人权变成了稻草人。

阿奈被警察带走了。所有在美的阿拉伯人都接受了严格盘查。我好几次去联邦调查局问阿奈的情况，杳无音信。

几个星期以后的一天，我回到宿舍，阿奈仿佛从天而降，无力地躺在床上，他的身上全是肿包。

阿奈抱着我大声号哭："他们逼我说出我和阿拉伯人的关系，监狱里关满了阿拉伯人。虚伪的人权，虚假的自由，只有美国至上，只有霸权和侮辱！"

阿奈的眼睛里满是仇恨。

那段日子，我看到美国的法制在脚踏实地地践踏人权，怀揣着美国梦的外来者梦碎一地。

阿奈不堪忍受歧视，一天，从不喝酒的阿奈醉醺醺回到宿舍。

阿奈说："都，这个国家已经病入膏肓，美国人是上帝的自我意识里养出的毒瘤，美国是美国人的美国，只有祖国是自己的守护神，我们要无私地爱自己的祖国！"

从那时起，我不再幼稚地渴望美国接纳我，美国人的价值观唤醒了我们对国家概念的思考，我想明白了一个问题：我的生命永远和祖国息息相关，不可分离！

我叔叔都笑天从洛杉矶飞来。他好不容易拿了绿卡，在洛杉矶开了一家中国餐馆，他萌发了到纽约开店的念头。

我叔叔说美国三分之一的大学在纽约，华人占比很高，留学生的消费能力强。他要做美国本土最正宗的中式餐饮。

我对我叔叔刮目相看，中国工人阶级的生存能力举世无双！

我叔叔都笑天的"笑天一品"中国餐馆开张了！美国人闻香而来，被中国的美食迷得神魂颠倒。那些吃惯了薯条炸鸡的人，哪里知道鸡肉会有几十种做法。

"征服了纽约人的味蕾，就输出了中国文化，咱来自文化大国，美国粗制滥造的快餐，哪能和中国比底蕴。"我叔叔说，充满了中国工人阶级的自豪感。

要毕业了，我对美国不再眷恋，这个国家不是梦中的天堂。我对迈克尔和阿奈依依不舍。我们有巨大的分歧，迈克尔想把他的想法灌输给我们，阿奈拒绝接受，我懒得表态。几经冷脸，我终于约到他们大家去我叔叔都笑天的中国餐馆吃饭。我们热烈拥抱，点了些家常菜，要了几瓶啤酒，吃得津津有味。

那些日子，第二次海湾战争开打不久，我们不知不觉聊了起来。

西部牛仔小布什以伊拉克藏有大规模杀伤性武器、暗中支持恐怖分子为由，对伊拉克实施军事打击。

阿奈义愤填膺地说："你们美国就是看不得世界安生，只要它看不惯的，不符合美国人价值观的，就可以以武力消灭一个合法政权，你们那些虚假的人权，都是魔鬼的呓语。"

迈克尔反驳说："这个世界是一个人人平等的世界，我们的价值观就是维护世界的公平正义！"

阿奈说："你们用导弹向伊拉克人民投掷平等！你们永远找不到所谓的'大规模杀伤性武器'，你们带给世界的是死亡和梦魇，找到的只是仇恨和反抗，全世界不会因为你们美国的价值观获得和平和繁荣！"

后来的事实证明阿奈是对的，美国人打了近九年的第二次海湾战争，联军伤亡不小，超过四千美军官兵丧生，伊拉克萨达姆政府军队死亡无数，数十万平民伤亡。大规模杀伤性武器就是个谎言！伊拉克血流成河。

阿奈说："当两河流域文明花开的时候，当中国人发明印刷术的时候，你们美国人的祖先在哪里？你们有什么资格对全世界指手画脚？"

迈克尔说："我们在铲除独裁政权，帮助伊拉克人民建立一个自由、民主的政权。"

阿奈说："你们的国家就像你们的个人，人人有枪，时不时枪杀他人。在你们眼里，自由就是可以为了自己意愿随意剥夺别人的生命，推翻别人的政权，强盗逻辑！"

他们的争吵让我明白，"祖国"是一个神圣的字眼，任何一个人都不允许别人诋毁自己的祖国，不能允许别人对祖国的蔑视。

我有点赞同阿奈的逻辑。"美国人认为干掉萨达姆是必需的！这是美国人的逻辑！但伊拉克战争是一场有争议的非法战争，它没有得到联合国安理会的授权，违反了国际法。"我说。

"我们是为了高尚的人类价值而战！"迈克尔说，几乎有点歇斯底里。

"你们摧毁了伊斯兰文明的灿烂文化，留下了无数孤儿寡母无家可归，只是维护了石油美元的霸权！一群无耻的骗子！"阿奈说。

阿奈以拳击手的挑衅姿势站在迈克尔面前，虎视眈眈仇视着他。

迈克尔把一杯啤酒泼在阿奈脸上，阿奈纹丝不动。

迈克尔走了。

我在他们中间无法站队。我不想表达自己的观点。我只希望自己的祖国强大起来，让觊觎我们的家伙屁滚尿流地滚蛋。

他们在仇恨！

我一下子明白了：和平、自由、民主的价值观是美国标榜出来的一个幌子，强权是他们法理的逻辑；我明白了：毛泽东主席"落后就要挨打"的理论是颠扑不破的真理，科技强国才是硬道理。

我心灰意冷，望月长叹。

我常常静坐着抽烟，看着夹着香烟的手，想起握住莱丽小手的模样。

那学年的最后一个寒假，我决定去德国，最后一次尝试寻找莱丽。

我来到海德堡，踏上了这个充满传奇故事的城市。这个古色古香的城市流传着爱情传奇，血液里流淌着爱情的元素。莱丽选择这样一座城市，一点也不让人意外。

德国文豪歌德一辈子都在恋爱，在认识了玛丽安娜以后，他对那个足以做他孙女的女人说："我把心遗失在了海德堡……"我怀疑在他那个年龄，怎么还能开口说出那么动情的话？我在年纪轻轻的时候，从没有这样含情脉脉地对待过我喜欢的姑娘。难怪这个古堡被欧洲人称为"浪漫之都"。

我一直想着这个故事，还想起了《少年维特的烦恼》，不明白歌德从小到大为什么激情澎湃，能够激起那么多不同年龄的女人的热爱，我却从来没有经历过一次真正的爱情。

内卡河两岸被薄冰覆盖，河水在河的中央缓缓流动，河面飘散着雾气，一片寒冷的气息。

我在这里寻找自己爱情故事的主人。按照打听来的地址，我找了几天，根本没有找到那个地址。我突然明白，莱丽的父亲玉山江一直就在编造一个故事，让莱丽彻底地淡出我的视线。

我漫无目的游荡在这浪漫的古堡，有种恍若隔世的感觉，雪白的山冈掩映着一片片红色的砖瓦，内卡河上的老桥与山丘上的古堡遥遥相对，古堡守护着这座老城。

游人如织，人们去观赏一口巨型木制大酒桶。

小雪飘飘，我在寒风中颤抖。

我仰天望着铅灰色的天空，内心充满悲伤，泪水直流。我看不透高处的天空，就犹如我看不透莱丽的心事。伴随童年一起成长的对莱丽的迷恋，一直藏在我最柔软的心底。

走过千山万水，莱丽还是无影无踪。

我呆呆地望着天空，无所顾忌地哭泣，站成了冰雪的风景。

一群褐色的小鸟落在雪地，一个优雅的姑娘静静地盯着这些小鸟，生怕惊动了它们。小时候和莱丽看鸟的情景，又一次浮现出来，莱丽温馨地笑着……

我突然大声喊道："莱丽！"

那个姑娘抬起头茫然地看着我，微笑了一下，对着远方拍照。

其实我也知道，莱丽是我内心眷恋的影子，谈不上爱情，因为她从来没有爱过我，可是我就要走遍天涯海角寻找她。来到这里，也许我就是想给自己一个了断，仿佛是要完成一次心灵的重生。我看到自己从一个遥远的梦境里走出来，从绝望里走出来。

我又一次泣不成声。

莱丽就像一尊雕塑蜗居在我的记忆里，那些欢乐和痛苦一直密藏在心灵中。真正的痛是我无法超越这个世界，不得不接受遗弃一些情感的现实。生活从起点开始就走在不断迷失的路上，我却无法丢弃那些铭心刻骨的爱！

　　山海远阔，愿她别来无恙。

　　二〇〇三年的秋天，世界风云变幻，我结束了三年求学生涯回到中国。

　　我热泪纵横，这片古老的山河，才是我的根。

　　梦醒美国，我找到了我的精神家园。

　　再见了莱丽，我的命中注定没有你，我不会再追随你了！

七

　　我和久久坐在楼前花园的凳子上，天空燥热，霾气沉沉，对面医院的红色霓虹灯牌子若隐若现，归巢的麻雀在树上叽叽喳喳焦躁着。

　　"爸爸，这座城市根本不适合居住，为什么你和妈妈却喜欢这里？"久久说。

　　久久一直不喜欢这座城市，不喜欢这里的气候。夏天天气闷热，冬天冰天雪地，六月会下雪，冬季漫长，整个城市窝在山沟里，雾霾不断。在这座城市里，她没有朋友。她常常会有一种不安全感，每天晚上做噩梦，早晨起来疲惫不堪。

　　"选择了怎样的生活，生活就存在于怎样的空间，人们无法选择生活的外壳，犹如一个人无法选择出生。"我说。

　　"你只是不想改变，你在衰老，你的作品里才有非常年轻的心态，这让我对你的理解很矛盾。"久久说。

　　其实，我在女儿的眼里一直老气横秋，她还不到理解岁月的年龄。年轻是一段短暂的时光，貌美如花或者身形矫健，只是留给感官的视觉形象。年轻是一种心灵的状态，是一种看破风情的不屑，是蕴藏在生命深处的力量：生机勃勃、无所畏惧、勇往直前。时光会改变人们的容颜，但只要理想还在，衰老永不降临。相信人性、相信未来，生命之树常青！

"我喜欢你的小说，有一种泰山压顶不弯腰的豪迈，百折不挠的坚强。革禾先生快写完它，你笔下的新疆比我眼里的新疆美丽，让大家爱上新疆吧。"久久说。

二十一世纪之初，我还在美国留学期间，中国拉开新一轮改革开放大幕，开始实施"西部大开发"。新疆奔跑在西部地区实现共同发展、共同富裕的大道上，一大批大学生从内地来参加西部十二省区的建设。

家乡一派欣欣向荣的景象。

我回到白水市以后像一个局外人，没有明确的就业目标。小城市已经容不下我的理想了，我眼高手低，无事可干。

"年轻的时候总是心比天高，摔下来才知道头破血流有多痛。"我父亲都笑魁说。

"在什么都不确定的年代，我能确定的就是不放弃奋斗的理想。"我说。

"生活不需要不着边际的胡思乱想，要找到眼下的吃喝和旅途的路费。"我父亲说。

我母亲马翠花捂着胸口，在一旁咳嗽。我母亲的心脏病一直在折磨她。

我父母亲明显老了。我从他们的眼里读出了一种焦灼，他们不知道自己的儿子未来的出路在哪里。

在了解了美国的资本主义社会以后，我对苏联在一九九一年的解体充满好奇。

"我去做国际贸易吧？帮你打开穆塞莱斯酒在俄罗斯的销路。"我说。

我父亲已经没有精力做酒厂的生意了，酒的销量直线下滑。

"你那些在美国学的本事不报效国家，给老外用什么？书生见识，他们喝烈酒，我们的酒就是新疆人喝的。一方水土养一方人，外国养不活我们家。"我母亲说。

"年轻就是把时光废掉、身体毁掉，摔摔跟头。年轻人要闯，拦住人收不住心，聚一身怨气，还不知天高地厚，想去就随他，让他去找找命。"我父亲说。

我觉得自己已经具备了扎实的理论知识，我父母亲不懂，在全球化时代，世界是相通的，文化可以包容，生意可以随处做。我坚定了出去打开一片天地的信念。

二〇〇四年春节刚过，我来到莫斯科。

世纪之初，俄罗斯百废待兴。

因为语言不通，我找中国人扎堆的地方熟悉环境。我常去一家中国餐馆，没几天，与老板老吴混熟了。他是满洲里人，来俄罗斯五年，吃了不少苦头，餐馆经营得不错。

老吴说九十年代初，中国和俄罗斯边境贸易火爆，一些中国人向俄罗斯销售劣质商品，坏了名声，俄罗斯限制外国人在当地进行零售商业，"光头党"攻击有色人种，华人在俄罗斯并不好生存。

他学会的第一句俄语是："达瓦意，酷里木。（来，抽烟。）"用在"光头党"打劫时递烟表达善意。

老吴俄语流利，我磕头拜了老师，我的俄语水平突飞猛进，只一个月，我就可以进行日常交流。语言一通，我按捺不住自己，开始推销穆塞莱斯酒。

我跑遍了各种各样的酒类市场，总是被俄罗斯人嘲笑："中国小子，把伏特加拿来，你那个就是糖水。"

我一无所获，又不好意思向我父母亲提回家的事。

我观察市场，寻找商机。我发现俄罗斯的蔬菜价格奇高无比，人们吃不起蔬菜，弄点面包和奶酪抹抹，算吃了一顿饭。稀松平常的麻婆豆腐、鱼香肉丝这些中国菜，一份卖到一百多块钱。

我动员老吴和我一起做蔬菜生意。

这次经历把社会的面纱揭开了给我看，原来和书本里的说教是两码事。

老吴的进货渠道在满洲里。他介绍我和俄罗斯人安德烈认识，他一直在中国做生意。我去了满洲里。满洲里西临蒙古国，北接俄罗斯，是中国最大的陆路口岸，中、俄、蒙三国贸易不断。

安德烈说一口流利的中文，靠着懂两种语言的本事，在商户间游走，四处倒卖信息，两头赚客商的钱。第一次见面，安德烈就问我要了五千块钱，算是"信息合作费"。真不适应这种野蛮的交易。

安德烈在齐齐哈尔市的一个乡里，找到了大量洋葱存货。

我去山沟里组织洋葱货源，和村民说好六毛一斤，到装车时，村民听说我要把洋葱出口到俄罗斯，开出了六元一斤的出货价，价格高出十倍。已经压了一批定金，无法退货，再说就这个价钱依然在俄罗斯有一倍利润可赚。气得我吐血，只好硬着头皮拉货。我开始了目睹形形色色的人间烟火之旅。

货运到满洲里时，拿着提货单，我提不出货，调度员说当天没道线了。安德烈送了点钱，果然好使。

来到检验局，我一声声"大姐大姐"地叫，没用。拖到下午，检验员验货时要求重新按大小分开包装，否则，不能出原产地证明。

我是第一次做出口农产品生意，这些乱七八糟的要求搞得我晕头转向。

"你是个帅哥，没看到那些阿姨对你挤眉弄眼的。"安德烈说，我一口唾沫吐在他脸上。晚上，我和安德烈请那两个大姐在豪华酒店唱了一夜卡拉OK，她们大呼小叫在唱《迟来的爱》。

还没出国门，我就花了一笔不在预算里的钱，心里窝火，我发现没有什么应该的事情，金钱的作用奇大，人脸糊了两层纸，当面一层，背地里撕下还有一层。我心生寒意，有一种被踩在脚下的受辱感，对人情充满怀疑。

我租的卡玛斯二十吨厢式货车从赤塔到了口岸。我安排司机鲍里斯住宿，他伸手要每天一百的零花钱，就差抢了。这些在自己国家彬彬有礼的家伙一到中国原形毕露。喝完酒后，鲍里斯无所顾忌，让我出钱，找了一个难看的老女人胡搞。

我用中文骂了他八辈祖宗，鲍里斯依然冲我微笑。

第二天早晨，我的货车顺利通过中国边检大门，缓缓地开到俄方一侧。

走进后贝加尔的报关大厅，海关官员从镜片后翻了我一眼，用很严肃的语气说我的合同不对。安德烈抽出两张五十美元的票子，悄悄塞给俄罗斯海关官员。

我又去办理动植物检疫手续。检疫员围着我的车，转了好几圈，一会儿严肃，一会儿微笑，我琢磨着那就是一副贪婪的德行。果不其然，几经讨价还价，检疫员激动地喊来一老太太，推走了两袋洋葱，两袋的价钱比他两个月的工资都多。

出门时，检疫员走到我身边，拥抱了我一下，认真地说："我们是朋友！"

强盗一样的交友法。在我眼里无耻至极的事情，那些人都不当回事。我坐在车上想起家乡和和气气的乡亲，才发现自己的国人绅士一般彬彬有礼。我来到了一个野蛮而不知羞耻的地方。

天色暗了下来，鲍里斯加大油门向赤塔狂奔，鲍里斯居然一路喝酒一路开车，车开得飞快，我的心脏跳得飞快。我只好自己驾车。

深夜，彪悍的鲍里斯热情非凡，说必须去他家住，我左右为难。到了鲍里斯家，我大饱眼福。肥白高大的鲍里斯老婆上身赤裸、下身只穿一条内裤，出来开门，看到一个高大帅气的东方小伙子走进客厅，她简直不敢相信自己的眼睛。她惊叫一声回到卧室，再出来，穿了一件劣质真丝黑色吊带睡裙，睡裙短得只遮住半个屁股，毫无顾忌，性感的俄罗斯女人！突然唤醒了我的男人感觉，那一刻所有的厌烦变得温馨，我意识到自己的注意力早已移到金钱上面，已很久不关注女人了。以后，我会时时回味那一刻，会想起那个冰天雪地里噼啪作响的壁炉和那个活力四射的丰乳肥臀。

我卸下一袋洋葱给鲍里斯，算是一份给他老婆的见面礼，鲍里斯老婆激动得哭了。

他们一晚上闹出很大动静。我没想通，鲍里斯自从见到他老婆那一刻就变成一只乖巧甜蜜的羔羊，他居然立刻忘记了昨天的夜场。

历尽千辛万苦，我用洋葱挣回了第一沓美元，完成了第一次经商历程。

一番折腾，我触摸到那个国度病恹恹的肌肤，百味杂陈。我学会了歪门邪道的生意经，良心发霉，生意做得很顺。每当回到宿舍，我不敢看镜子里自己的模样，我扯一下脸上的肌肉，证明自己还好好地活着，我意识到自己在一步步堕落。

我将贸易的重头放在果蔬生意上。远东的俄罗斯蔬菜种植水平低下，人们对蔬菜水果的需求量大，餐桌上百分之八十的蔬菜和水果都来自中国东北。

天时地利人和。

老吴负责俄罗斯的订单和销售，我负责国内农产品收发。我们的生意不断地做大。

按照俄罗斯人的口味，我经营的品种从洋葱扩大到圆白菜、土豆、苹果……也有从中国南方运来的柑橘、葡萄。把蔬菜最终端上俄罗斯人的餐桌，并不是件轻松的事，采摘、装运、重新包装、冷藏……经过十几天公路运输、火车运输，冲过层层关卡，发往俄罗斯各大城市的市场，最终俄罗斯人吃得津津有味。

我父亲都笑魁对我做什么生意并不在乎，比较关心我的安全和为人处世。

"富而好礼，言而有信，童叟无欺，做生意就是做人，你的一言一行代表中国人。"我父亲说。

我父亲给我的压力很大，他怎么都不会想到儿子会这么无耻地去适应社会。我深深感到，中国人的家教有一种核心的东西在于对人的道德教育和集体主义教育。中国父母亲始终有一种履行天职的义务，要把孩子教育成一个对社会有用的人，一直在灌输诚信意识和荣辱观念，这些教育成为晚辈浸透骨髓的操守，让一代一代中国人有一种坚强的使命感和崇高的荣誉感。

我和老吴配合默契，吸引了一打来自俄罗斯的客户。挣钱变得容易，前景一片光明。我有了更大的野心，想投资建设仓储设施，缩短运输和存储周期，确保果蔬品质。

老吴对现状十分满意。

"花无千日红，幸运不可能天天降临，见好就收，这里社会腐败，人心散淡，良鸟择木而栖，此处不可久留，投资是向水里扔钱的事儿。"老吴说。

我受了美国式教育，相信英雄都是独行者，内心鄙视老吴知识贫乏、目光短浅。不与夏虫言寒冰，我要在国际市场上一展拳脚。

安德烈联系一位伊尔库茨克的客户向老吴订了一百吨苹果的大单。我跑遍东北凑够了数量。看着浩浩荡荡的车队驶离海关，我无比自信，做国际贸易只是雕虫小技，我要进行国际投资，发展果蔬下游产业链。

等货物卸载到俄罗斯，伊尔库茨克客户人间蒸发。安德烈不接我们的电话，他已经拿了我们五万块佣金。原本计划做完最后一单，我就开始用挣来的钱搞投资，一切化为泡影。

苹果在一天天腐烂，我的心在一天天滴血。

我们求助警察局，那些警察懒懒散散，吃我们的喝我们的，毫不作为，一点不脸红。他们说伊尔库茨克只是个地名，要找到安德烈需要我们找中国警察配合。

折腾了一年多，我回到了原点，老吴和我分道扬镳。

国内的改革如雨后春笋。我不甘心自己的失败，我学习改革开放的总设计师的"南方谈话"：胆子再大一些，步子再快一些！我决定去新西伯利亚继续寻找商机。

暴雪纷飞，途经托木斯克市，我站在当年列宁被流放时住过的小屋前，心如寒冰，我觉得自己像俄罗斯一样正走在一条迷茫的路上。

我终日游走在新西伯利亚街头的各种市场。

"先生，买衣服吗？"

一句蹩脚的中文把我逗乐了。眼前的姑娘金发碧眼，烈焰红唇，肤如凝脂，挺胸撅臀，勾人心魄，她叫叶莲娜。

听到中文，我生出他乡遇故知的亲切感。

以后，我和叶莲娜合伙经营服装。

为了采购风衣，我带叶莲娜到了大连。

叶莲娜第一次来中国，对一切充满好奇，她在寒冷的海边照了一大堆相片。那一刻，我有点喜欢这个敢冒风险的姑娘，俄罗斯人从来不乏走出家门的探险意识。

第二天上午，我们打了一辆夏利去"幸福制衣厂"。厂长有些兴奋，按四十块一件，给我们批发了两百件风衣。我们买好当天晚上开往海拉尔的车票，顺利到达满洲里。

第三天，我们顺利地办完过关手续，汽车驶出边检大院，直奔附近的贸易市场。车一停，眼前呼啦一下冒出一大群人，好像货物不要钱，人们疯抢，一手钱一手货。俄罗斯人的日用品奇缺，不费功夫，我和叶莲娜的兜里装进四万元人民币。以后，我们用挣来的四万元现金做投入，把东北的衣服源源不断地发往俄罗斯。

我又翻身了，做生意不是什么难事！

那天晚上，我和叶莲娜喝了点酒，庆贺生意成功。回到宿舍，电视里正在直播雅典奥运会开幕式,"北京八分钟"相当精彩。我突然又一次生出人在异乡的孤独感,我泪水涟涟。叶莲娜疑惑地看着我。

春节刚过,我从河北收了两万件皮夹克。那种夹克前片是马皮,领子袖口是猪皮,其余的用人造革,都是劣质货。验完货,我们回到远东,货到以后,我们傻眼了,皮夹克全是人造革的。

叶莲娜不愿承担损失,向我要回她投入的一百一十万元人民币本金。

"都,不是我不好,你们中国人骗了你,我也不知道什么时候我会被你骗了,我们的合作到此结束吧。"叶莲娜说。

黑心商人不卖假货不挣钱!我的同胞为一点点小利,让俄罗斯人集聚了对中国人的反感情绪。

不卖假货!是我父亲都笑魁教育我的底线。我烧掉了那批假皮夹克,血本无归。

那些日子,我神情恍惚,茶饭无味,思考着我的未来。

那天,叶莲娜约我吃分手饭,我们从市场出来。突然,马路对面一个胖警察向我吼叫。糟糕,我身上没带护照。拿不出护照,警察会把人带到警察局拘留审查。那时候市场生意红火,一些利欲熏心的败类早就把目光锁定在中国商人身上,中国人成了一些人眼里的肥羊。

我兜里装着当天卖的八千多美金货款,这可是个天文数字。

马路上有车经过,我撒腿就跑,叶莲娜也跑起来,胖警察在大喊,耳边传来枪声,子弹嗖嗖擦肩而过。我听到叶莲娜一声惨叫,叶莲娜仆倒在地。

胖警察和我一起把叶莲娜送到医院，子弹穿过了她的小腿肌肉。

"你为什么要跑？"胖警察问她。

叶莲娜一直在哭，我知道她担心她口袋里的钱。

我因抗拒安检被拘留了几天，我的货款全被没收。

回到出租屋，我的两条腿一直打战，内心充满愤怒！

那天夜里，我一直在满脸狰狞的外国人的追逐下逃窜，他们里三层外三层地包围我，白雪皑皑，我无处藏身，我看到雪地里黑色的冰窟窿，我跳了进去，冰冷的雪水淹没了我，我双手乱抓，挣扎着伸出头，我几乎窒息。

我从床上一头栽下来，嘴里依然在呼救，我从梦中醒来。

在俄罗斯漂泊了近三年，我厌倦了俄罗斯混乱不堪的生活和劣质的生存环境，我突然发现我从来没有接纳过自己，就像俄罗斯从来没有真心实意地接受自己的衰落、接受过别人的强大。

我想起了可爱的中国。

我最后一次来到莫斯科，看五月九日庆祝卫国战争胜利的莫斯科红场阅兵。那些英俊的俄罗斯小伙、漂亮的俄罗斯姑娘步伐坚定，焕发出震撼人心的力量，依然能让我对俄罗斯心生好感，但却无法让我产生敬意。

我为自己是中国人而庆幸和自豪！

我挤在观礼的人群中，那一刻，我渴望回家。

我去中国餐厅向老吴道别，已人去楼空。

一个酒气熏天的俄罗斯男人拥抱住我。

"哈哈，都，你还活着。"

偶然相遇，我又一次见到了司机鲍里斯，他来看红场阅兵。鲍里斯告诉我老吴因为漏税在警察局关了几天，被罚了一笔巨款，然后回国了。

我想回家，我要一心一意和祖国同行。

下了飞机，我跪在乌鲁木齐地窝堡机场的停机坪，亲吻着寒冷的水泥地面失声痛哭。

我回到了那片久已被我遗忘的热土。

八

经历过这么多事情，时间来到二〇〇七年，我已经二十九岁。以前，时间像粮仓里的麦粒，数不过来，我从没有注意过时光的流逝，水一样静静流去。而现在我内心紧张，我能感到时间的齿轮旋转，嘀嗒嘀嗒踩在心头。我必须对未来有所选择，让生命的种子扎在大地，开出绚烂的色彩。

我父亲都笑魁还在乐呵呵去他的酒厂忙。那个酒厂已不挣钱，人们开始喝贵州茅台、法国波尔多或者轩尼诗，穆塞莱斯已不再受欢迎了。过去酒是一种奢侈品，可供选择的品种少，在人们眼里这种葡萄饮料既有酒的锋利还有非酒精饮品的美名，一桌子人喝上十几瓶，一二百块钱，不会被人讥穷；现在，再摆上餐桌，拿出来寒碜，琥珀的色泽不纯，味道酸涩，喝的人越来越少。

我父亲都笑魁开始转卖酒厂，几年来，我父亲都在翘首以盼，希望有人接收他的酒厂，眼看着要价一天不如一天，他也不抱奢望，把酒厂设备拆开来处理，今天卖几只酒缸，明天卖几台设备，只期望把东西卖光，再卖地皮。

我有的是时间，昏天黑地地睡觉，起来就读一段《周易》，我对这种古老的神秘哲学充满敬仰。

154

"那是中国人的智慧，我读了一辈子，没读通，记住了一句话'君子以自强不息，君子以厚德载物'。"我父亲说。

我对我父亲肃然起敬。

我们谈起未来。

"生老病死，谁能躲过？活着就好，但要活得真实，活得有意义。"我父亲说。

"我活得就比较虚幻，有点多余，花了咱家一大堆钱，读了一些书，一无所长，还在啃老。"我说。

"为成长准备呢，不耽搁活法。"我父亲说。

经过这些年留学美国、闯荡俄罗斯，我几乎把我父母亲的家底掏空，却一事无成，内心愧疚。但他们似乎并不在意，这让我内心备受折磨。

"花开谢早，人各有道，安天正命，你是不到时候。门不开，就别拧着强来。你去俄罗斯就是强拧着，不就折了？日出日落都有时辰。"我父亲说。

"你儿子的时辰都不对，小时候别家孩子说话他哑巴，别家孩子上学他放羊，人家读书他唱歌，人家上班他游荡。对不住老天呢，养到快三十了，别人当爹了，他还不知道该干吗。"我母亲马翠花说。

我母亲一直不怎么管我的事情，对待我的成长，就像养花，施肥、浇水，偶尔觉得没养好，会抱怨一下，依然继续养。而此刻，我却觉得无地自容。她不说我是因为一直觉得我和别人不一样，有点不知所措。她文化不高，也不知道该说什么我才能听进去。

我母亲话越来越少，心脏病已经把她摧残得虚弱不堪，说话会耗费她许多力气。我看着我母亲的疲态，心疼万分。我母亲像一片绿叶，静静地覆盖在家的枝头，默默承担风雨，无怨无悔。她小心翼翼地待我，像母鸡对翅下的乳鸡，生怕我会有些闪失：你走我不送，无论多少风雨，我都在等你。而这么多年，我躲在自己的壳里，东南西北，远涉万里，像一块融化的冰块，顺流而去。

我母亲目光戚戚，我内心隐隐作痛。

"人生如走路，要在黑暗里走出景色；人生如迷宫，要用一辈子找到出口。"我父亲说。

"净说些没用的！大转学也上了，洋也留了，美国、俄罗斯也去了，把世界分清了，学点本事就是给国家用的。家里没多少家底，但要那么多钱没用，所以咱下辈子不做生意，咱家缺志气，缺为国家分忧的念想。大转出去，我一天到晚提心吊胆，生怕出事，那外国有什么好？月亮一样十五圆。再好不如自己国家好！我一直在想我儿子能干啥。想到底，还是觉得我家是改革开放带来的福气，这些好处，我们要报呢，大转有些本事，是个做事的料，去做干部，为国家出力。"

我母亲气喘吁吁地说完，闭起眼睛，躺在藤椅上，不再说话。

"马翠花有眼界，你去考公务员吧！"我父亲说。

考试对我一点不难，复习了几个月，我顺利通过笔试、面试，被乌鲁木齐一所职业大学录取，二〇〇八年秋天，我当了一名老师。

回到家，我父亲都笑魁慈爱地拍拍我的脸。

"出息，吃皇粮了，就是离家太远。"

"天下那么大，各活各的样，总不能让儿子再回家种地吧。"我母亲马翠花说。

那时，我父亲都笑魁已经把酒厂卖了，有了些积蓄，他重新关心起他的棉花，这些年，他不停地开一些荒地，家里的土地已经有一百多亩，比当年的六十亩土地多了两倍多，收成好的年景可以收入十几二十万元，收入差时，也有几万块钱进账。我父母亲非常满足。

　　"做梦都想不到的好日子，来得这么踏实，我们家的风水好啊，命好啊，谢天谢地呀！"

　　"马翠花呀，真不知好歹，你以前说托国家的福，现在又迷信上了。六七十年代，还不是下一样的雨，刮一样的风，穷得像叫花子，你家的风水怎么不出粮食，不出棉花？"

　　"那是你们都家的祖坟冒了青烟呗。"

　　"我都笑魁的几代先人都埋在家乡的黄土里，死了连个像样的棺材板都买不起，那算什么风水？"

　　"那是小母牛翻跟头，你都笑魁牛气呗。"

　　"越说越不是理了，要知感恩呢。"

　　"我当然感恩我嫁到了你们都家。"

　　"是国家好！共产党好！改革开放好！政策好，天帮忙，人努力！我们遇到了好时代！"

　　"是啊，多好的时代！"

　　"人顺着天走，就是好运，国家就是好风水，自己也要珍惜，就国泰民安。"我父亲说。

　　我母亲眼含泪水，不再说话。我父亲都笑魁最不想听到我母亲马翠花不知好歹地乱诌闲传，他真心感谢这个美好的社会，他厌烦我母亲马翠花那点点迷信，他认为这个时代带来的福气就是好风水。

　　其实他们说的都是一个意思。看着我父母亲拌嘴，我的脸上在笑，心头难过，我父亲已经秃顶，发际稀疏，白发苍苍，我母亲驼背弓腰，他们老了。

我父亲给了我一张二十万元的银行卡。

"买套房，修身齐家治国平天下，该读的书都让你读完了，该娶老婆了。我和你妈要抱孙子。"

我双手搂着我父母亲不停流泪。

利用工作之前的一段时间，我去北京看我叔叔都笑天一家。

首都正在准备六十年大阅兵，我兴致勃勃来到北京。

初春时节，万物复苏，暖风习习。大街小巷银杏成排，黄花吐蕊，枝叶翠绿，鲜花烂漫，青草覆地。城市鲜亮透明，豪迈明媚。长安街旁，故宫红墙高耸，黄琉璃瓦顶、青白石底座，金碧辉煌。天安门巍然屹立，气势宏伟。我内心生出一种神圣的感觉。

阳光灿烂，恍若隔世，我看到自己骑着自行车穿梭在皇城根下，消失在人潮汹涌的街头，我的内心涌起一股忧伤，时光荏苒，物是人非。

我叔叔热烈地拥抱我，他还是那么火热，岁月一点都没改变他的性格。美国"9·11"事件以后，他的日子难熬，排外情绪让华人生活艰难，他勉强维持生意。一次枪击案，就发生在他的餐厅对面，我叔叔目睹了不可一世的美国人仓皇逃窜的可怜场景，对资本主义的自由人权嗤之以鼻。生存权都没有，还谈什么人权？我叔叔下定决心卖掉小餐厅，拿回绿油油的美元，回到北京，和我婶婶一起养老，用他的话说："回到了红色中国！"他们住在西三环中国人民大学附近的小区，他喜欢看着一群群风华正茂的孩子读书的样子，他说自己一辈子吃了读书少的亏，所以要住在大学附近，涵养智慧。

我叔叔的家被布置成了一个茶室，儒雅、厚重、仙气飘飘。老两口活得恬淡而自在。

笑笑现在在北京一家出版公司做编辑，下班回来，她开心得大叫，拉起我的双手，转了个圈。

我婶婶依然给我包饺子吃，我的眼睛里闪着泪花。

"这孩子，一吃饺子就哭。"我婶婶流着眼泪笑着说。

我无法控制我的感情，饺子的味道带我回到少年时光，岁月如梭，我们挡不住时光的脚步。我热爱着生命，可是生活却一点点抽丝一样抽去了最美的时光。那些一下下消失的时光的足音，击打得人心痛。

我躺在床上看书，疲惫感爬满全身。

我走在麦地里，大地金黄，麦浪波动，河水清澈，群鱼漫游。遥远的山丘线条分明，山起伏着延伸下来隐没在金色的阳光里。一只白色的飞鸟从湛蓝的天空的深处飞来，从一圈由小到大的光环里穿梭而来，耀眼刺目，飞到我的头顶，盘桓定立在空中，缓缓滑动双翅。我看清了，那不是一只鸟，她长着葡萄一样大小的脸，核桃一样大小的身躯，白色的连衣裙紧缠蜂腰，小细腿伸出飘逸的裙裾，双翅宽阔，羽毛洁白。她居然是一个飞翔的小女孩，全身通透，散发出温柔、快乐、舒适的气息。她的小脸笑意荡漾，目光从深不见底的眼睛里射出，像一束接着一束的蓝光，穿透我的眼睛，钻进我的心房。我陷入一种从未有过的祥和和温暖的感觉里，我看到了天使！一股热流从心底沸腾，穿过血管穿过大脑穿过眼眸，化作水化作一颗一颗泪珠，从眼眶里滑落，我坠入静谧的欢悦里，无边无际。

我忽然倒下，噼里啪啦的巴掌声响在耳边。

"哥哥，你醒醒呀，你怎么一直在梦里哭？"笑笑拍醒了我。

我躺在床上，呆呆地望着天花板，想起梦中那个美妙的天使，我又一阵眩晕。我跑进了校园，那个钢厂子弟学校酒红色的跑道那头，一个穿着白色连衣裙的女孩，面对着我一步一步退去，挥着手消逝在尽头。

在北京，多年以后我第一次认真地想起了于小禾。

笑笑说："我们去后海。"

我心里一颤，一个遥远的声音飘来："我们去后海。"我想起了曾经的时光：那个穿白色连衣裙的少女，腰间甩着两条大辫，面对我一步一步后退，笑眯眯向我挥手。

这个元代挖出的大湖，被称为"北京古海港"，造就了大都城繁华的商业。如今湖海依旧，霓虹闪烁，烟光弥漫，垂柳拂岸，山远水阔，波光粼粼，野鸭游弋，龙舟穿行，游人欢笑。

笑笑挽着我慢慢游走，不时拿出手机照几张风景。

街边的酒吧传来吉他的炫音和歌手的吟唱。我们走进梦景酒吧，狭小的空间里挂着复制的印象派画，有点时间倒流的幻觉。

漂亮的女歌手在唱：

> 只是因为在人群中多看了你一眼
>
> 再也没能忘掉你容颜
>
> 梦想着偶然能有一天再相见
>
> 从此我开始孤单思念
>
> 想你时你在天边

想你时你在眼前

想你时你在脑海

想你时你在心田

……

"哥哥，你恋爱过吗？"笑笑问。

我深深地吸一口烟，不置可否。

"北京真好，大气、自信、和平、安详！"我说。

"那你以后给我娶个北京大姐做嫂子吧。"笑笑咯咯笑起来。

"我以前有个同学叫妞妞，好多年了，也不知她怎么样了。"我说。

"一定是谁早已盘起了她的长发。"笑笑说。

我心中惆怅，也许那个妞妞已经成了别人的新娘，而我还在感情的世界里流浪。那一刻，我开始思考感情的事情。北京是个光辉的城市，我在这里开始了我羞涩的青春期。妞妞就像一个隐秘的青春符号刻在心底，我从来没有认真地端详过那些符号。北京离我的生活太远了，我远远地离开它，去寻找我的归宿，到后来，我发现我的心那么遥远，那么忧伤！

此刻，我把我的心丢在了这里。

歌说：宁愿相信我们前世有约，今生的爱情故事不会再改变，宁愿用这一生等你发现，我一直在你身旁从未走远。

我不相信前世，但我在等今生的一个约定。

回到新疆，我上班了。因为没有教师资格证，我被分配到行政岗位，干一些抄抄写写和迎来送往的活。许多人同情我，为我被大材小用愤愤不平。我习惯性地微笑，经过在国外被歧视、被侮辱的历练，我明白成为"主人"是无比高尚和珍贵的。我不在乎别人怎么看我，只要在这个国家有我一个公职岗位，有我一个奉献的机会，我已经感恩戴德了。我的心境已经走在感恩的境界里，不会再有牢骚和怨言。我不言不语，严谨认真，朝气蓬勃地迎接每一天。我颠簸惯了，而朝九晚五的生活却像一潭死水，还是让我有点困惑。

学校动员老师报名开展"集中整治"工作。我连夜申请报名，同时还递交了入党申请书。

我又一次回到白水市。

让我意外的是，艾力·马已经当了副乡长，而且是我们工作队的队长。

艾力紧紧地拥抱我，开心得直抹眼泪。

艾力高大帅气，肤色红里透黑，张嘴就笑，全没了上学时不善言谈的影子。艾力潇洒英俊，西装革履，明显和村民的装扮不同。只是穿着的一双球鞋格外醒目，有点不搭调，却很适应尘土飞扬的村路。艾力带着我到村里转，村里面貌焕然一新，国家给建的富民安居房集中连片，红顶绿瓦的砖房整齐划一，柏油路四通八达，闭路电视通向每一户人家，家家户户都有了小车，仿佛换了人间。

那些过去认识的村民见了我，一点没有久别的亲切，只是略微点一下头算是打了招呼。一些蒙面的女人不时在村中穿过。我留学时假期去过阿奈的家乡，看到眼前的一切，让我有点时空错乱。

没有现成的工作模式，一切都得从头学。我没日没夜开展工作。做着这些具体的工作，我充实但不快乐。眼前的琐事和我对理想的认知有巨大的落差。

原来，我是如此不懂农村，虽然我出生在这里，但我不懂这个社会。多年以后，我听到很多人说曾经下乡工作过，有一种岁月蹉跎的意味，我暗暗庆幸自己明白得早。在农村的工作岁月，让我了解了中国社会的组织架构，了解了社情民意变化的原因，了解了基层党组织的战斗堡垒作用。

农村打开了一本大书，打开了我参与乡村治理、投身于治国理政实践的大篇章。但当时我并不明白这些道理，那些烦心事让我不堪其扰。尽管我的脸上没有表现出来这种厌烦，但我常常会怀疑自己的价值。

成长是一件有节奏的事情，而很多时候我们无法认识到这种事实，无法把握这种节奏，或者以无所作为的方式面对它，或者以得过且过的方式应付它，或者以无所畏惧的方式挑战它。结果错误百出，挫折不断，跌跌撞撞，乱七八糟，不懂节奏不知应对，人生变得漫无目的毫无希望。

我全力以赴投身工作，而这些工作没有给我带来想象的乐趣。

我父亲都笑魁来看我，看出我心情不畅。

"南方有着一种植物叫竹子，开始四年，只长三厘米，急人呀！从第五年开始，每天长三十厘米，六个星期以后，蹿到十五米高。在前面的四年，竹子在扎根。做人做事都是这样，你今天所做的每一件小事，都是为了成就未来的大事。"

我父亲总是这么不经意间解决我的心病，一个高明的心理医生。

我对艾力刮目相看。艾力已经今非昔比，如今好多事情我得向他请教。

我大学毕业以后，海阔天空地游走，与现实世界若即若离，看不清一些眼下的道理。而艾力回到家乡，一心一意干工作，入了党提了干，思想变得成熟，成为农村的骨干，一代新人成长起来，而我却面对复杂的社会有点不适应，甚至幼稚。

　　那天，我和艾力计划去做一个妇女的工作，过程中发生了事故，艾力受了重伤，大难不死。医生摘掉了艾力的脾脏，连续输血，抢救一个星期以后，他醒来。

　　艾力的老婆一直守护在他床前，他老婆居然是个汉族女人，叫韩小男，他们三岁的儿子叫韩爱倪。

　　韩小男是湖南人，大学毕业后来新疆工作，后来考上了和田地区的公务员。一次，她在报纸上看到介绍艾力的民族团结故事，看着高高大大英俊的艾力，她心生好感，找来艾力的电话，要了QQ号，每天在QQ里聊天，日子久了，暗生情愫。

　　艾力对韩小男发出爱情攻势。他悄悄跑到和田，买了订婚戒指，去办公室堵她，当着同事的面，下跪求婚，上演了一场爱情大戏。那时候，民族间通婚的情况不多，韩小男领导操心，先把艾力拖在和田，紧急外调政审，了解到艾力政治合格，是个好同志，现实表现优秀，是我党的好干部。韩小男的闺蜜难以认可她的选择，看不得"羊入虎口"，找一堆理由阻止他们，最后以担心他们的后代为由，让艾力来个身体大检查，结果检查出一个身强体壮的优等男人。大家服了软，欢天喜地地为他们办了场热热闹闹的婚礼。县上发给他们五万块钱，以表彰他们的爱情壮举。

　　韩小男说："铁树也开花，只是难得，所以珍贵。"

　　他们走入了婚姻殿堂。

"韩爱倪的名字是艾力给起的，艾力和爱倪谐音，艾力坚决要儿子选择汉族族别。"韩小男淡然地说。

"艾力说他不愿意做一个狭隘的人，他说他是中国人，他是中华民族，所以让儿子随了我。"韩小男说。

好博大的境界，我对艾力心生佩服。艾力用自己的婚姻告诉了每一个身边的人，他是中国人，各民族交往交流交融再正常不过。

我知道艾力和韩小男一定顶住了各种压力，那些压力是说不出看不见的。了不起的艾力！

以后的日子，韩小男带着艾力去湖南老家养病，艾力每天和我短信联系，不时发几张照片，背景都是在山清水秀的田园里。艾力说他觉得上辈子他就出生在那里。

我挑起艾力工作队队长的担子，任务更重了。

艾力回来以后被组织安排到县公安局任了局长。

那天，他来和我告别，我们心生默契，一同去了他妹妹玛依拉的墓地。我们给旧坟培土，然后艾力把一盘羊肉和水果端放在坟头，我们鞠躬，艾力放响一挂五千响的"大地红"。

那一刻，我觉得艾力像个战士！经历过斗争觉悟的艾力，让我明白了一个道理：要做国家利益的捍卫者！

那一年，我火线入党，回到学校以后被提拔为科级干部。一些人窃窃私语："他终于如愿以偿！"我变得更加沉默了，我明白自己的初心：历经迷茫选择，成就自我，我想选择一条人生的大道，我要实现报国之志！我的人生已经紧紧地和中华民族的命运连接在一起，我的世界里飞腾着中国的巨龙！

没有人会轻易相信，都以为我那是说给别人听的，是一种自我标榜。

基层火热的生活让我更加坚信了我的选择，我渐渐从小我的境界里醒来，心底无私天地宽，大地一片明媚。

九

久久又一次回上海，眼看到年底，她要回去做考研的最后冲刺。她习惯坐最早一班飞机，她说那样她可以控制一天的时间，回到上海可以再做一些事情。

早上六点，她起床洗漱，最后一次检查身份证、毕业证、银行卡。

我要做早饭，她嫌我辛苦，我们叫了"滴滴"去机场。

"革禾先生，我还想和你讨论你的小说，我不习惯看纸质图书，我们90后都在网上阅读，你的小说不一定好卖。"久久说。

"革禾先生虽'不财'，但不以黄金论文学，我信奉'三W主义'。"我说。

"听不懂。"久久说。

"三W，'Worth''Work''Words'。"我说。

"听不懂。"久久说。

"立德、立功、立言、博施济众、功济于时、理足可传是中国人追求的'三不朽'的终极人生。"我说。

"革禾先生肚子里有料，你的书里说'盖文章经国之大业，不朽之盛事'大概就是这个意思吧？就是要出不朽的著作呗？我看蛮难。”久久说。

“不一定是不朽的作品，写一些以‘小我’成就‘大我’的故事而已。”我说。

久久给她妈妈发微信，说我们到了地窝堡机场三号航站楼。

“革禾先生，你的书中的故事让我理解了许多不明白的事情。”久久说。

“我只想人们直面现实，理解真理和正义。岁月安好，是因为有人在负重前行！”我说。

久久不再说话。

临别时，我们拥抱，我习惯地在她左右脸颊和额头上亲吻，她眼里泪光闪闪。

“爸爸保重！我期待着你的新书，我喜欢！”久久说。

我有一种深深的惆怅，当年我十八岁上了大学，家就成了候鸟的栖息地一样，从此我有了独立的生活。父母亲就是在养育一只自由的鸟儿，念念盼盼的是孩子的一颗心，生生抓不住的是与孩子的相聚。孩子必将一别而去，终究会远离父母的视野，飞进他们的丛林，必将历经千难万险，走上各自的人生路。如蝉蛹在地下蛰伏，忍受寂寞和孤独，忍受夏雨和冰雪，依靠树根的汁液一点点长大，然后在夏日的一个晚上爬上枝头，一夜之间蜕变成形，嘹亮地宣告自己的生命来到了一个光明的世界，在太阳升起的那一刻，在天空自由飞翔，完成生命的质变和突破。我们必将把孩子交给社会，他们不属于任何人，只属于这个民族的未来。

我想起纪伯伦吟唱的歌：

Your children are not your children.

They are the sons and daughters of Life's longing for itself.

They come through you but not from you,

And though they are with you, yet they belong not to you.

You may give them your love but not your thoughts,

For they have their own thoughts.

You may house their bodies but not their souls,

For their souls dwell in the house of tomorrow,

Which you cannot visit, not even in your dreams.

我双眼潮湿，继续写后面的故事。

人生犹如走在空地上，似乎漫无目的，社会会修好一条条道路，让你选择或者选择你，填满你的空间，然后把你塑造成今天的模样。我们能选择的只是让心智成长，不在游走的路上丢失高贵的灵魂。

二〇一〇年秋季，我回来没多久，因为熟悉基层的情况，政治可靠，我被调到自治区政法部门的一家杂志社负责一个部门的工作。我对那些工作充满敬意。

我对工作乐此不疲，我发现自己小时候的天赋转化成了一种能力，任何工作到我手里，我会非常迅速地知道核心要义，直奔主题，找到捷径，迅速解决问题。大家称赞我是解决疑难杂症专家。我嘴里客气着，内心欣然接受。我除了对新知识掌握得较快，而且善于学习文件，喜欢听人讲话，习惯逻辑判断，聚焦找到关键环节，在别人看来走入死胡同的事情，我总能找到办法。

我不善言谈，我父亲都笑魁说水静流深、人稳言少，我相信我父亲是对的。大家觉得我十分内向，怕我静出毛病，找机会给我介绍对象，好像我不结婚是一种人生的失败，是一种人间罪过。我对婚姻有我的看法，我经历了剃头挑子一头热的单相思和被追求，我只是想找到那样一个人：芸芸人海，匆匆而过，猛然回头，在水一方有位佳人，犹如清风拂面、绚烂彩虹，两人会不约而同怦然心动，觉得过往只是浮云，人生以后才有了光芒。

　　那天，忙完了一天的工作，疲惫不堪，我走在大街上，站在西大桥上，远眺着灯光旖旎的城市，红色、黄色、蓝色、绿色、紫色在夜空中交替变幻、色彩斑斓，人流、车流穿行在色彩的海洋中，红山璀璨，红山塔犹如盛开的花蕊，礼花绽放，光彩夺目。

　　我却有一种格格不入的感觉，脑子里突然出现了一个孤寂的画面：

　　　　夜的街上

　　　　一群群走的人

　　　　一个抽着烟走的人

　　　　一个未接电话

　　　　熄灭了路灯

　　　　和风筝的思绪

　　　　天空在远处

　　　　灯光秀着

　　　　烟火放着

　　　　星星看着

我找到未接来电打过去，是妹妹笑笑。

"哥，我要结婚了，十一国庆节，你一定要来，带上伯伯和伯母。"笑笑不等我说话就挂了电话。

家是一条船，漂泊了漫长的时光，相爱的人同舟共济，迎接陌生的未来，寻找美丽的风景。人生莫测，好在有了爱情，就有了风雨同担的安全航线。我内心默默祝福笑笑能遇到一个负责任的家伙，不会沙滩搁浅。

初秋的北京不再燥热。我再一次来到北京，参加妹妹笑笑的婚礼。

我叔叔都笑天在家忙忙碌碌，为婚礼做准备。

未来的新郎是个高大英俊的家伙，从美国留学回来，在一家外资银行上班。第一眼见到他，觉得面熟，就是想不起来在哪里见过，他叫王少飞。晚上一家人吃饭，小伙子话不多，不像北京人话痨。喝了几杯酒，大家谈天论地，其乐融融。

王少飞敬酒。

"大转，按年龄我是哥，按辈分我叫你'哥'，我媳妇是你妹，你站在食物链顶端，发言权归你，我得叫你'大转哥'，小时候你欺负我，长大了我还得受气。"王少飞说。

我是丈二和尚摸不着头脑，不知道他凭什么说比我大？为什么说小时候？

"钢厂子弟学校的吧？一见你我就认出你，'都——大——转'好记、特别！篮球场，记得吧？我被你砸得流鼻血，要不是于小禾劝，第二天你也会鼻青脸肿。"王少飞说。

多少年以来，第一次有人在我耳边响亮地说出了"于——小——

禾"三个字，一道闪电击中了我的心脏。我呆坐了良久，然后端起大杯和未来的新郎猛喝。

那一夜，我醉得一塌糊涂。

有些人遇见又散了，也许是为了从此不再纠缠；有些人散了又遇见，也许是为了这一生最好的重逢。

我认定王少飞是个好男人。

他们的婚礼和所有人的婚礼一样张扬、鲜亮。我想起鲁迅说的，在路上遇见人类的迎娶仪仗，也不过当作性交的广告看。第一次发现妹妹笑笑成了可人心意的女人，她原来那么妩媚动人。我内心有点酸楚。那天闹洞房，我特意用藤条狠狠多抽了王少飞的屁股几下，王少飞嗷嗷直叫，说："你等着！"

我终于找到机会向王少飞打听于小禾的消息。

"往事随风，难得你情深义重还记得她，她去英国留学回来以后，在一个美国人开的公司做事，我们很少联系，我有她的电话号码，只怕你没有机会，但好像她还单着。"王少飞说。

我打了一天电话，无法接通。眼看第三天我要回新疆了，我又向王少飞打听了于小禾的公司地址，去找她。我的思维变得混乱不堪，我不知道为什么内心有一种强烈的愿望想见到于小禾。我自以为历经磨难，对任何事都处变不惊，外表坦然，给人一种抬头看云卷云舒的淡定。其实我了解自己，我有一颗敏感而多情的心。那些思绪像一束光芒投入心房，在心里激起一股暖流。只想见于小禾一面，哪怕只见一秒钟！我们离开时没有说一句"再见"，我只想在离开十八年以后跟她说一声"再见"，我只想缝合那些撕裂的时光。

我想象了各种见面的情景，满脑子里排演着重逢的场景。而现实是——无法联系。像一堵墙一样挺立在眼前，阻绝了去路。我无法排遣烦躁，我从我叔叔家沿着中关村南大街向南漫无目的地走，烈日炎炎，我满头大汗，内心火一样焦灼，远处中央电视塔依然保持着大"灯笼"的姿势，高立在上空。天空空旷，灰蒙蒙一片。在北京上学的时候，我会呆呆地望着它傲然挺立的英姿胡思乱想，晚上，电视塔流光溢彩，色彩变幻，塔身还会有标语显示："不管黑猫白猫抓住老鼠就是好猫""发展才是硬道理"……此刻我想起那些日子，想起那个大辫子的女孩，我竟然想不起于小禾的模样了，想不起她是单眼皮还是樱桃嘴，越发激起我想见她的念头。

走过大慧寺路，不断地穿桥过街，走过西安门大街走进长安街，我来到了天安门。

我站在天安门前，端详着伟人像，他双目炯炯地俯视世界，他的目光穿越一切时空，看透一切人间冷暖。我祈祷他能让我找到那个女孩。

也许那些少年的情愫曾经像黄沙飘逝，多少年以后用心抚摸心口，原来已经结痂成核，埋伏在记忆深处。

夕阳西下，落日像一个巨大的金盘挂在城楼西角，霞光似火炬燃烧，光芒万丈。云朵镶着橘黄的金边，金色的红色的光渐次消隐在厚重的云层，大块大块的云霞像彩带飘浮，辽阔无边。树影婆娑，楼宇鳞次栉比，里巷遍地沐浴在血色的霞光中，一派恢宏。

我又一次来到后海。

湖水静谧，消散了一丝暑气，我点根烟沉浸在落寞的情绪里，走过梦景酒吧，我毫不犹豫地扎进去，坐在吧台上喝闷酒。

"先生，要点首歌吗？"

"我自己唱可以吗？"

我的内心在喧嚣，我要来笔和纸，坐在吧台前匆匆写下一段歌词，修改了几遍，要来吉他，调好琴弦，哼唱两遍，走上舞台，唱我谱写的《后海》：

    这里不是一片海洋

    没有风帆和船桨

    只有叶落地黄

    天际草色共烟光

    那个丁香一样的姑娘

    在后海　在雨中

    你可否凝望

    一个忧郁的少年和你

    一别匆匆的模样

    这里不是一片海洋

    没有海鸥和海港

    只有思念连波

    山水苍苍映斜阳

    那个丁香一样的姑娘

    在后海　在梦中

    你是否遗忘

    一个忧伤的男人等你

    一直到地老天荒

我在唱心中的情歌，人声鼎沸。

北京让我感情波澜。我别无选择地走进了自己的生活，但我却无法逃脱生活的现实，生活不是远处的风景而是眼前流去的时光，我的手一直企图抓住些什么，留住生命的塑像，而那些还没有发芽的爱已经埋藏了几个世纪，我却从不知道，我必须寻找到那个地方，去看鲜花盛开，在那里铺开我绚烂的人生。

走在后海的湖堤，我点上一根烟，烟雾升腾，时光迷离。

……
你可否凝望
一个忧郁的少年和你
一别匆匆的模样
……

我继续忧伤地唱，哭得一塌糊涂。

第二天我来到 FORTUNE 公司找于小禾。一进门我就知道这个地方不对，我没有闻到熟悉的丁香花的味道。进了电梯，那个大个子老外笑眯眯地向我点头，我闻到一个熟悉的混合着胡椒和生姜味的 BLUE DE CHANEL 香水味。在美国时，我身边常常飘起那种炒菜的作料味，而他们说那种蔚蓝淡香水总是散发出木质芳香，唤起男人的阳气。我认真看一眼眼前的大个子男人，那个男人以同样的眼神看我。

那个男人热情地伸出双手压在我肩头。

"都，你还活着？"

什么鬼话？我以为见到了阎王。迈克尔凭空出现在我面前，他目前是 FORTUNE 公司的 CEO。

迈克尔把我让到办公室，讲述一幕幕他经历的故事。他大学毕业后并没有在华尔街谋到职位，最后来到一个做国际贸易的美国公司，被派驻到中国区做管理。

"世界变天了，现在我们看你们中国人的脸色吃饭。"迈克尔自嘲道。

"世界本来就是这个样子，只不过你们一直没有正视过我们伟大的中国，老是找假想敌，找不舒服。你们自以为高明，以为自己优等，总想让别人臣服，这是不可能的。"我说。

迈克尔略带不满地看我一眼，又迅速露出一丝微笑。

"在商言商，都，我们谈友谊，不要谈那些政客们的话题，反正你眼前的这个美国人，离不开中国离不开中国人民。"迈克尔说。

迈克尔已没有了青年学生的张狂，多了些沉稳和真挚，这让我有点喜欢。搁在当年，我们从来说服不了他，更别说听他嘴里说出对中国人尊重的话。只有国家强大了，才能滋养出民族自信的力量，焕发出让他人尊重的底气，任何势力都会不得不低头。这是我见了迈克尔后最深刻的体会。

"阿奈，你再见过他吗？"我问。

"你再也见不到他了，他后来成了美国通缉的恐怖分子，我们一直在抓他。因为我和他同学，还是同宿舍，我被 FBI 翻个底朝天，现在回国还得向他们定期报告。"迈克尔说。

"你们不是个自由的国度吗？还会被人监视？"我说。

"自由是相对的，不能触犯国家利益。"迈克尔说。

"我们当年一直在讨论这些问题，我一直是这个观点，你今天才相信。"我说。

"你们五千年的文明，有时候我们两百年文明的人不一定理解，为了大众利益，人有时候要牺牲一部分个人的自由。这是我来中国以后感悟到的。"迈克尔说。

"我们还是谈一些有趣的事情吧，比如女人。"

我终于有机会问起于小禾的事情。原来于小禾已经辞职，去了别处，迈克尔给了我一个于小禾的新 QQ 号码。

我一无所获。

回到乌鲁木齐不久，我父亲让我回一趟家。

"你玉山江叔叔死了，你回来一起帮我办理他的丧事。"

我回到白水市，莱丽没有回来见她父亲最后一面。按照当地村民的风俗，人死后当天太阳落山后就要入土，落叶归根。"早亡晚葬，晚亡午葬"，不会超过三天。但是要等他女儿莱丽，耽搁到第五天，最后莱丽还是没有回国。

我们一群人用抬尸体的木架扛着玉山江去坟场，他的遗体被白布缠裹，送至墓地，长方形墓穴已经挖好，我们将他移入侧壁洞穴里。

玉山江·买买提那天喝完酒，唱着歌，摇摇晃晃地走在大街上，走进了小巷。他被人袭击，扔进了白水河。

一个好人以这种悲惨的结局走完了一生。

"可惜，他就是不同意我儿子喜欢他女儿。要不他也该看一眼咱们的孙子再走。"我父亲都笑魁说。

"你还在做梦。"我母亲马翠花说。

好多年了没有人再和我说起莱丽，莱丽的面容浮现在眼前，我的眼底里飘出一束火苗。莱丽已经石化在我的记忆里，我不想让她再打搅我的世界。

我想起玉山江的样子，玉山江躺在一块阴暗的洞穴里，模样骇人，我心里一阵发虚。我知道玉山江一家是心地善良的人，悲哀就在那一刻降临，十分汹涌。

我试着加于小禾为好友，杳无消息。

工作时间除了编辑、审稿，我还用了许多心血查资料，收集案例，开调研会，没有时间考虑自己个人的问题。我来乌鲁木齐以后，我父亲都笑魁拿出积蓄，帮我买了一套二手房，平时，我两点一线把精力投入到工作中。同事们都认为我是工作狂。我不置可否，除了工作，我还有什么要关心的？我早已把自己交给了国家，这是我父母亲期望的，也是我历经生活磨炼以后，拥有的一份自觉的家国情怀。没有什么可炫耀的，像一颗螺丝钉一样工作，对我是一种认可和享受。但夜深人静，我常常有一种孤独和飘零感，心归何处？怎样的未来在等着我？这些问题一直纠缠着我。

我不依不饶地请求于小禾加我为好友，但对方从不搭理我。我想起迈克尔，按照他的名片拨打他的电话，电话停机。茫茫人海中，这些曾经出现的人物，一次次莫名其妙地消失，给我一种不真实的感觉。我知道他们一定存在，但却仿佛消失在月球在火星。前世无缘，来生不见。我觉得冥冥之中有一种力量在折磨我、控制我。

后来，我知道迈克尔的公司亏损，关门大吉，他回了美国。我知道我和于小禾的最后一点希望，就是那个QQ号码。我得想办法找到她。我想起于小禾喜欢唐诗宋词。我不再傻乎乎地说我是新疆都大转，也许她从没有记起过我这个新疆同学。

第一次留言：

> 昨夜西风凋碧树，独上高楼，望尽天涯路。

我等了一个星期，消息在地球上飞，杳无音信。

第二次留言：

> 衣带渐宽终不悔，为伊消得人憔悴。都大转上，加我！

我等了一个星期，消息在天上飞，杳无音信。

第三次留言：

> 众里寻他千百度，蓦然回首，那人却在，灯火阑珊处。都大转上，加我！

我等了一个星期，消息在宇宙中飞，杳无音信。

我相信她看到了。她越是不理不睬，越驱动了我强烈的探秘感，我必须找到她，哪怕天涯海角，只是要告诉她：时光蹉跎，芸芸众生有一个人记住了她！

我想起了在那条著名的长安街，一个少男兴奋地骑车，一个少女轻环他的腰，那个女孩嘴里念着古词，那个男孩心猿意马。我想起了那个女孩念过的词。

我最后一次尝试和于小禾联系。我从网上找来唐寅的词，填在
QQ加好友页面：

> 雨打梨花深闭门，忘了青春，误了青春。
> 赏心乐事共谁论？花下销魂，月下销魂。
> 愁聚眉峰尽日颦，千点啼痕，万点啼痕。
> 晓看天色暮看云，行也思君，坐也思君。
> 妞妞，加我！

那天晚上，打开电脑，传来QQ"嘀嘀"的信号，于小禾加了我，
她传来了一张笑脸的符号，她的网名叫"北京妞妞"。云开雾散终有
时，守得清心待月明。那一刻，我却不知和她说什么。语言已经无
法表达我的心情。我在空间里写下对那些日子的记忆。

妞　妞

你无法不记住她。她不但在你最孤独的少年时代陪伴
你，而且在青春初开的欲念里成了一个美丽的符号。你欲
望汹涌，她纯洁无瑕，她就那样伴随着你。她的嘴里时时
吟出直抵心扉的诗词，袅娜飞舞的长辫让少年心神荡漾，
更让你迷醉的是她消失的模样，甜甜一笑、转身而去。你
不知道哪一次是最后一别，灵巧的身影，总会像飞石入水
撩起一圈涟漪，然后那片水面冻成冰。

那时候顿感年少，枝芽才露尖尖角。知道她是军人

的女儿，生活在繁华都市，也曾经生长在边关大漠，小小的年纪，纯净而忧郁。无法想象，她一直活在唐朝的梦境里、宋人的语境里。她欢快的样子有点飘逸，有时她会一改羞怯在篮球场上飞奔腾挪。她雅致的语言那么纯美，让你相信世界上最美丽的语言就是汉语，最好的事就是听她念唐诗说宋词。余音袅袅，你可以自卑到不想开口说话，你的任何言语都仿佛撕裂了语言的美丽。"青青子衿，悠悠我心""所谓伊人，在水一方""水风轻，蘋花渐老，月露冷、梧叶飘黄"……那时候，你已花开待放，她也情窦初开，而你们却陶醉在她用诗词编织的世界里，灵魂飞扬。那些诗句雕刻了黄金般闪亮的青涩塑像，将那些灰暗的日子装点得和风徐徐，结结实实把欲望禁锢起来，让少年的心里长满绿叶，充盈着赤诚的感动，走过阳光灿烂的日子。

那时候，十四岁的少年犹如惊兔，敏感而无奈，没有友谊，不知未来，狂风刮起的飞石尘土扑面而来，你惊慌失措。第一次见她，你的眼底漂浮着静谧的潭水，那是你内心欢喜的生理反应。这种独一无二的感觉伴随了你成长的日日夜夜，教会了你选择。第一次遇见，她嘲笑起你不太好听的名字，她犹如来自幽居空谷，丁香芬芳，清丽淡雅，向你封闭的世界吹进清新的空气。这样一个精灵一样的女孩落在眼前。

从此岁月无忧愁。从此她占据了你的所有内心世界，从此你会躲在一处，等待一个即将出现或者必将离去的背影。心有千千念，想一次次记清她的样子，怕某一天走散，再也看不到她的笑颜，独自丢下你在风里踯躅。你做出一副少年不知愁滋味的样子，以出其不意的冷落来刺激她，以喜怒无常的言谈来作弄她，而她总是笑脸盈盈，一副天远水阔的淡然。

你一直疑惑她的超然，她那种天真无邪、腹书芳华让你迷醉。在你刻意保持的距离中，她似乎从来不明白一个柔肠寸断的少年风情。她像一个迷宫，让你走进去，然后让你惊慌失措，落荒而逃。有一天，她波澜不惊地说起她的母亲，泪水颗颗晶莹。原来她也有和你一样的被人忽视的不安，原来她也有和你一样的漂泊不定，而她只是将自己包裹起来，给世界一个好看的侧影。她说人们都会兴高采烈地活下去，我没有必要把自己的悲伤拿出来欣赏，搞坏别人的好心情。在那样年少的岁数，她就有了常人不可把握的理智。她风一样让你凉爽一阵，又空气一样无影无踪。

一天，她仰望着星空说，在遥远天边我们是哪一颗？还会再相聚吗？"直恐好风光，尽随伊归去"，她就像被倒春寒损伤的幼苗忧伤无限。你以为你们一直会那样行走在朦胧、黯然神伤的时光里，在那里分享你们稚嫩的精神世界，一直走下去直到街的尽头、灯光熄灭的郊野。

她以一场秋雨的样子消失在你的生活里，犹如河里腾跃的鱼儿，只是一瞬间跳出水面一晃靓丽；犹如天空无声的闪电，只是一刻间风驰电掣照耀大地。没有一声再见，她从你的视野里消逝得无影无踪，你却有扑朔迷离的疑问要她回答，你还有纷至沓来的时光没有和她分享。

而今天，在我们即将走完青春对的时光和错的时光，我知道妞妞你一直在那里，在那里的天边，在我心里的这面。

遇见你，注定了今生的漂泊和忧伤！

遇见你，注定了一起行走在季节里！

我注意到三天以后，"北京妞妞"查看了我的空间。她在留言里发送了一个流泪的表情。

第二天我的QQ聊天屏闪动，于小禾给了我手机号。我依然在空间里写写文章，我那些文字都是故意留给于小禾看的。她几乎每天都进来查看。我偷偷地乐，每天充满了激情。

于小禾从来不给我打电话，一直用QQ和短信联系。突然一天，她发来她的机票行程，她十一月十九号来新疆，二十一日返回北京。她说二十号下元节，她要去吐鲁番看高昌古城。我不知道世界上还有个"下元节"。我查百度百科，知道农历十月十五是"下元日"，是中国民间传统节日。正月十五称"上元节"以庆元宵；七月十五称"中元节"，以祭祀先人；十月十五称"下元节"，以祭祀祖先。道家有"三官"，天官赐福，地官赦罪，水官解厄。"三官"的诞生日对应农历的正月十五、七月十五、十月十五，这三天被称为"上元节""中元节""下元节"。过下元节，以祈福国泰民安。

吐鲁番以"火洲"著称，于小禾要在大冬天看高昌古城，有点出乎意料。不管怎样，只要于小禾愿意，做什么都行，我借了一辆越野车。

见到于小禾，还是让我吃惊，她嘴唇微翘，什么时候都像在微笑的样子，长发飘飘，翩若惊鸿，美若天仙！我无法描述视觉带给我的冲击力。她已是一头长发了。她身着大红色徒步服，穿紧身牛仔裤，脚蹬红色运动鞋，像一束火焰。

　　她看着我，微微一笑，模样还是少年时清丽的样子，神情里多了一些岁月和矜持。

　　晚上，我们在美丽华酒店的自助餐厅吃饭。她话不多，吃得很少。她去英国留过学，现在北京一家农业研究院的一个公司做图书出版。

　　我们用英语和汉语聊天，聊起过去，于小禾一直在听。

　　"你还记得这么多事情？你记忆力真好。"于小禾说。

　　"我怎么能忘记那些美好的日子。"我说。

　　"你好抒情呀。"于小禾说。

　　我有点尴尬。

　　"那个王少飞成了我妹夫。"我说。

　　"当年你用篮球砸他，他要叫朋友揍你，我阻拦了他。"于小禾说。

　　"我一直以为你们在递纸条。"我说。

　　"哪有！就是喜欢一起打球。"于小禾说，她的脸上有一丝羞涩。

　　我们不约而同地举起啤酒杯。

　　"小禾，你气色真好，像个学生，你生活得一定很幸福。"我说。

　　于小禾不再说话。我想我一定触碰了于小禾多年来隐藏着的委屈。她坐在那里，眼角有一丝潮意，有些动容，但她努力压制着内心升腾的情绪。那一刻，我真想把她搂在怀里大哭一场。

第二天是星期六。我开车带于小禾去吐鲁番，她看到冰雪覆盖的辽阔大地无比兴奋，忘形地称赞大美山川，露出少年时调皮、清纯的神情。

　　"新疆是个令人神往的地方。在北京久了，觉得拥挤，看到那些'北漂'，我常常想人们总想往繁华中挤，然后向上看，却忘了本身并不在泥土中。很多人特别拼，目的就是过城里一样的生活，但不敢说自己足音铿锵、步伐坚定。而世界之大，广阔天地，总会有人在平凡中创造不平凡的奇迹。我就是这样看待你们新疆人的。"于小禾说。

　　"那你就留在新疆吧！"我说。

　　"没有留下的理由。"于小禾说。

　　"我算不算理由？"我说。

　　于小禾不再说话，一路看书。我有点惆怅，也有点怨气，跑这么大老远，不留着时间说话，真是一种浪费。我有千言万语要说，却说不出口，内心折磨。

　　来到高昌古城，游览时间已经结束。

　　白茫茫的雪地洒满落日的余晖，一派肃杀苍凉。

　　于小禾认真地看古城墙的说明，然后站在门口。她在落日里升腾，像一只天上的神鸟，像一个人间的公主。我抓拍了那张照片。

　　晚上，吃过饭，我敲门，她没有开门。

　　我坐在隔壁的房间仔细端详照片里她美丽的模样。

　　今生，我一定要抓住她，陪她走遍千山万水，一起终老。我一直在想这个问题。

　　我写下一首诗歌，用手机短信发给她。

城门前的公主

那扇千年繁华的门

走过帝王

和将相

还有持剑飞驰的铁骑

旌旗如虹

生死如歌

倚墙的公主

笑看苍穹迎天下英雄

这扇尘埃浸染的门

矜持女孩

和阳光

身后悠长小巷缠绕了几多风情

笑靥欢歌

心若履霜

门前的公主

陌陌长路有豪杰回望

十八年以后，我们再见，什么也没说。

十

对于小禾，我有点不知所措。不是每一场相遇都有结局，千年修为才缘来缘聚。也许她只是我花开的露珠，也许她只是我头顶的流星，永远会是一闪而过的风景？我想留住她，让她生长成我的花园，让她闪烁在我的宇宙。可是我握不住她的时光。

我无比困惑和烦恼，但我不露声色竭尽全力投入工作。

朝九晚五的工作是我精神病痛的解药，满足了我在平凡中成长的精神欲望。我乐此不疲，欲罢不能。不需要外在的动力来激励我勤奋地做事、学到处理问题的方法，我享受因了自己的努力带给社会更大的价值的快乐。工作不但让我谋生，也为我树立了理想的旗帜，我在那里寻找到存在的意义。

生活让我知道，纵然我有金戈铁马的报国之志，但要从脚下出发。丝丝入扣的螺丝才能确保马达轰鸣、机车飞驰。面对那些懒洋洋牢骚不断的同事，我不屑一顾。不能养成乐业的习惯，何以证明你才华横溢？真正的使命感无非是着力小事，从起点出发，快乐地为社会进步服务。

开会时，我对同事说，每个人别太把自己当人物。当你太把别人当人物去工作的时候，你就拥有了价值。

别人总是嘲笑我的不谙世事或者口是心非。我懒得解释，我感受到与盲人谈风景的绝望。我的心已经选择了为国家服务，那么我的快乐是超越的。我在一个高层次的精神视角里审视生活，我对世界满怀热爱。

那段时间我由衷快乐地投入工作，以冲淡于小禾带给我的烦恼。

夜深人静，在疲惫了一天之后，我依然躲不过一些情感的烦恼。我打开电脑，在空间里自言自语。我的空间对所有的朋友开放。

每天忙于事务，为工作为他人，以为在消耗生命，也许这种平凡，却让时光有了意义，成就了生命的辉煌。每天都仿佛有着一个清晰的目标，以为是一种执着，后来明白，这就是我的生活我的命。当个农民和当个国王都是一种过程，但每个人找到自己的定位就好，不羡慕别人，也不厌弃自己，活得安逸而快乐，活得让他人舒服。

——有情怀的公务员。

于小禾每天看我的"说说"，做一句评论。于小禾活灵活现地出现在我的虚拟空间里，我对这个发现激动不已。

当一个普通的干部，也许这是命，当我爱天下的时候，我要履行我为天下的使命。爱是我的归宿，成就你的爱是我的宿命。

——余生可有人陪你立黄昏？有人问你粥可温？

人生的大逻辑是活着找到意义，然后走向必然；人生的小逻辑是当好每一天值，做好儿女、好丈夫、好妻子、好爹妈，做好职业人、好社会人，然后做个让他人因你而幸福的人。

——好男儿心怀天下！但要善待你身边的女人。一个女人只想看炊烟袅袅，看花开花落花满天，看一季季窗外飞雪落雨，看厨房飘香的身影，看相爱的人宽衣入梦乡。

距离是事物运动的空间；距离是情感的牵挂；距离是美的焦点；距离也是伴随生命的痛楚。

——人生为心而痛，走过千山万水，近在咫尺却远在天涯。

好疲惫！那些我爱着的在心底在远方；这些我烦着的在眼前在身边……还有多少精力可以消耗？还有多少情怀可以自已？

——诗和远方都在别人那里，我们拥有的是不能放弃的苦恼人生。

大地载万物而不弃，生生不息，人当以正为修，持之以恒。"元亨利贞"，正始，通达，利人，正行。三思而行，克己复礼，通融练达。记住：为一方守值，不为己，不为欲，此乃大任，存大仁，扬大德，成大业。何忧之烦？何怒之有？何不伺机而修大为？时也机也，成仁义之缘也！

——天行健，君子以自强不息；地势坤，君子以厚德载物。朗朗乾坤，大道亨通！

无静气，难以成大才，办大事。圣贤之人，越遇大事，反能心静如水。静气不仅有平常的心性功夫，也有临机的运用、发挥。慢下来、静下来，反省观照自己，积攒能量、总结经验，待时机来临迅速出击，诸事可成，因为已经做了充分的准备。

——清三代帝师翁同龢言：每临大事有静气，不信今时无古贤。

环境是钢呀！呕心沥血，内心无愧于此份职责，变化是显著的。但脾气渐长，那些"猪队友"何时醍醐灌顶！我改变了他们，他们也在破坏着我！不知不觉犹如回到了在农村工作时的样子，一样的恶劣环境，人变得火爆。今天，容颜俱毁，重现丑貌！环境斯然？修为复辟！

——修身之路漫长兮，任尔东西南北风之境界无边无界。学会心平气和，学会尊重别人，学会从容不迫，是一种修养和境界。三省吾心也是一种艰难的实践。

190

大隐于朝小隐于市，不被烦，睡懒觉，听鸟叫，发会呆，掐自己，摸心痛，知冷热……好多岁月，好多煎熬，好个静好。

——岁月静好，是有人在负重前行！比如你。

牛人的人生举重若轻，每天的第一缕阳光，就是新生活的开始，迎接幸福和挑战，接受一切美的和丑的，承受生命的负荷。

——我们无法选择生命，但我们可以选择生命的态度。

青草蔓生，春山远望。时间是公正的，生命如水，而正直善良慈心和努力会让静水如虹，生出绚烂，使生活有了光辉的意义。

——Prajna Paramita, soon as soon as
life be beautiful like summer flowers and death like autumn leaves
Also care about what has
（般若波罗蜜，一声一声，
生如夏花，死如秋叶，
还在乎拥有什么。）

不要让每日的凡人俗事裹住了双脚，给心一点安静，给思想去一些锈斑，让灵魂飞扬起来，让当下的时光光明而灿烂，让每一天酣畅淋漓……生命在每一步中寻找到意义。

　　——所谓"风水"，就是自己的修行。风是自己的心态和状态，天天面对世人和世界阳光着，就是风大、风好；天天努力着，见贤思齐，自强不息，就是进步和变化，就是水大、水好。一颗正直的心像阳光雨露一样普照着前行的道路，就是风水好。

　　会想起一些人，想起一些情感，发现有些东西那么容易丢失，不是别人的错，也不是自己的过失，只是因为时间会告诉我们，错过一定是为了一生从此远离，错过一定是等待一次永久的相遇。唯有真实本真的心意，才会相遇相知，才会环绕着你和你的人生，就如阳光、空气和水，我们不离不弃……

　　——有缘下个路口见，无缘此生不相欠。

　　今天的每一点幸福，来自过去播下的种子；今天的每一秒的经历，都会在未来结出果实。把握现在的心行，就是你以后生活的模样。

　　——祸福无门，唯人自召。善恶之报，如影随形。福人居福地，福地福人居。

以谦虚的心态对待世界，以谦和的态度对待他人，以虔诚的修为对待责任，以无为的境界对待名利，以谦卑的精神遵守道义。

——卑鄙是卑鄙者的通行证，高尚是高尚者的墓志铭。

我每天的生活里多了一项内容，就是在空间里写"说说"，等待于小禾的评论。我发现在网络里，于小禾还是以前的于小禾，津津有味说三道四，一点没有违和感，我们息息相通。在我心里她以少女的模样站在我身旁，对我的任何想法予以毫不吝啬的赞美，坦诚、真实、活泼！岁月也留下了痕迹，她的阅读面更宽广，看问题深刻而犀利。我一直不愿意与女人聊天，她们的见解总是不尽如人意，走不进我大脑的逻辑和思维里。常常那些小鸟依人的女孩、那些亭亭玉立的姑娘、那些温良貌美的女人，正在你心思摇曳的时候，她们开口说话，会让你惊奇于她们外在与内在的巨大反差。好看的容颜千姿百媚，有趣的灵魂无处可寻。

再见于小禾，我有一种时光如刀的刺痛，犹如迷恋着水面的月光，我幽暗的心底突然被照亮，仿佛响雷在云层中碰撞，灵魂发出电闪雷鸣的光芒，而天在慢慢变亮，月亮在渐渐消隐，那些光即将被静水吞没，我落入那些光的漩涡，旋转、沉浮。我看到了一条幽深的通道，她款款而行，我的心门大开，毫不设防，两个心灵在窃窃私语，有趣的灵魂必将相遇，我被她的心紧紧缠绕，我不想再和她分开，我要上九天揽月。

于小禾允许我进了她的空间，她断断续续写一下感悟。我进入了一个姑娘隐秘的世界。

1. 如诗一样的人生，应该是什么样的人生？

为什么觉得林黛玉苦情，其实她也有乐观活泼的一面，只是她"苦"的地方，太动人、太难忘。无论爱不爱她的，连柴米油盐都要被影响了，杀伤力巨大。于是先有不喜欢林黛玉，再有"备胎"薛宝钗，这么一看，"柴米油盐帮"感觉薛姑娘人好事少不闹腾，完美！林黛玉是作诗的性格，不讲究如何做人，因为真切，便不泯灭灵性。薛宝钗会做人，正如世间大部分精致的人，也正合更大部分人的气场。

2. 很多成功的人并不俗，他们拥有灵性，拥有对美的追求和鉴别的能力。钱是额外的收获。而另一半是上天的馈赠，因为这份馈赠，才能成全一个人的灵性，有时也是艺术性。

3. 每个人都有问题、缺点，不要去挑战它。不要让自己在意的人变得不可理喻。我的妈妈，不知是有意，还是无意，偶尔会来挑战一下我这部分。

4. 从哪说起呢？谈人生时，先把钱谈清楚吧。

妞妞二十多岁，自以为能力太强，赚了一些钱，又自以为赚钱特别容易，于是性格就比较嘚瑟。然后就是摔跤，对这个世界傻傻分不清。妞妞工作经历丰富，从环球投资开始学资本运作，见识了许多真的假的大咖：经济学家、证券商、暴发户，学会在投资中赚钱，又在投资中血本无归。

人呢，要么就在一个安全路线上走，要么多摔几下也无妨吧。

5．一部分赚钱的人靠消息，但是我没见过几个靠消息赚钱能善终的；还有一部分靠技术，公式化的操作方案；还有一种，是靠做人的通透。

投资，需要认真学习，必须了解技术和复杂的数学模型，但是很多人就停在这里了，或者说是钻营在此了；另一种高级一些的人是用一种哲学观在做投资，他们拥有哲学家和艺术家的特质，洞悉本质，又十分淡然。不能清醒合理地看待亏损，就不可能赚钱，学会赚钱之前得先会赔钱。

耐得下性子，耐得住燎烤，才耐得住冷酷的优胜劣汰的法则。

6．妞妞从投资认识到：一个人在社会上是需要有人帮助的，女人至少得有个女贵人，男人至少得有个男贵人，这样的"贵"是珍贵和更深的认同，更深的认同是价值观的一致。

7. 妞妞曾经是职场之花。一个人摔跤后得到的最重要的帮助不是出现一个有钱人，而是出现一个对的人。我无法形容，对的人应该是什么样子，感觉是：坚定、冷静、明确、善良。

人的一生可以说很短，但也有它的漫长性，用三十年学会一次人生投资，绝对是漫长的。美好的人生要有一种信念并且去实践，一定鲜花盛开。

8. 作家笔下有些缺憾的女生显得更美，我并不是很喜欢小说里特别完美的女性，她太好了，就是一种按部就班的存在，在这个存在体系中考满分，在文学上是缺憾。看《珍妮姑娘》，珍妮姑娘来了，白兰德觉得整个房间都明亮温暖起来了，他们相爱了！白兰德是珍妮的天空，白兰德意外死亡。我哭得昏天暗地，走不出阴影。

9. 不知道该如何与母亲和解。我十分抗拒一些事情，几天前知道我要陪同几位不熟悉的亲戚吃饭，竟然十分忐忑，内心无比抗拒，还是没见母亲。

在这些断断续续的文字里，我一睹了小禾的生活镜像，一个貌美如花、才情恣意、多愁善感的姑娘若隐若现地展现在我眼前，她不再不食人间烟火。我想触摸她的心，独一人分享。

有几篇文章是有标题的短文：

推开记忆的门

这一句话一直是脑海里的生命画面。

那扇门，里面是三四岁时的我，蹒跚而行，摔趴在地，露出羞体，不知羞耻为何物，疼得叽叽哇哇。生命仿佛从那一跤醒来，爬起来后就有了记忆。当天是二叔婚礼，新娘好美！其实她才有一米五的身高，脸上抹了厚厚的粉，笑盈盈地把我从地上扶起来。我后来明白，有些人美，只是因在某一个时间存在于一个美好的环境中，存在于有些喜爱她的人心里，存在着就美好。

当天，我和父亲又去了爷爷家。爷爷是个有故事的人，一生跌宕起伏。他创建了名满天下的制鞋厂，经历了一九五四年的对民族资本主义工商业实行社会主义改造的公私合营，鞋厂变为公私共有，后来变为著名的北京国有鞋厂。爷爷成了自食其力的劳动者。"文革"时被抄家，爷爷在最苦难的日子里，挂着牌子游完街，在回家路上，只想着给家里的孩子们买点小零食。

爷爷的房子原本是个标准的三进四合院，可惜，我没见过原貌。我记事的时候，第一进已经改成了公家的商店，主要卖布鞋；第二进住进了二十户左右的人家，每家人都嫌房子小，一点点向前扩，院子成了走廊。穿过这二十户人家，到了爷爷家，原本三间正厅房，已经分改为多间小间，正厅后面还有个小院子，又加盖了两小间房。只有正北房是我家的。

爷爷为人和善、热情，他非常喜欢我父亲。我们从内蒙古回来就住这里。那个时候我正在被全天下喜欢着。

推开的这扇门，是属于我对北京最早的记忆。

另一扇门，我坐在父亲的自行车后座上，二叔跟父亲一同去火车站接我。这下踏实了，我从内蒙古终于回到北京，我和父亲终于不必分开生活了。因为没有见过立交桥，那天二环路把我震撼了一下。

之前我的生活特别动荡，我在三个城市，小学转了五次学，住在父亲的朋友家、同事家、姥姥家、亲戚家，实在没人管的时候，就坐火车来北京。最大的好处是：四处游荡，没有学习压力。最大的心结是：思念爸妈。从小，一副孤苦伶仃的模样。

最难忘的是奶奶的那扇门。我在奶奶家过了一个暑假。那个暑假的任务是好好学习，迎接在北京的新学期。大人们教育我北京好，我觉得自己十分荣幸地正式成为北京人了。

我开始长大了，长大真好，可是一些记忆在渐渐模糊，一些门尘封起来。

走进一个通道里的两扇门。喜欢过一个小提琴演奏者"风"，帅气洒脱，琴技出众；又遇到了另一小提琴演奏者"雨"，琴声如歌，温暖入心。第一次见到雨，觉得遇到了一个十分优秀的暖男，十分心动，莫不是真爱来了？当风还在傲骄的时候，妞妞已经走进了雨的天空，错综复杂，纠结跌宕。回忆起来变成了喜剧或甜点，曾经被情所迷，曾经使人迷乱，我居然可以忽视聚集在风和雨身边的一群有胸无脑的如云傻女？

　　站在茫茫雪原的一个门框里，犹如袒露着身躯，我纵情肆意挥洒青春，门的里外全是荒野。

只有一次说到我们。

断　桥

——十八年后重逢

　　回忆犹如梦里故乡的清浅河水，重逢则是呆立断桥边的你我，相视一笑的赫然，我站在岸的这边，你站在岸的那边，又见熟识的音容，宛如少年见到的日出。

　　收到少年同学QQ发来的消息，思绪纷飞，耐不住一份激动，想放弃一切矜持，在第一时间回答他，想像闺蜜一样拥抱，然后咯咯傻笑，然后凝视。然而，我却无视他的出现，真是无语。

　　到了韶华将逝的年纪，茕茕孑立，还有许多转折在等待，似乎对什么事情都看得很淡，世事变幻，波澜不惊，也许不惊扰是对过去最好的珍藏。在一个吵吵嚷嚷的世界里，纷繁的欲望似浮光掠影，激起一次次七彩的波澜，然后趋于平静，然后再次欢啸。只有淡然和寂静抵得住稍纵即逝的诱惑，归来，做友谊路边的看客，孤立柳荫，看繁花似锦，独享风吹平野，留一点香随马的闲情。

　　不联系他，我却无法平静。少年的我们在一起度过了曼妙的时光。在我的眼里，他像是奇葩怪异的天外来客。他曾经生活在一个四周是荒漠的小绿洲，生活的世界就是一个密闭的房间，仿佛无法透进阳光，无法呼吸新鲜的空气。而外面的世界是暗夜里的星光，一闪闪地激发他的好奇。他来到北京，我们相遇相识，形单影只的我们在内心世界里彼此相依，温暖着对方，融化着那段结冰的时光。我们混沌未开的世界呀，该有一种怎样的未来？而那个奇异的少年充满了无限的力量：骑车带我去天安门，讲在塔克拉玛干边缘绿洲的故事，讲魂斗罗的未来世界，讲《水浒传》里的英雄豪杰，讲他的农民父亲，讲他的工人叔叔……他在我眼前打开了一个辽阔的世界。他成为我可以尽情低吟唐诗宋词的唯一认真的听众，一个羞涩的少女在那里挥洒才情。我们恣意地分享少年的财富——心无杂念地依依不舍，天真烂漫地不离不弃！我们沐浴在初升的霞光里，有了英雄的理想；我们窥视了生来死去的痴情蜜意，萌发了情愫的稚芽；我们拥有了可遇不可求的温暖时光。我们一同感知世界，打开了观赏世界的眼睛，绘画了一个多彩的少年画卷。

在不知不觉中，我们一起品尝不识忧愁的少年滋味，突然一天，他不辞而别，截断了我们并行的轨迹。茫茫人海，从此各走一方，却不知他乡归何处。可否记起我念的诗歌？可否忆过握过的我的指尖？那里依然手留余香。我一直在追问：你，还好吗？原来，那些纯净得像月光、静静得像深潭的心思就蛰伏在心底，而时光像一座断桥！万里孤云，天涯倦旅，可曾在寒窗梦里，忆起儿时旧路？

后来，就走在不同的路上了：塑造自己，迷失自己，寻找自己。我不再关心麦浪，不再关心车水马龙，不再关心回忆和阳光。将一切对过去的记忆尘封起来，埋藏在疾风劲草的红尘里。每当遥望静默的星空，我总是在问自己：是否有一颗星星记下了我仰望星空的次数？只要那个有记忆的星星能在我眼里闪烁，我就找到了仰望星空的意义。我流浪的灵魂呀，谁将与你相随？

　　我已经筋疲力尽。他出乎意料地要走进我的世界，也出乎意料地发出绚丽的光芒。我默默地回避他，只是不敢默默地回到曾经出发的地方。十八年后再次相见，他用睿智的眼光望着我，静静听我述说，淡淡讲他大悲大喜起起落落的人生故事，那些关于真诚，关于爱情，关于理想，关于国家，关于民族，关于使命，关于人生……关于我们于这个世界的意义。那一刻，我知道，他一直像一粒种子埋在我最深的心底，等待发芽。原来那些分别的时光，只是断桥两端的距离：你走你的，我走我的，继续下去！如果继续，我只有一个念头，让我们一起仰望星空。

　　其实，我们并没有走在夜色里。看不到你的足迹，是因为时光的脚步匆匆；看不到你的笑颜，是因为大地的风景太远。只想这一刻让我们走近彼此，一起接纳不能与人表述的困惑和苦难，一起分享我们成长的悲伤和欢乐。头顶照耀着的有我们少年最初的阳光，它一直陪伴我们走过风雨，尽管似乎已经忘却，可它一直成就着我们的生活。

　　在一个苦酒入喉、风清夜寒的晚上，我们再一次道别。是啊，我们的原点在各自的远方，我们还会从那里继续匆匆的行程。走吧，和你一起走的不仅仅是你孤单的背影，还有比路更遥远的迷茫。

又是尘土征鞍，还会断桥依稀？还会有十八年的别离吗？已经不敢想象。只是啊，那些未来我会和谁一起寻找那颗有记忆的星星。

再见！

我读得热泪盈眶。原来那个冷淡得近乎冰点的于小禾，也激情澎湃，我们拥有同样多血质的情感体验。

于小禾总是会莫名其妙地失踪，我的眼底浮出火苗，我预感到又有什么不好的兆头。她一直在离线状态，我发的手机信息她从来不回。我的心似一叶小舟漂荡在无边的大海，无处安放。

一直到年底，我每天在 QQ 留言写下一样的内容，等待于小禾的到来。

若有一天你扬帆远去，让世界留下最后的记忆，我站成灯塔的样子，用等待画出一幅风景，留住你消失的足迹。

两个月里，于小禾人间蒸发了一样，她屏蔽了所有消息。

兔年来得寒冷，大雪覆盖了乌鲁木齐。

远处汗腾格里雪峰冷峻高昂，空气寒透心髓，满眼洁白，匆匆的脚步踩出咯吱咯吱的足音，大地不再躁动，一派苍凉。浮躁的世界平静下来。一粒粒水滴凝结成一片片雪花，在狂风和寒冷中挣扎。它们历经磨难来到这里，深藏蝶变的痛苦，落在荒野，落在城市，落在千家万户的门前，落在无边大地，造就一个纯净无瑕的冰雪人间，传递出季节变化的信息，让人们在冬季想念那些温暖的日子，珍惜大自然赠予我们的生命的温度。

滚滚红尘，漫漫长路，我触摸到苍天寒冷的手，我心冷如冰。那一刻，天空飘着雪花，心中流着泪水，我想念于小禾。我静静地听雪的足音，我似一个流浪的男人无家可归，伤感飘飘，倾城飞舞。

于小禾，你在哪里？

我独行在街上，人们在准备过节的年货，走在雪地里喜气洋洋。喜庆的气氛让我觉得更加落寞，我觉得自己像一匹失去了方向的孤狼走在旷野，找不到回家的路。对于小禾的回忆纷纷扰扰，我想起和于小禾在一起的时光。我想起于小禾，那种感觉美好而朦胧。我们的关系并不亲密，但她的影子一直缠着我，那种源于内心的喜爱洋溢在血液里。我的世界就像茫茫的草原，任凭想念她的思绪像一匹野马，在原野上恣意奔腾，我不可救药地渴望她。

思绪飞扬，我产生了见于小禾的冲动，我不再犹豫，下定决心春节假期去北京找她，哪怕看一眼她，那些丁香花就会在心底怒放。

大年初一，我来到北京，没有打算见我叔叔，一心想着怎样找到于小禾。我设想了各种各样的联络办法，最后发了条短信，告诉她，我在北京只有三天的假期。一个下午，我在宾馆的房间里转圈，胡乱看一些春晚重播。我想如果再找不到她，我就去北京电视台发条消息。实在无聊，我买了些花生米，买了十块钱的二锅头，一个人喝闷酒。不知什么时候，我倒头睡了过去。

门外有人敲门，于小禾奇迹般出现在我面前，我揉一揉眼睛，确认眼前站着的女人，就是于小禾，她穿着藏蓝羽绒衣，把自己包裹得严严实实。

她不进房间，就那样站着，好像要说话，又好像无话可说。

"明天上午十点，我们去长城吧？"

我点点头，不知道应该让她站着还是一起出去走一走。

"我就是担心你不知道，我收到了你发来的信息。"

她转身走了。我站在过道里挥手，其实她看不见，她没有回头。

我疑惑，她大老远过来就是告诉我收到了短信，第二天去长城。她完全可以打电话、发短信，却一个大活人开了一个小时的车，见了一分钟面，传递了一条信息，就把孤零零的我撇在宾馆。怪异得不可思议。

第二天早晨，于小禾开车，我们来到八达岭长城。一路上她不说话，我也不想找话题。

我跳进那片空地和那个著名的石碑拍照："不到长城非好汉"。

一群群游客都摆出几乎一样的姿势和一样的石碑留影。于小禾不愿和我合影。

"十八年前，我们应该在这里合影。"于小禾说。

"那时候我叔叔穷，所以没来成，放了你鸽子。"我说。

"现在你有钱了？"于小禾说。

"当公务员有什么钱，我比我爹穷多了，他一个'旧社会的小地主'，种着一百多亩地，家里旱涝保收。"我说。

"哇，一百多亩，好几千万哪？"于小禾惊讶地说。

"地是集体的三十年承包地，收入是自己的，国家不再收农业税，我父母亲一年有十几万收入，二〇〇六年国家废除了农业税，划时代呀，在中国实行了两千六百多年的传统税退出历史舞台。中国农民最幸福。"我说。

我们慢慢聊起来，于小禾站在长城上，看着远处的山，白雪皑皑，高的树低的灌木覆盖着白雪，重峦叠嶂连绵起伏的山峰、冻成白色的冰雕、缓缓移动的人流、缥缈飞逸的白雾。燕山银装素裹，似一幅活动的中国写意画。

冬日温暖阳光照耀下的覆雪长城，蜿蜒崎岖，似银龙飞舞，威严壮观。脚下，嘎吱嘎吱，踏雪声响成一片。我们一起静静行走，心特别宁静，充满勇气。

"我去了英国一个月，解决自己的问题，那个人留在了英国，我必须等待。"于小禾说。

"他连国家都不要了，还会要你？"我说。

"然后，我又去了一趟呼和浩特。我母亲得了重病，她和我父亲离婚以后，一直单身过着。我知道她一直挂念我父亲，但他们合不来，他们唯一的共同点就是有我这个女儿。"于小禾有些哽咽。

"你还在等？"我说。

"我不知道。"于小禾说。

"给你一个二〇二八年的假设，你现在闭起双眼，想象一下，我们再错过十八年，我们依然十八年不见，而我会再等你十八年，也许我会空守十八年。我们都年过半百，所有的梦想不再开花，孤寂地熬过日子，等待生命的黄昏。不管你今后怎样，你不会怀念今天吗？怀念你错过的人生，怀念你在长城宇墙错过的人，怀念我们付出的真实情感。那时候你一定会后悔没有为今天付出一切，但时光不再，你已经错过。此时此刻，请你睁开双眼，我们活生生在这里，有我——都大转，有你——于小禾，还有长城，有蓝天，有阳光，有属于我们的时光，还有应该属于我们的无限美好。还要错过吗？时光还在，我们还在，爱就在这里，你不打算和我一起握住我们的时光？"

于小禾抬眼望我，眼睛里有深深的忧伤，有深深的感动，泪水溢满眼眶。我捅破了她假装不明白的事实。

我搂过她的肩，让她背靠城墙，我双手支着城墙，望着她，她的眼泪一滴一滴从脸颊流下来。我将嘴唇贴在她的眼睛上，然后，捧起她的脸亲吻起来。她双手抱住我，任凭我疯狂。

时间凝固了。

过了许久，我转身背靠城墙，我们一起望着冰雪覆盖的山峦。一只鹰在天空里缓慢地盘旋。

"我筋疲力尽，那么孤单，我不想像母亲那样无依无靠。"于小禾叹口气说。

"还有我！一起走到天荒地老，相信吗？"我说。

她伏在我怀里轻轻哭泣。

晚上，她带我去了她的闺房，在北四环一个老旧的家属院。她的房间里充满了丁香花的香气。

"我一直想说，你是一个丁香花一样的姑娘，你是丁香花仙，你小时候身上就散发出丁香花的味道，一直持续到现在。"我说。

"人本质上是臭的，你却闻到了花香，是香水味吧？"于小禾说。

"是妞妞与生俱来的香气，我可以闻到，来自你的心间、你的每一个毛孔。"我说。

于小禾羞涩地把头埋在我怀里。

她不知道，我可以分辨出每一个人的独特味道。一些味道会警告我远离一些人，一些味道会让我迷恋。长大以后，我体味出那些味道来自人的血液、来自人的心灵，那些味道充满灵性。

我扭头看到桌子上直立的相框里的一幅照片，灰暗的天空、积雪的城墙，一个男人侧身望着远处古堡的耳墙，像一幅剪贴画。

"德国？"我问。

于小禾点点头。

"海德堡？"

于小禾点点头。

"哪一年？"我问。

"二〇〇二年冬天。"于小禾说。

"十二月二十五日，圣诞节！下午！"我说。

于小禾惊讶地看着我。

"那个中国男人在墙头哭泣！"我说。

"一个女孩在拍照！"我说。

于小禾看一眼照片，把我摆成侧面站立的姿势。

于小禾张大嘴巴仔细审视我，泪流满面，然后一下子扑进我的怀抱。

"嫁给我吧，我寻找了三十三年，去寻找我的爱情，好苦！"我流着泪说。

于小禾流着泪点头。

那夜，我住在她那里。她说这将是我们以后的新房。

于小禾沐浴完，穿着粉色的睡袍，瀑布一样的长发在腰臀飘飞。我有一种似曾相识的感觉，却想不起在哪里见过，以为是在梦里。

我的眼底浮出一汪碧潭，我心神荡漾，默默流泪。

我小心翼翼地亲吻她，然后静静地躺在她身旁。

我的手不由自主地乱动，于小禾推开了我。

"让我们等到那个庄严的时刻吧。"于小禾说。

我安静地搂着于小禾。

于小禾整夜哭，眼窝里好像藏着泪泉，她想起了那个英国的男朋友。他无法理解她几乎坚贞的坚守，他们就在于小禾的坚守中纠结、挣扎和矛盾。最后那人绝情地说："要么让我得到你的一切，要么从此永别。"

于小禾内心很受伤。

"我从来就为一个终将爱我的人坚守着我的一切！我相信爱情，但我无法接纳泛滥的欲望。"于小禾说。

那一刻，我有点鄙视自己，曾经沧海难为水，我经历了许多让同龄人不可思议的事件，我以为自己已经深刻了解了人们行为的所有边界。而此刻，于小禾以一个纯粹的模样站在我面前，洁白而美丽，像一只重锤敲碎了我对一些不可言说的事物的判断。

我的脑海里翻腾着自己蠕动着的丑陋形象，真希望时光能倒流，再长大一次。

我们沉默了许久。

"遇到你，我真幸运！"我说。

于小禾静静地望我一眼，露出一丝欣喜。

"我把最美的自己交给我爱的人，我一直相信人间的至善至美。"于小禾说。

"我用最庄严的承诺，爱护你美好的一切，扛起我们的未来，我的妞妞。"我无比感动地说。

于小禾默默流泪，我紧紧拥抱着她。

二〇一一年五一，我们在乌鲁木齐办了婚礼。

那天，我再见到李小雪，让我震惊不已。

李小雪牵着一个孩子，那女孩四岁，我算了算，绝对不是我和李小雪的。

李小雪塞给于小禾一个大大的红包。

"都大转，你对我妹妹可要好点，不然天打雷劈的。"

李小雪拉着我们照相，我脑海一片空白。

于小禾居然是李小雪的表妹。那个曾经到我父亲都笑魁酒厂打工的被李小雪称为"姨姨"的女人居然是于小禾的妈妈。而于小禾从来没有告诉过我。她通过她病重的母亲联系上了李小雪，所以李小雪有机会参加了我们的婚礼。

婚礼的司仪，拉拉扯扯说了一堆。我像个木偶。

只有在向我父母磕头的时候，我清醒过来，我磕完头，抱着我母亲马翠花、我父亲都笑魁痛哭流涕。婚宴的宾客笑着、闹着、哭着，都在为一对郎才女貌的新人祝福，也被我的孝心感动。

敬酒时，李小雪喝得微醺，搂着我的脖子，悄悄说话。

"我想了想，觉得还是应该来参加你的婚礼。当年，我把我们的孩子做了，我也吃了药，要和那个小生命同赴阴间，后来我命大，为你，不值得。但我从此不孕，知道吗？我女儿嘟嘟是我捡的！我没有照顾好我们的孩子。我知道我也许不该来，但我的心一直痛着，我还怕你欺负我妹妹。现在一切才算结束。"

李小雪的鼻涕眼泪糊满了我的白色衬衣。

一桌子的客人面面相觑，没有人知道李小雪说了些什么，都以为她醉了。

于小禾在一旁尴尬地微笑，眼神里透露着奇怪和不快。

李小雪号啕大哭。看到妈妈哭，嘟嘟也跟着哭。

我母亲马翠花从头到尾没有说一句话。我父亲都笑魁的脸上却露出奇怪的笑容，那根大辫子让他回忆起了打工时的李小雪。

"有缘千里来相会，无缘见面不相识。"我父亲说。

那一刻，我突然对李小雪有了怨恨。我意识到了自己的真实处境，归根结底我是犯下了罪恶，我杀死了一些生命和精神，我抛弃了李小雪。

我却并没有抛弃所有的罪恶感。

那天晚上，于小禾把她视若生命的一切完美地交给了我。

那天晚上，于小禾让我找到了一种生命再生的感觉，我觉得爱情是那么高尚的一件事情，人应该高贵地活着。

那年冬天十分寒冷。我的内心也非常寒冷。因为李小雪的出现打乱了我对于小禾的感情。我拼命工作，却又显得十分茫然，好像奔在某条未知的路上。

妞妞在办完婚礼以后，回到北京继续她的工作。我们成了候鸟夫妻。

感谢腾讯公司二〇一一年的世纪发明！二〇一二年年初，妞妞教会我使用免费应用程序——微信，通过网络发送免费语音短信、视频、图片和文字。我和于小禾靠微信交流。

"给孩子取个名吧。"

"啊、啊、啊！我要当爸爸了？"

我一直怀疑，我一定会遭到天谴，我从来不问于小禾我们是不是应该要个孩子。这个喜讯如晴空霹雳。

　　我们将有孩子了。

　　"叫'都平'吧？"

　　"叫'都顺'！顺多好！"

　　"我爹没文化，起个名叫'大转'，寓意是伟大的转折，闹得我转来转去半生都不安生。我只想儿子平平凡凡、平平静静、平平安安。"

　　"你不是一直转运，都挺好的吗？"

　　"那叫'都禾平'吧！我们俩的血脉。"

　　我从没有给于小禾说起我的初恋，也没有说起李小雪的事情。在我的精神世界，我一直感到冥冥中就有什么坎，一直埋在脚底的泥里，我的世界总是磕磕绊绊。

　　"好吧，今年是壬辰龙年，那生了女孩小名叫'丫丫'，生了男孩小名就叫'龙龙'。"于小禾说。

　　七月是个多灾多难的季节，七月二十一日，北京发生六十一年来最强降雨，房山地区山洪暴发，北京"7·21"特大自然灾害让许多人遇难。

　　七月底，我在于小禾预产期还有一个星期的时候，把她从北京接到乌鲁木齐。

　　我的儿子都禾平在七月的最后一天呱呱坠地。

　　一个新生命到来了，重新照亮了已经销蚀的岁月，把两颗心凝结成一粒爱的种子传递下去，开出花朵；把生命凝结成时间的长河，直到永恒。孩子的诞生是一种奇迹，使我相信：爱情充满了意义，爱情编织了生命的摇篮。让我做一次父亲，让她做一次母亲，我们无法选择怎么生，我们无法选择怎么死，但我们可以决定今生怎么爱，可以决定今生爱有多久！从此，我们不再流浪在茫茫宇宙，从此，我们一起走向无限的未来。岁月可待，未来可期。

于小禾生产以后，身体一直虚弱。我送于小禾回北京，进行彻底的身体检查。

医生郑重其事地把我叫到办公室。

"你得有思想准备，这个病有一半的生存机会。"

"什么病？"我迫不及待地问。

"白血病，也是可能治愈的。"

五雷轰顶！我的心被撕扯成碎片，痛得万箭穿心。我一个人站在医院院子里，不停地吸烟、发呆。我坐在台阶上，想一阵哭一阵。回到医院，我装模作样地笑起来，对于小禾说就是一个慢性病。于小禾静静地睡去。

我在长安街徘徊了一夜。我看着伟人坚毅的目光，祈祷他救救我的妞妞，我生命里不能没有她。

第二天早上，我回到医院，去卫生间洗了脸，回到于小禾床边。于小禾吃惊地望着我，用手拨拉我的头发。

"怎么大夏天，你满头雪花？"于小禾问。

"你的头发怎么白了？"于小禾问。

"发生了什么事情？"于小禾问。

我再也克制不住我的悲伤，趴在床头失声痛哭。

那天夜里，我一夜白头。

十一

我回到新疆。那时候，我父母亲早已在乌鲁木齐买了新房，和我住在一个小区。看到我白发苍苍，我母亲马翠花抱着我大哭一场。我失魂落魄的样子让我父母亲心碎。

"有风范，这才像留学回来的学者。"我父亲都笑魁故作欢乐地说。

我的眼前只有于小禾憔悴的影子。我吞吞吐吐说了于小禾的病情。我母亲抽泣起来。

"命不好，也别太伤心。大转跑大北京找了个好媳妇，别人羡慕。福祸相随，大家闺秀不一定健壮，村野丫头不一定耐贫，健康就好。"我父亲说。

一股怒火蹿上心头。

"爸爸，你能不能告诉我怎么办？"

"生而必死，圣贤无异，人就是一棵芦苇，春发冬亡。要顺命呢。"我父亲说。

那一刻，我第一次觉得我父亲那么冷漠。

"你能不能不说那些无用的闲话？我老婆要死了，你孙子的妈妈要没了。我不能没有她！"我平生第一次对着我父亲吼叫。

我撕心裂肺地哭。我母亲马翠花陪着我哭。

我父亲呆坐在椅子上，不再言语。

我哭够了，点了根烟。我几乎不在我父母亲面前抽烟，一方面我母亲身体不好，另一方面我觉得那样不尊重老人。

"人有生死，木有春秋。儿子，你以为我不难受？我怕你心死啊！我说什么你才能不被这些倒霉的事情打倒？"我父亲哽咽着说。

我跪倒在我父亲脚下，抱着他的腿呜呜地哭。我父亲用手拍着我的背，一下一下又一下，然后他开始放声大哭。

很久很久，屋子里悄无声息。

我陪我父亲回了趟白水城，帮他卖他在南疆农村的承包地。由于假期有限，我请艾力·马帮忙。艾力已经当了副县长。

"大转，你可想好了，你爸爸的地是养老钱，这地只要挂出去就有人要，现在都在搞土地集中连片开发，林果业效益好，土地可是人们眼中的热馕。"艾力说。

"那给老人留五十亩。"我说。

"你要再等几个月，到年底卖，会有人出好价，秋收以后农场主手里有钱。"艾力说。

"筹一百万就行了，要现钱。"我说。

一个星期以后，我父亲都笑魁回来，把一百二十万的银行卡，交给我。

"儿子，别怨我，也别太急，我还是那句话，尽人事听天命。不行了，我把房子卖了，租房。我们家就你一个栋梁了，你别倒下。"我父亲说。

我咬紧嘴唇，拥抱我父亲，深情地拍拍他的背。我父亲老了，背弯得像一张弓。我的眼里含满泪水。

回到北京，我把于小禾转到北京最好的医院，她的病得到控制。

当所有的医疗手段用完以后，于小禾的病情不见好转。

"只有进行骨髓移植。"医生说。

于小禾几乎所有在北京的亲戚都来了，我才知道于小禾有个大家族，她爷爷以上几辈都出生在燕京城。我一直以为她老家在内蒙古，我为自己的发现有点得意。我知道她家人不支持她嫁给一个大西北的男人。但当她遇到困难，他们家人对我无微不至地照顾于小禾非常满意，终于承认于小禾嫁给我是一种正确的选择。他们不明白，我不是娶一个北京姑娘，我是在找我的命！我磕磕绊绊走了一路，遇到于小禾，我才走到光明的境界，我的生命才无比灿烂夺目。我找到了世界上唯一我懂又唯一懂我的女人。她是渡我过河的唯一小船，她是我走向未知世界的唯一通道，我必将和她生死相依！

经过耐心的等待，没有配对成功。

"回新疆吧，妞妞？"我说。

于小禾点点头。

回到新疆，我突然想起于小禾还有一个表姐——李小雪。

我去了电台，李小雪已经是一个知名的播音主持人了。

多年以后，这是我第一次主动找李小雪。她的大辫子变成了一根马尾，依然飞舞，神采飞扬。

我嗓音颤抖，说明来意。李小雪冷若坚冰，一言不发。我不知道她在不在听。那一刻我有了跪地求饶的心思。李小雪接了个电话，说声"再见"，转身走了。

走在大街上，我仰望天穹。远处的天山，山高雪白、熠熠发光、冷峻伟岸。我心碎如冰，泪水顺颊而落。飞来的横祸，让我茫然失措，我感到无助和绝望。

于小禾在用手机给自己录视频，她几乎每天对着天花板留一些话语，给我们的龙龙。

"再见，都禾平，我们一家缘分太浅，记住妈妈一直深爱着你，你爸爸是妈妈在这个世界找到的唯一懂妈妈的人，你们要替我好好活着。"

这是每次于小禾结束录制时的告别语。

我有一种天崩地裂的感觉。我看到一只黑色的手在拉开一个大幕，大幕向于小禾迎面扑来，她一半的身躯淹没在黑暗里，一半的身躯飘浮在明亮的光里。我无法挡住那些黑暗的力量。

我买了于小禾喜欢吃的石榴，回到病房，握着于小禾柔弱干瘪的小手，勉强挤出笑容。

"妞妞，好人有好报，相信我，我们都会活得好好的。"

于小禾眼角流出无助的泪水，用手轻轻拍着我的手臂。

那一下下拍击，产生了巨大的力量，一股撕心裂肺的伤痛让我觉得委屈无边、绝望无底。我身心皆碎，伏在于小禾的胸前放声大哭，我犹如走入了一个漫长的通道，黑暗沉沉。

我们等待着奇迹的发生，我们等待着死亡的来临。

第三天，我正在上班，手机铃声刺耳地响起来，是医生的来电，我心惊肉跳。医生说，李小雪和于小禾的人类白细胞抗原（HLA）相合，可以进行异基因造血干细胞移植。

我听不懂医生说的术语，只知道配对成功了。

医生说患者和捐献者在移植之前，要再做一系列的血液与骨髓检查，还会有骨髓移植并发症，总之都是和死亡联系在一起的可怕预测。

自从于小禾生病以后，我一直在思考死亡的问题。我有时候会幼稚地想，只要不去思考这个黑暗的问题，生命就会永恒。我心怀恐惧地思考这个无法回避的问题，我意识到即使躲避它，它依然存在着，每时每刻都在逼近，躲在暗处狰狞地张开恶嘴。生命和死亡就像太阳和影子相伴相随，它们是一枚硬币的两面，别无选择。所有生命都会遭遇没有明天的那一天。我希望自己的死亡会是为了一个美好的信念，让死亡给生命赋予某种意义。

于小禾却用即将到来的死亡告诉我：生命无常生命不易，今天我活着，而明天我必将死去。以前，我一直在想如何珍爱生命，度过一个短暂人生，度过一个有意义的人生，让生命在永恒中发出光芒，照耀人们走在幸福的路上。而现在，我只想放弃我的所有，让我的爱发光，照耀即将降临于小禾身上的黑夜。我看到于小禾的天空一片黑暗，阴风阵阵，我却无可奈何，无力护住她手中的蜡烛，我将眼睁睁看着她生命的光在我眼前渐渐熄灭。

我生不如死。

于小禾，我在这里！我要你和我一起在这里！我要你和我一起寻找生命的真谛！

李小雪来了，她替我接过了于小禾手中的蜡烛。

我内心生出对李小雪另一种刻骨铭心的爱恋，我甚至想只要她需要，我可以奉献一切，回报她的生死交情。

见到李小雪的时候，我就放弃了这种死心塌地的想法。李小雪对我依然冷若冰霜，让我有一种奇怪的感觉，她对于小禾的大义凛然仿佛和我一点关系也没有。

我们从北京的大医院请来专家，在新疆给于小禾和李小雪做骨髓移植手术。

李小雪苏醒过来。

"我们两不相欠了，我杀死过你的孩子，我又救活了你的女人。这就是报应！"李小雪说。

我心如刀绞。

于小禾苏醒过来，她看着我，眼睛里流出眼泪，一滴一滴……她的眼睛似一汪泉眼，泪水汨汨流淌。

"我以为今生不能相见……世界多美好，活着真好！"于小禾说。

我一直握着于小禾的手，笑眯眯地听她说话、看她呼吸，眼睛里的泪水无止无尽地流。

那些日子，我在两个病房间奔波。她们康复得很好。

阳光在我的头顶照耀。

我心头生出强烈的爱意，生出一种奉献的激情，我被一种不求回报的给予感动。我产生了心疼这个世界每一个人的念头。在这个孤独的世界，每一个人都无依无靠，如果没有了爱，人会像枯萎的花朵，人间会像黑暗的长夜。是爱帮我战胜了苦难，寻找到希望。那种油然而生的爱意，在我内心升腾，焕发出一种巨大的力量，一种热爱生命的力量。

我突然发现自己的内心不再迷乱，我的内心充满了对人间的热爱，我爱于小禾爱李小雪爱这个世界形形色色的每一张脸。

"我们要为爱这个世界好好活着！"我对于小禾爽朗地说。

我很想把自己的感受告诉李小雪，但是我无法诉说。李小雪总是一副拒人千里的样子。我不知道李小雪早已不再思考关于"爱"的问题了，她心如死灰。但是我的眼底却浮出一片碧绿的深潭，让我惊诧不已。自从认识李小雪以来，我的眼底总是迷雾蒙蒙，而这一次，我却看到了一汪深邃宁静的潭水。

冥冥之中，有一些力量在感动世界。千恩万谢，于小禾的病被基本治愈。

我的生活幸福得像一幅水彩画。

我包容的心态、忘我的精神，有了回报，在三十五岁那年，我被提拔当了副处长。

我父亲都笑魁专门把我们一家请到他家里。我母亲马翠花已经不再做饭了。小时候，我母亲在我眼里就是一个保姆，我父亲奔波在外，回到家里总能吃上一碗热饭。我父亲卖了酒厂以后，因为心疼我母亲，开始学习做饭。

我父亲简单炒了一份炒烤肉，炖了只鸡，炒一碟花生米，拌一份凉拌黄瓜，拿出一瓶穆塞莱斯酒，和我们边吃边聊。

"官是什么？"我父亲问。

"在政府担任职务的人。"我说。

"对！你以后属于公家的人。你是我儿子，但要为国家服务。"我父亲说。

"我懂！"我说。

"我怕你不懂。古人说'穷则独善其身，达则兼济天下'。我家是穷人，是小人物，现在你当了个小官，要感谢组织，别以为自己长了本事，没有共产党你什么也不是，老老实实做人，干干净净做事，天高路长，要做人中君子，要掂量自己的斤两。"我父亲说。

我儿子龙龙用筷子敲碗。

"这孩子洗不掉都家的'穷气'，当当地敲得我心颤。"我母亲笑着说。

于小禾赶紧拿掉龙龙手上的筷子，换了一把勺子。

"我劝你，闲暇了读一读毛主席的书。现在花花绿绿的世界、花里胡哨的说道，都不知你们学习些什么。以前，我们心明眼亮，我看你现在还思想不成熟，有点乱。"我父亲说。

"我们学邓小平理论、'三个代表'、科学发展观。"我说。

"都是马克思主义，都好！我们中国的官员要把道理学透，要读毛主席的书。毛主席说，我们共产党人好比种子，人民好比土地，在人民中间生根、开花。白开水一样的道理，深刻！"我父亲说。

"我几乎没有读过他老人家的书。"我说。

"要读！毛主席说我们是做官，官是得做，我们有些干部是老子天下第一，看不起人，就不愿意以普通劳动者的姿态出现。"我父亲说。

"给孩子说那些干吗？他比你知书明理。你一辈子都说要他种地，我看你不教他，他不一样当干部？"我母亲说。

"三人行必有我师，学而不厌，诲人不倦。"我父亲说。

"你以为你是教授？"我母亲说。

"孔夫子说种地他不如老农。我当过书记，虽然是个村党支部书记，但也是一把手。你家大转当过吗？没当过，就得谦虚求教怎么当干部。"我父亲说。

我母亲气喘吁吁不再言语。

"妈，不过我爸爸说的毛主席的话，我还是第一次听，非常高明！我去网上查一查，要学习一下。"我说。

"查什么网，读原著，知书才能达理，什么时候做官做到古人讲的'譬如北辰，居其所而众星共之'才算有所出息！"我父亲说。

回家的路上，我沉默不语。我对提拔的事情还是比较激动，毕竟有一种被肯定的成就感，但至于怎么样做官，做怎么样的官，我几乎没有认真想过。而我父亲都笑魁却像一个老师一样手把手教我做人、做事、做官，让我心生敬意。

"你爸哪是农民，就一组织部部长。"于小禾说。

"我爸说的不对？"我说。

"特佩服，难怪你那么厉害，根红苗正。"于小禾说。

我顺手搂过她。

晚上，我和于小禾一起给龙龙洗澡，龙龙已经会叫"爸爸妈妈"了。

"李小雪要离婚了，她老公搞家暴，找小三。"于小禾说。

"什么？李小雪也算新疆名人，嫁他刘大海是鲜花插牛粪，他还胡来，太不是东西。"我说。

"她老公嫌弃她不会生养，她先天不育，在家里有短处。"于小禾说。

"短什么短？男女平等是一种基本人权，女人天生给男人生孩子？生不生孩子，不是男人说了就算。女人就没有选择的自由？这个李小雪也真是，为什么没有了自主意识。"我说。

"你还真为我姐姐想，她怎么就没遇见你？她也是遇人不淑。"于小禾说。

我心虚，不再说话。

我的心揪着痛。

我认识李小雪的老公刘大海，还是在市政工程施工的工地上，那次市上搞联合安检，我才知道刘大海是个包工头。他见了我万分亲切，搞得检查组都不好意思深究一些问题。他油头滑脑的腔调让我无语。刘大海头发油亮得站不住苍蝇，眯着眼斜着嘴，叼着根香烟，整天开一辆悍马车，一张嘴，不是这个领导的名字就是那个大咖的名字，能耐挺大的样子。我见他第一面，眼底就飘出火苗，我知道我们俩不是一路人，可是人家老婆李小雪对自己的老婆于小禾有救命之恩，还是亲戚，所以认识以后，我和刘大海的关系一直将就着。

刘大海喜欢请人吃饭，他说干他那个行当的，全靠人脉。刘大海说，平台是风水，人脉是资本，好风水好人脉好项目就是天时地利人和。我们认识以后，他几次请我吃饭，我不喜欢喝那些莫名其妙的酒，夸夸其谈地说着言不由衷的话，见各种各样的陌生人，喝得颠三倒四，让我厌恶。刘大海看请不动我，就让李小雪叫，我没辙，慢慢参加了刘大海的几次聚会。刘大海总是拍着我的肩膀介绍："都处长，我妹夫，我们生死之交。"

我每次都有一种羞辱感，和他做亲戚让我丢人。他狐假虎威的土豪腔调让我反胃。我心里想着，这李小雪的眼神就是不好，嫁给他，也算是池鱼林木，早晚没什么好事。

日子久了，刘大海经常来我家，慢慢熟悉起来，我也不再怎么反感他，有时候觉得人分三六九等，亲戚也不是自己找来的，再说在乌鲁木齐我和于小禾就是外来户，我也不再介意与他来往，心想，大路朝天各走一边。

于小禾的话，让我一夜辗转反侧。

第二天，我来到市政建设工地，找到刘大海，我怒火攻心。

刘大海见到我，大大咧咧过来，拍一下我肩头给我递烟。

我双手推着他的胸脯。

"刘大海，你都他妈是人不？敢这么欺负我表姐。"

刘大海一向认为我只是个小小的副处长，平时人前敬我，就是扯个虎皮拉个旗，给我面子。其实，他和我一毛钱关系没有，哄着哄着，我还拽着自己头发爬到他头上去了。刘大海内心正毛着，和李小雪的婚姻搞得他精疲力竭，正看啥啥不顺眼。

"叫花子亮相——穷相毕露。我家的事情，你翻什么脸？"刘大海吼道。

我们吵起来。

"你在家打老婆，在外找小三，干个工程赚点钱，了不起啊？你是什么样的人渣？"

我一股脑儿把所有的怨气发泄出来。刘大海每天耀武扬威，我却当着工人的面揭了他老底。我俩直接动起了手。

本来亲戚打架也不是什么大事，可偏偏被特警巡逻遇到了，直接把我俩送进派出所。一番搅腾，我被单位领回来。单位领导觉得我作为公务员在工地打人，有点损害单位形象，让我做书面检查。

正在这节骨眼上，有人举报刘大海偷工减料搞豆腐渣工程，还行贿。十八大刚开完，全国掀起反腐风暴，"打老虎拍苍蝇"。

刘大海被抓了。

晚上，我在给龙龙洗澡，门口响起敲门声。

于小禾开了门，欢天喜地地把客人迎进门，来的是李小雪。

"你也别当包公，和刘大海离不离你说了不算，你去工地打架，有人早就看不惯他，再看到你政法系统的干部被他打，不就给人落下口实？人无害虎心，虎有伤人意。本来我们就是闹闹，我叫他别回来，如今你把我搞得身败名裂、家破人亡，这就是你对我李小雪的回报？"李小雪说。

我哑口无言。

"姐姐，他找女人了！"于小禾说。

"你问问你的男人，他有多干净？我又不需要做爱情忠贞的典范，那是人间童话，我们不是神，都是人！我只要一个老公和一个家。"

李小雪走了。

我一直将我和刘大海打架的事隐瞒着，当于小禾问明了情况，她一下子昏厥过去，我惊慌失措，赶紧给她进行人工呼吸。

于小禾醒过来，躺在我怀里，我心思烦乱。于小禾突然像火山爆发，甩手给了我一个耳光。

都禾平在水盆里拍手直笑。

那阵子，我被莫名其妙地牵扯到刘大海的案子里，焦头烂额。纪检委几次找我谈话，要我交代和刘大海的问题。我一向做事干净，心底光明磊落，我不知道自己出了什么问题，有问必答，可是每次离开，都觉得纪委干部的眼睛里露出不信任的目光。我眼底时不时飘出火苗，惶惶不可终日，把自己从政以来的经历过了一遍，还是觉得问心无愧。只有慢慢等待刘大海的消息。我心力交瘁。

每天，我回到家里已筋疲力尽，却依然装出开心的样子。我不想让于小禾担心。但我的内心不踏实，听说刘大海供出了一些腐败分子，牵扯到许多人。

那天晚上，我和于小禾一起给龙龙洗澡，门口响起敲门声。

纪委的同志确认了我的身份。我被"双规"。

我一头雾水。最后，在办案人员的提示下，我想起有那么一次不清不白的事情。

那天喝酒，平时刘大海大口喝酒大碗吃肉，那天却说痔疮犯了，滴酒未沾。喝完酒，刘大海开车拉我去一个干部家，让我搬一箱酒上去。

"人家又不认识我，怎么会收东西？"我说。

"生瓜蛋子，认识你他还敢收？你就是我电话里说的快递搬运工。"刘大海嘟囔道。

"你净干污染环境的事情，社会都让你们这些人搞坏了。"我说。

"你他妈装处女，你家我没送过酒？你没抽过我送的烟？"刘大海一副流氓嘴脸。

"我们是亲戚，是两种性质。"我说。

"一码事，我没事花钱伺候别人？"刘大海说。

我气得七窍生烟，我恶狠狠地看着刘大海。这个"兄弟长兄弟短"的包工头，在他眼里所有的事情都是交换，一点人情味没有。

"别看了，我们是亲戚，只有让你来，才会保护我这个亲戚。"刘大海说。

我把一箱茅台扛到那干部家。

我内心核算了一下，一箱茅台一万多，也确实违纪，就如实给纪检委的干部陈述一遍事情经过。

"早说呀，刘大海早把你供了。"纪检委干部说。

那个收酒的干部前几天也被抓了。

"那里面不全是茅台酒，装了二十万现金，我们无法确认你知不知道现金的事，但箱子是你搬的。"办案人员说。

我一去不回。

我父亲都笑魁卖了地，给于小禾治病，村里还有他一九七九年最早承包的二十亩地和五十亩开荒地没有卖。他每年回去收十万来块钱的地租，加上农村也开始给农民上医保，老两口的小日子过得顺心。哪想到平地起惊雷，我这个让全村人引以为傲的凤凰，却成了个落汤鸡。

我父亲都笑魁变得沉默寡言，开始有点怀疑自己的人生。我母亲马翠花天天以泪洗面，她信仰的根基被摧毁了，她觉得即将坐牢的儿子，彻底玷污了她纯善的良心，毁灭了她对人生正直的追求。我母亲本来就有心脏病，从此一病不起。

后来，我一直在猜测我父母亲听到我被抓以后的心情。他们老实了一辈子，培养出我这棵让他们引以为傲的独苗，怎么就突然间犯了罪？儿子的遭遇打破了他们的人生底线，也打破了他们望子成龙的期待。他们一定伤心欲绝、肝肠寸断、万念俱灰！

只有于小禾是清醒的，她相信我是清白的，她从不怀疑我高尚的情操和伟大的理想。她知道我从俄罗斯回国以后，就几乎想明白了一些人生的道理，知道我从不会像别人一样随波逐流。我的报国之志一直深深打动她，我的孝顺、明理、勤奋，这些难得的品德，一直浸润在我们的家庭里。

"人是要有更高尚的追求的，青春有梦转乾坤，昂首笑傲与天齐。"

于小禾总是想起我信誓旦旦的诺言。

我母亲马翠花病倒了，气若游丝。于小禾守护我母亲三天三夜以后，我母亲撒手人寰。

我被临时放出来，给我母亲马翠花办丧事。吊唁期间，我非常节制，没有哭出声来。于小禾站在我身边撕心裂肺地哭着。

我父亲都笑魁哭得昏死过去。我很清楚，我父亲是个坚强开朗的老人，但这一次我父亲似乎被击垮了。

在送我母亲火化的那一瞬，我五内俱焚。

"妈！"

覆盆之冤，人亡家破。

"大道如青天，我独不得出！妈，我来了！"我吼叫一声。

我一头撞在炉壁上。

"大转，别难过，你别太难过啊。"

于小禾紧紧地抱起我。

笑笑回北京之前对于小禾说："于小禾，你毁了我哥哥一家。"

三个月后，当一切都真相大白的时候，我重新回到了工作岗位。为了消除对我的影响，我被调离原单位，到另一个文化单位当了副调研员。

路似乎走到头了。一个从"双规"楼里走出来的人，不管干不干净，已不是过去的我，我活在身边人异样的眼神里，他们有意无意地与我拉开距离，避之如臭水。

我没有心思去关心别人的看法，依然沉浸在对我母亲马翠花的愧疚中无法自拔。我以身陷囹圄的罪人的形象走进母亲临终的世界，我母亲从灵魂里遗弃了我。人间的路上，我再也无法走进她的世界，我像个弃儿一样徘徊在归途。

我父亲都笑魁说："你母亲临终说，她相信她的儿子是清白的，从她身上掉出来的肉长什么样，她心里亮着。"

我抱着于小禾，抱着龙龙，慢慢安静下来，心里的悲恸雨一样倾盆而落。

于小禾含泪说："路再难，也要走。"

我怀抱着我母亲的骨灰，去白水城安葬她。长空之上，俯瞰大地，山峦起伏，江河静流。我的心波澜起伏，想起了和我母亲一起的时光，对我母亲的爱波涛汹涌，横亘在大地，延绵不息。我母亲走了，我父亲也日渐衰老，今后，在我的语言里，再没有了"我父母亲"这个词组，唯有我对我父母亲的爱深沉如初。

我从一个小村庄走出去，去美洲去欧洲，在地球上跨越奔跑，去寻找活着的路径，把青春折腾得一干二净，等我在脚下寻找到方向，却出师未捷，何处是归程？命运，你是什么？我还要经历怎样的生死难关，你才能接纳我？生死如梦，跌宕起伏。

如今，我成了一个父亲。当我抱起儿子都禾平的时候，终于理解那种源自灵魂深处、血缘深处的爱，浓烈而炽热，一瞬间占据我全部的身心。路再难，也要走，未来还在等着我。

于小禾康复得不错，像一棵走向盛夏的树，枝叶渐渐丰盈，焕发出生命活力。我的爱人战胜黑暗，坚强如初，从远处向我走来，温暖了我寒如坚冰的内心。

于小禾嚷嚷着要去工作，她说人勤病就懒，人懒病就勤。我知道，她是不想成为这个家的拖累。我不敢让她做太重的体力活，但也无法阻止倔强的她，左右为难。

于小禾自己找到了工作。

网络购物如火如荼，北京大妞于小禾把握社会脉搏的触觉非常灵敏，她意识到在互联网的 0 和 1 之间蕴藏的巨大能量，必将改变生活的方式。她天天学习网络经济的文章，研究互联网，让我心生好奇。后来，于小禾不哼不哈在网上开了家淘宝店，叫"北京大妞的新疆果园"。

于小禾在乌鲁木齐干果市场跑，走遍华凌干果市场、六大市场、东环市场等干果集散地，筛选优质干果，重新包装，设计出简约文艺的图案，麻雀变凤凰，好吃的干果变成好看好吃的精巧礼品，畅销一时。于小禾忙着网店的事，宣传、配货、发货，乐在其中。

曾经柔弱的女人忙前忙后，变得坚强。我上着那不咸不淡的班，越发心疼，内心不安。男人护家庭，天经地义。于小禾说看重我不在金钱。她说你一个公务员，挣什么钱？嫁你就嫁的是情怀。那些比誓言坚硬的话语让我生出今生无悔的爱恋。

于小禾的网店红火，月收入轻松过万。我惊叹互联网的力量，一个虚拟的网络承载了寻常百姓家的幸福。

我父亲操心他那些远在一千公里外的承包地。

二〇一四年，春寒料峭，当大地复苏的时候，新疆开展了"访民情、惠民生、聚民心"的干部驻村工作，吹响了维护祖国统一、维护民族团结的集结号，一场以社会稳定和长治久安为目标的社会治理实践，在天山南北轰轰烈烈拉开序幕。

我似乎一下子找到了我的历史使命，有一种志在千里的亢奋。我渴望着投入这个时代，经天纬地，担负起历史的责任。我毫不犹豫地报名要去南疆驻村。我焕发出从未有过的生命活力，似乎找到了人生的伟大意义。

这一次，组织没有批准我，因为文件说："好人好马上前线。"我才知道，因为那些不清不白的违纪案件，我被搁置起来。

我变得灰心丧气。

"凤鸟不至，河不出图，只要天下太平，不争名利。"我父亲都笑魁安慰我。

我的内心依然难以平静。我觉得自己不再清白，不再被组织信任，我丧失了前进的动力。

二〇一四年五月，夏季小满的第二天，我像往常一样上班，人们神情紧张，我感觉到一丝异样，总有一种不祥的感觉，让我惴惴不安。

中午于小禾的电话又响起来，我的心头直颤。

"李小雪死了！我姐姐死了！"于小禾哭着说。

一阵天旋地转，我眼前一黑，仆倒在地。

吊唁厅里，我寒心彻骨，面对着躺在玻璃柜里的李小雪。阳世三间，没有她脚踏之地，我痛入心脾。我真的希望李小雪能够重生，或者我替她死去。我看到那条美丽的大辫子从我眼底的深潭划出一圈一圈涟漪，消失在幽暗无底的时光的隧道里。

我终于明白自己一直爱着李小雪，这个女人一直潜伏在我心底深处。那个和我的青春一起成长的女人，那个成全了我爱人生命的女人，从此魂飞魄散、阴阳两隔，我将形单影只、孑然一身走在怀念她的路上。

我哭泣起来，于小禾双手捧着我苍白的脸，然后紧紧地拥抱着我。

那天，我奋笔疾书，写下悼文：

你走了，带着你鲜活的生命，那些曾经的时光已经凝固，还有那些爱和牺牲和这个世界一切的意义。

你走了，从我的宇宙里摘下了最亮的一颗星。极目远眺，星空闪烁，哪里是你的方向你的光明？那些光明曾经像灯火一样照亮我的岁月，曾经像炉火一样温暖我的生命。没有你的星空，光芒不再；没有你的星座，时岁不移；没有你的星光，颠沛流离。

在这里，我默默期盼，让思念化作清风与你一起飞翔，让目光铸成轨道与你一起飞离。我将站成露台的模样，等待你疾驰的脚步小憩。

在这里，还有人间万象，舟过轻扬，风吹飘衣，前路悠远，晨光熹微。请你留驻啊，请你张开怀抱，带走所有的、所有的爱你的温度！让你的世界莲花盛开。

归去来兮！我热爱的人！

十二

那些日子，我又开始迷茫，我不知道自己是不是一个幸福的人。我回忆自己这些年的人生经历，其实一直在冒险，追求那种被称为"幸福"的东西，向往着、实现着、失去着，在一种无法确认中，忐忑不安地前行。

我们得到了想要的东西，瞬间会失去兴趣，怀疑起出发的目的，这一切是我想要的吗？我们犹豫不决游移不定，而时光匆匆，已是皓发白首。那些爱情和友谊、婚姻和家庭、工作和社会是我们在人生路上采摘的果实，但对我们不一定合适。得到了，仿佛实现了幸福，失去的那一刻仿佛是一种失败，但也无法确定是不是不幸福。

我每天都在思考这些问题，李小雪的意外离世让我对世界充满了不确定感，和于小禾的婚姻让我有一种把握爱情命脉的成就感，工作的失意常常使我产生岁月蹉跎的失败感。

我的工作让我享受成功和奉献的快乐，我一直以为我来到这个世界，是工作让我拥有了属于我的事业、寻找到了独特的自我，在那里我兴趣盎然，生命发光。我和这个社会不再有隔膜，我和这块土地的人不再陌生，我热爱它给予我的安全感和责任感，我在为他人服务的过程中实现了价值，享受快乐。而今天，我却觉得我已经不被人需要，失去了展现才华和理想的机会。

我更加沉默寡言。

每天，我无精打采地工作，回到家一起和于小禾研究育儿经，研究菜谱；每天写孩子的成长日记，学着炒菜做饭，花样翻新；闲暇时，我拿出吉他，弹几首流行歌曲：

> ……
>
> 男人站直别趴下
>
> 有泪不经意地擦
>
> 就算前方坎坷狂风暴雨
>
> 拍在我的脸颊
>
> 男人再苦也不怕
>
> 心中有梦闯天下
>
> ……

> ……
>
> 时间都去哪儿了
>
> 还没好好感受年轻就老了
>
> 生儿养女一辈子
>
> 满脑子都是孩子哭了笑了
>
> ……

自从母亲去世以后，我父亲都笑魁的话也越来越少，看到我无所事事的样子，他心里急，却不问我。

那天，我拿瓶酒，抱起吉他，边喝边唱：

……

鸿雁　向苍天

天空有多遥远

酒喝干　再斟满

今夜不醉不还

……

我父亲抹一抹眼角。

"人不可以不坚强，任重而道远，死而后已。人生的路还远，不要一叶障目，没有过不去的坎。"我父亲说。

我父亲说完，把杯子里的酒喝干，走了。他的背驼得更弯了。于小禾送我父亲到楼下。

我倒在沙发上发呆，于小禾静静坐在我的旁边，把头枕在我的臂弯里。

"妞妞，我得到你的那一刻，觉得自己是幸福的宠儿，人生短促，人海茫茫，我们能相遇，我们的情缘独一无二，你就是我期待中的那个'唯一者'。"我说。

"我知道，一个人一生只能有一次生命燃烧的爱情，我们是极少数的幸运儿。"于小禾说。

"可我为什么变得失望、厌倦和麻木？我们依然亲密无间，你依然吸引我，我们收获了爱情的果实，可是为什么我有一种幻灭感？"我说。

"难道你开始怀疑我们的爱情？"于小禾说。

我沉默了一会儿。

"别人说'好的婚姻是人间，坏的婚姻是地狱。别想到婚姻中寻找天堂'，可我就是觉得你给了我天堂。"我说。

"你不是在为我烦恼，你在为你的工作。无理想的现实太平庸，基于理想的现实太脆弱，幸福的人生究竟是什么？你不但需要独一无二的爱情，你还需要独一无二的抱负，你更需要独一无二的人生。"于小禾说。

我惊诧于于小禾的感受。这些日子，我装着漫不经心的样子，尽可能不让我的情绪影响家人。但是我父亲和于小禾都感受到了我不积极的人生态度。

我相信，幸福的爱情能不断地激起生活的激情和希望，又不断地被所激起的希望改造。心中有爱，就会心甘情愿地体会对方的酸甜苦辣，互相体贴、包容，担负起人生的重负。

"你抽空办一下嘟嘟的领养手续吧。"于小禾说。

我支起身，仔细端详于小禾。

"我要你给我生。再说别人的孩子，我们是不是操心过头了？"我说。

对领养李小雪的孩子，我内心矛盾。尽管李小雪对我们家有恩，但我从来没有打算过替她抚养后代，我没有那种无私的境界。

"老吾老，以及人之老；幼吾幼，以及人之幼。做人不必那么狭隘，我的命是嘟嘟妈妈——我姐姐，捡回来的，我们养她天经地义。只要你愿意。我再生一个孩子和养一个嘟嘟都一样。"于小禾说。

"我们生的姓都呀！"

"你说让她张开怀抱、带走所有爱她的温度！只是一篇祭文吗？我从你文中看到的是善良是慈悲是无私的爱。善待她的孩子才是我们最大的报恩。今生欠她的我要用一生来偿还。不管她姓什么，天下苍生都值得关爱，更何况嘟嘟是我姐姐的孩子。"于小禾说。

我无言以对。我知道于小禾心地善良，但让我稀里糊涂养别人的孩子，我还是有心结。

我去监狱征求刘大海的意见。

刘大海惨淡地笑。

"都大转，也算我们缘分未尽，你要养就养吧。姓也改你的，我的姓会给她耻辱。十二年以后我出狱，嘟嘟十八岁了，也不会再认我了。你们可以给她一个幸福的家。"刘大海说。

我记住了刘大海最后对我说的话："我不能改变这个社会，我只有适应它，谁愿意花自己的血汗钱，低三下四送别人，搞腐败？我不那样整，一个工程拿不上。虽然我进来了，但我看到了希望，看到了老百姓的希望，看到了国家的希望。我是一个牺牲者，社会进步的牺牲者。你要做个好官，心里有公平正义呀。我认罪，值！"

"当暴风雪来临的时候，每一朵雪花都不是无辜的。"我说。

刘大海痛哭流涕。

我用了半年时间解决嘟嘟的身份问题，手续繁杂，从单位开证明开始，展开了一次马拉松式的出具各类证明的长跑，最终确立了收养关系，在公安部门为嘟嘟办理了户口登记，名字叫：都小雪。

民警笑起来，说："以后，您一定要让这孩子读博士，要不别人以为你们歧视她，只让她读了小学。"

嘟嘟成了我和于小禾的女儿。命里有的终归还是来了，于小禾使我把对李小雪的爱延续下来。

那段时间，于小禾突然变得忧郁，不愿意说话，这让我十分担心。我们平时各忙各的，不怎么聊天，一旦闲暇了，于小禾就看吴军的《态度》《文明之光》，她要求我也看，说我看完以后送给孩子看。她说吴军给女儿的家书讲：面对人生、洞察世界、如何学习、对待金钱、做人做事。她说"成功才是成功之母"，比"失败是成功之母"更合适。

"你成功吗？"我问她，其实是想让她说嫁给我是一件成功的事。

"不知道。"她说。

我的心生出凉意。曾经浓情蜜意的情感渐渐隔膜起来。她总是站在窗口看着窗外，虽然伸手可及，我却感到十分遥远。

那几天，我心里一直在思考的一个问题，就是要不要去南疆驻村。单位里驻村的第一书记回来了。围绕二〇二〇年精准扶贫、脱贫攻坚的目标，自治区这几年一直从机关里抽调县处级以上干部驻村下乡，担任第一书记。以前是一年一派，这次是一派三年。第一书记既要围绕社会稳定和长治久安抓好工作，又要做第一线脱贫攻坚的指挥者和落实者，连着民意连着党心。他们就像一个个战士，做真的猛士，冲锋在前，攻坚克难，投入到新疆社会治理实践的洪流中，推动乡村振兴。虽然单位处级干部一大堆，但当组织动员报名参加驻村工作的时候，居然没有一个人主动请缨。

我们驻村的第一书记已经缺位两个月了，于无声处齐解甲，更无一个是男儿！我觉得丢人和痛惜。但是人们以躲避和麻木的眼神应对这种难堪的局面，都在忙手头的工作，一副忙忙碌碌、时不我待的假象。我找到主要领导，提出我想下乡任第一书记的打算，我说虽然我下过乡，但我还可以再下乡，我老婆于小禾支持我，只是我的孩子才三岁，于小禾在这个城市举目无亲，我还有点顾虑。

我原以为我主动顶缺，领导会拍手叫好，然而他目光里流露出犹豫。

"是啊，我们都有顾虑。你也好好想一想，我们也认真讨论一下，下乡做第一书记，不是随便哪个人都可以胜任的。"领导说。

我恨不得一杯水泼上去。明明没有人愿意去，而愿意去的人，他们并没有考虑，只是因为他有一些似是而非的问题。似乎我的动机不纯，在为洗刷自己的罪过、在为自己的位子做打算。

我对于小禾说，我准备报名驻村三年。于小禾沉默起来，非常意外，她眼睛里全是迷惑，我上前搂过她的肩，她推开我。

"你要做英雄？而你要先拯救的应该是我们。"

于小禾眼睛含满泪水，静静地上网，不再说话。

没有人支持我的想法。单位的人们以为我在出风头或者为自己打算，我一直都以为自己和他们不在一个频道；家里的于小禾以为我天马行空，一副好高骛远的做派。我无法解释我的想法，人们对现实变得麻木，似乎幸福都是人生应得的一份礼物，不需要理由，只要打开双臂就迎来了理所当然的好日子。而张开双臂迎接苦难、创造辉煌，才是生活本来的样子。能清醒地认识到生命的责任，不再浑浑噩噩度过人生，并不是一件容易的事。就连平时和我心心相连的于小禾，也遇到了选择困惑。这让我不可思议。

我去我父亲都笑魁家征求他的意见。

"现在的年轻人不读书了，都在网上找鸡汤，没错，时代在变，人要接受新生事物，可是有些道理是要传承下去的，时间可以打败年龄，但打不败真理。"我父亲说。

我给我父亲沏茶，他一直喜欢银质的茶具。不知花了多少年时间，他收集了一套完整的银质茶具，茶匙、茶夹、茶海、茶盘、茶杯，那些久经岁月的银壶发出暗灰的金属光泽，老旧、厚重。我父亲经常用牙膏和柠檬水擦洗那些物件，他对别的东西不太在意，唯有对他这套茶具每天都上心。他说银可以鉴毒，可以灭菌，还可以排毒养生、延年益寿。

"人生啊，就传承两样东西，一个是肉身，一个是精神。传宗接代天经地义，可精神不朽只有圣贤可为。吃是为了活着，活着要吃出意义。君子食无求饱，居无求安，敏于事而慎于言，就有道而正。"我父亲说。

说句实话，我对我父亲之乎者也的理论有时也听得云山雾罩，但这句话我听懂了——志当存高远。

"我这样做，是不是不近人情？"我说。

"十分不近人情！按照你的心去选择吧，总得有人牺牲、有人奉献，有人长命百岁，有人长居安乐窝。你从小和别人不一样，你觉得可以放下眼前一己之利，成就社会，你就去。一箪食，一瓢饮，在陋巷，人不堪其忧，回也不改其乐。人各有志。"我父亲说。

"于小禾好像不愿意。"

"是我，也不愿意。人家一个姑娘家，弃家离乡不远万里嫁给你，你给了她什么？金钱、地位、荣誉？什么也没有，你被调查，她坚信你；你不挣钱，她认可你；你不当官，她理解你。你是穷光蛋一个，人家姑娘凤凰翔于千仞，览德辉而下，知书达理，胸怀天下呢。女人要个男人就图一起陪着，平平安安、平平凡凡的就够了。

陪着慢慢变老？难啊。家里没有男人，家就残缺了，孩子缺爸爸，女人缺男人。高尚是一座高峰，不是每个人能登顶的。你气死了你母亲，不要把自己的媳妇也气出毛病。你俩好好说话，不行了也别下乡了，没人逼你。你不着天际的理想我支持，但当不了你媳妇的饭碗。"

于小禾和我一直冷战着，我从没有遇到这种状况，突然觉得一扇随手可以打开的大门被堵死了，寝食难安。

晚上，我钻进于小禾的被窝，她什么也不说，抱起被子去了客厅，躺在沙发上。我追过去。

"我不想说话，我很累，心难受。"于小禾说。

我蔫头耷脑回到床上，辗转反侧。我迷迷糊糊睡去，朦胧中听到客厅里传来于小禾的哭泣声，她坐在沙发上抹眼泪。

"妞妞，别生气，要不我不去了。"我说。

于小禾不说话，房间里很压抑。

那一刻，于小禾非常冷漠。

于小禾进了卧室，关上门。我坐在沙发上吸烟，一根接着一根，坐了一夜。

早晨，我要洗漱，卫生间的门锁着，平时那扇门从来不锁。于小禾在里面冲澡。

"妞妞，我听你的，你做的任何事都是对的。"

上班的时候，于小禾发来微信：

你不是上帝，离开你世界一样好，地球一样转。一看到你凛然大义做出高尚的样子，我就紧张。人生其实很严肃，你觉得很好玩吗？

我倒吸一口冷气。

我下班回来，于小禾不在家，想了一切办法，联系不上她。我内心崩溃。

我整理一下情绪，装着平静的样子去我父亲都笑魁家看孩子。保姆正在给都禾平和都小雪喂饭。龙龙扑到我怀里，露出和于小禾一样的笑容、和于小禾一样的酒窝。我怀抱着儿子，把头贴在他胸前，眼泪止不住流下来。我极力平复一下即将失控的情绪，亲了儿子一口。

"欺负你家妞妞了？多好的媳妇，要珍惜！我把你妈妈珍惜了一辈子，就没给她说过一句动听的话，她九泉之下都心冷。人家一个北京姑娘大老远嫁到这边远的地方，那气魄大呢，心眼好呢。你喜欢她就说出来，就做出来，不要像我现在，天天对着你妈妈的相片说话。"我父亲说。

"我既要选择活得有意义的方式，又要选择永久爱她的方式，我不知道如何选择。"我说。

"不矛盾，爱她就是一种意义，干事业也是更深刻的爱，你们只是要一致，三观一致，否则各是各的道，一辈子拧着，人生就斜了，不圆满了。"

我点点头，转身出门，眼泪流了一路。

我在微信上留言：

妞妞，我不能没有你！

我站在桥上，看着远处朦胧的红山。山体隐没在夜色里，黯淡无光，城市一片寂寥。

我在寒冷的大街上漫无目的地走，心里一遍遍呼唤："于小禾你在哪里？"

手机振动了一下，于小禾发来了微信。

都喜欢读《西游记》。齐天大圣，字字夺人；大闹天宫，折腾得如此彻底，真也是没谁了。他肆无忌惮地闹，激情与能力被他痛快淋漓地释放了。如此地放肆、如此地厉害，又如此地守护和忠实于自己的乐土家园，他是我心中顶天立地的大英雄。后来他被佛祖压在五行山下，从我一岁到未来可能到达的一百岁，我绝对不敢说如来佛祖错了。只怪大圣太无法无天了，你叫"齐——天——大——圣"这四个字，不叫找灭吗？如果不是因为你如此厉害，可能隔壁家大婶就把你灭了，谁让你敢出来起这么个名字！

因为理想高悬太不谙人事，被妖怪一灭，被同仁二灭，被社会三灭。自生自灭吧！谁知道这个年代是理解还是消灭"嚣张"！

青春是被赞扬的，也是被消灭的，无论是以何种方式！

齐天大圣是我们每一个人在青春时代可能成为的终极英雄或魔鬼！行者悟空历经八十一难，才保唐僧取经。

我向我的青春告个别吧，我们要向前行走，就要对曾经告别，曾经不愿意忍受的，慢慢会忍受、会接受、会淡然。行者悟空，从火眼金睛走到肉眼凡胎，直至跪在佛祖面前！

有一人问我信不信佛，我不知该如何回答。我觉得佛是彼岸，因为我不喜欢被装进宗教的仪式感，不过仪式感于我今天又多了一种意义，这就好比我从左岸登船，他从右岸乘槎，我们在中流相遇，从对岸相望，融会和谐到达彼岸！

人生好安静，好孤独。

你高扬的人生理想，给了我一种内心深处的宁静，让我想到了自己蹉跎的岁月。选择追随你，我从没抱怨过自己的选择，直到今天我独自到达一片空境，体验到人性至美之地——我们一起应对孤独的人生之美。

"你在哪儿？"我打过去电话。

"我在你要来的南疆，在白水市，在艾力家，和韩小男躺在一张床上。"于小禾说。

几天以后，于小禾回到家，她似乎平静下来。

夜深人静，我们都没有睡意。

"这些日子我在读你推荐的童话故事《小王子》。"我说。

"我提到过好多次，你都觉得幼稚。"于小禾说。

"我觉得如果我不读就落后了，你一直说它有多好，十分深刻。其实当时没觉得有多好。但意外的是里面有一段话，怎么也忘不了。"我说。

"我知道你说的是哪一段。"于小禾说。

我念起书中的文字：

"你们很美丽，但也很空虚，"他又说，"不会有人为你们死去。当然，寻常的路人会认为我的玫瑰花和你们差不多。但她比你们全部加起来还重要。因为我给她浇过水。因为我给她盖过玻璃罩。因为我为她挡过风。因为我为她消灭过毛毛虫（但留了两三条活口，好让它们变成蝴蝶）。因为我倾听过她的抱怨和吹嘘，甚至有时候也倾听她的沉默。因为她是我的玫瑰花。"

"这就是对爱情最好的描述。"于小禾说。

于小禾的话提醒我审视周围的人，至少有许多人这一生并没有遇到过爱情。他们对自己保护得太好了是一个原因，缘分会不会来也是一个原因。缘分像一场机缘。

"小王子遇到玫瑰花的时候还有点讨厌她，主要因为她事儿多，又要这样又要那样，阳光足了不行，玻璃罩闷太久不行。但是小王子决定离开的时候，玫瑰花十分强大地告诉小王子，她能照顾好自己。"我说。

"我十分强大地告诉你，我能照顾好自己。"于小禾说。

"最动人的是你的女人味，飞过千山万水，飞不过千千心结。"我说。

"银河系的灯关了。"于小禾说。

"你睡吧，让我一个人想一想，想一下我唯一的人、我可能错过的人。愚蠢的时间，愚蠢的男人，这个世上的蠢货多了去，今天加

244

上我。我真愚蠢。"我说。

"我可以扛起家的责任，也可以扛下苦。但我的感情是唯美的不能伤害的，你如果退缩了，就是最大的伤害。你得答应我，我们一直走下去。"于小禾说。

"你不生气了？"我说。

"谁让我这么没有出息，这些日子天天泪流满面。我自己把自己哄好了，银河系来电了。你报名吧，有些人是为理想而生的，我们都不必过自己不想要的精致生活。每个人都有使命，也许你是对的，把人生过得炫目多彩，但是你也许会四处碰壁，一无所得。而我还要照顾我们的孩子，不在一起并不能说明不再相爱。"于小禾说。

我紧紧地搂着她。

"我舍不下你。我答应你，坚定坚决地答应。"我说。

于小禾扑哧笑起来，然后叹口气。

"我要回北京了，我母亲一直病重，忠孝不能两全，我回去安顿一下，把龙龙和小雪接到北京，他们应该有一个更好的环境，我们会在未来的某个地方某个时间相守相依。这是我这些天在你的出生地思考出的结论。"于小禾淡然地说。

我的热血凝固。

于小禾尊重了我的选择，也做出了她的选择。我们命里注定不能一起看日落日出过平平静静的日子。我们都选择了一种高尚的目的，我不想只为自己活过一次，我要去守卫众生，她要守护我们的爱情。不需要解释，只有心心相印的领悟，那么我们必须放弃普通人不可或缺的人生。

我去跟我父亲都笑魁道别，我哽嗫难言。

如今，我父亲一个人生活，白天的时候保姆会带着孩子在他家陪他一整天，只有孩子去的时候，你会感到他真心的快乐。多数时候，他就读那本发黄的《论语》，记些笔记。有时候，你会忘记他的农民出身，觉得他就是个学者。他一生里，除了把精力放在工作上，剩余的时间就是研究《论语》。我不知道那本书对他的一生有过多少教益，但他总是用那些富有思辨的中国智慧在启迪我，帮我一次次解开心结，渡过一次次难关。我甚至觉得我学过的所有学问，都是为了理解我父亲所说的"天将降大任于斯人"的意义。

"知者不惑，仁者不忧，勇者不惧。知其不可而为之者就是勇敢的人。我们新疆人就不是一般意义上的凡人，生在这块土地，石头上刻着'中国'，沙地里写着'中国'，心里装着'中国'，守护这块土地的平安，就是新疆人的命。我们的命是为全中国十四亿人的命的平安而活着，我们是'守护者'。这不是大话，这是现实，我们不来守护，舍我其谁？岁寒，知松柏后凋。儿子，你好好干，别误了人生。我们就是这么干过来的，你们只是接过了班。"我父亲说。

我眼含泪水。

我父亲拍拍我的脑袋，不再说话，继续看书。

我向我父亲深深地鞠躬。

我父亲无力地挥一挥手，做出让我走的姿势，算是和我告别。

回到家，夜深人静。

"我想通了一些问题，其实爱情和婚姻可以互相包容或者各自为政。婚姻是生活的现实，可以相濡以沫相守到老；爱情是精神的存在，可以天马行空天涯海角。当婚姻拥有了爱情，就是人间最美的图画；当爱情不依附于婚姻，就是心灵最烂漫的童话。有时候生活会容纳这种精神，有时候世界只能接纳一种现实。精神和现实的<u>丝丝入扣</u>是一种境界，也是一种难以企及的境界，也许这就是生活需要诗歌的意义。"于小禾说。

我紧紧拥抱着于小禾。

我离开乌鲁木齐的那天，于小禾让女儿小雪、儿子龙龙和我告别，两个孩子一次次亲吻我。

于小禾站在门前，在我的右脸颊轻轻一点。她的眼睛里没有伤感也没有快乐，只有一种无可奈何的淡然。我们告别。

我驻村以后才知道，农村工作又有了新变化。我驻村三年，要用两年时间完成脱贫攻坚任务，于二〇二〇年实现脱贫摘帽，脱贫攻坚，决战决胜。我每天入户调研，带着村干部厘清村里的脱贫攻坚思路。上级部门已经给出了"七个一批"脱贫部署。具体说来，就是：发展产业扶持一批、转移就业扶持一批、土地清理再分配扶持一批、转为护边员扶持一批、生态补偿扶持一批、易地搬迁扶持一批、综合社会保障措施兜底一批。

我们栏杆村，全村总人口四百三十五户、一千五百七十二人，建档立卡贫困人口一百七十九户、六百三十八人，未脱贫人口一百六十户、五百七十八人，二〇一九年计划脱贫七十三户、二百八十人。全村劳动力人口六百七十三人，就业人口三百九十一人。村里的基础设施建设已经今非昔比，按照退出贫困村"一降五通七有"的标准，村里已通硬化路、通信网络、通动力电、广播电视全覆盖、贫困户全部通自来水及照明电。村"两委"有办公室、有文化活动室、有便民服务中心、有卫生室、有中心幼儿园，周边还有中心小学和中学。村里通过集体土地出租、发展集体经济项目，每年有十多万的集体收入，早已不像过去村村都是经济收入"空壳村"。

工作的难点在思想扶贫和产业扶贫。国家该兜底和扶持的，国家都包了，要我们村干部重点做的就是解决思想问题，解决产业发展，解决就业。来了后，村干部说这里的农民懒，说起一些事情。一些农民种十几亩棉花地，摘棉花时嫌累，就雇其他地方的农民来拾花，本来一公斤棉花挣不上三块钱，还要付出一块多的拾花费。结果拾花的农民家里盖起两百平方米的富民安居房，种地的自己才盖六十平方米的房子，小地主一样只图享受。以前，村里扶贫，给村民家送几只羊，指望母羊下羔子，养羊致富。回头村干部一检查，村民早把羊杀了，做成烤羊肉，当下酒菜了。

"靠养羊能脱贫？我们祖祖辈辈养羊，没见富过。"

我腾出所有的时间走村入户，到农民家调研，村民"等靠要"的思想非常严重，问他们为什么不想着办法致富。他们嘿嘿一笑，说："有政府呢，有共产党呢，饿不着。"

这让我生出许多悲哀，一个人不去思考如何改变自己贫困的面貌，不去为未来美好的生活奋斗，只等政府的救济勉勉强强活着，生活成了吃喝拉撒的循环，人几乎失去了活着的社会价值。

我认真思考，先从改变村民心态开始，把党支部建强，搭建"一名第一书记＋两名工作队员＋两名村干部"的扶贫队伍，家家承包几户贫困村民，让村民结脱贫攻坚的对子，然后每天对村民进行思想工作和扶贫培训，通过基层组织建设，把贫困群众组织起来。

这样天天做，农民渐渐涌起致富的愿望，开始主动找干部要我们帮助他们寻找致富道路了。

这个地方的人们喜欢吃烤鹅、吃烤鹅蛋。经过调研，我算了笔账，乳鹅长成大鹅只需要六十天，一年四季一户农民投入两千块，可以稳定增收两万两千块钱，连续两年，农民人均增收五千块钱，不愁吃不愁穿不愁住，生活还有结余。

思想统一了，思路清楚了，村民们觉得有了奔头，成立了养鹅协会，家家户户养起了鹅。

突然有一天，一个农民慌慌张张来到村委会。

"书记，死了，它们都死了，棉花一样白花花地铺了一地。"

我的大脑一片空白，我带着工作队队员去了几户农民家，鹅一批批死亡。我惊呆了！农民的血汗钱泡了汤，而扶贫攻坚验收就在眼前，我眼看成了罪人。那些日子我不思茶饭，火速请来专家会诊。我的心情极差，情绪跌到谷底，对自己养鹅的举动产生了怀疑。脱贫攻坚是硬任务，完不成任务就地免职是小事，却耽误了农民致富奔小康的前程，同时也会拖了全地区甚至全国人民精准扶贫的步伐。那些压力来源于政治责任，更来源于民族复兴的使命。

我和专家吃住在农民家，检查他们的养鹅饲料，统计喂料的供给分量和次数，检测菌种，消毒棚圈，做了我们可以想到的一切工作，前前后后在村民家观测了十多天，一无所获。我看着那些统计数据，突然发现，凡是给鹅喂饲料在四次以下的，农民家的鹅就很少死亡，凡是怕鹅吃不饱，大批量催肥的，鹅的死亡率就高。

"解剖鹅！"我对专家说。

我们去村民家收集死鹅。解剖结果出来了：鹅是被撑死的！

原来，鹅是无饥饱感的家禽，喂多少吃多少，直至撑死还在吃。农民致富心切，恨不得三个月乳鹅就长成，拼命喂食，适得其反。

找到了病因，我和专家连夜制定养鹅管理办法，开大会宣传，一户户入户讲解，每天派干部检查喂鹅的次数。一个星期以后，鹅不再死亡。棚里的鹅又开始活蹦乱跳起来，被一直关禁闭的鹅群又摇摇摆摆走在乡村道路上。看着那些趾高气扬的鹅群，我双眼湿润，那一刻，我觉得只有那些鹅在向我点头致意，它们理解我热爱它们的真心。

　　那天，开扶贫工作汇报会，乡长坐在台上，他一头卷毛，听到我汇报养鹅，有点不以为然。

　　"我们这里平时就是养牛羊，养鹅能脱贫？农民就不会养，听说你们村的鹅成群成群死亡，眼看到了年底，预验收不了，就地免职。不能因为你胡作为，拖了全国步入小康社会的步伐。"

　　"乡长，养鹅绝不会拖全国人民后腿，养鹅是转变扶贫观念，从输血扶贫到造血扶贫的产业扶贫。地区有鹅加工企业，鹅肉有人收购销往内地，鹅蛋有本地商贩收购做特色烧烤，鹅都供不应求，鹅养殖的产业链已经形成。一户村民一年增收两万多，人均增收五千多，可以全面完成农民人均收入过三千七百元的脱贫任务。精准扶贫，怎么精准？政策要精准、对象要精准、措施要精准、产业要精准，这就是我们的'一村一策'，拖不了你的后腿。"我说。

　　"我说你们的鹅都得了瘟疫，鹅都死光了，哪里来的产业？还怎么发展？你这是冒险，不能拿脱贫攻坚当试验田。"卷发乡长说。

　　"不是瘟疫，死了一批鹅是事实，但经过专家确定检测结果，鹅是撑死的。"我说。

　　"穷人饿得要死，鹅却撑得要死，养鹅还真那么好？"卷发乡长说。

满堂哄笑。

县委书记打断了卷发乡长的话。

"死鹅的事情扶贫办同志给我汇报了。新生事物总会有新问题，但办法总比困难多。农民叫都大转同志'鹅司令'，农民有智慧，谁让他们走上致富路，谁就是他们心里最大的官，是老百姓心里的官，农民就跟随他、支持他、拥护他。我希望多多出些这样的'司令员'，我不怕给你们当'勤务员'。精准扶贫的路上，就是要凝聚起共产党人的全部智慧和胆识，凝聚起民心，以中国智慧和中国方案全面完成建设小康社会的伟大使命。"

县委书记把我的"鹅司令"称谓宣传出来。

农民编了个顺口溜，小学校园里学生游戏时就传唱：

过去吃不饱

饿着肚子等救济

现在生活好

听着鹅叫数票子

第一书记真神奇

不在城里享福气

来到村里当了鹅司令

当了老百姓的好书记

鹅是吃草家禽，我们通过养鹅，按照"种植＋养殖"一体化的思路，在家家户户的庭院里、果园里种起苜蓿，树上结果子，地下种青草，农村扶贫产业立体发展、可持续发展，脱贫道路越走越宽。

散会以后，卷发乡长许库尔走到我面前。

"都大转，转来转去，我们又在一起了。"许库尔说。

我从第一眼见他就觉得眼熟，一时想不起来。

"还记得你的小公主莱丽吗？我就从来没有忘记你。"许库尔说。

原来，卷发乡长许库尔就是当年围着莱丽裙边转的维吾尔族男孩——小卷毛！

怪不得第一次听他讲话，我就有上去踹他一脚的欲望，从他出现在我的生活里，就以一种掠夺者的姿态呈现，再次相遇，感觉好不到哪里去，依然以掠夺者的腔调在否定我驻村以后所有的智慧和努力。

我点头笑笑，算是对醒来的记忆的认可。

卷发乡长以维吾尔族特有的爽朗伸出双臂，给我一个大大的拥抱。我拍拍他的后背。

卷发乡长送我出了乡政府。

"为了大局，做出一些牺牲是必然的。"卷发乡长说。

他简单的话，让我从内心生出敬意。那些埋没了多年的不愉快，瞬间一扫而光。我们有着共同的思维模式和表达，沟通起来可以立刻打破一些心理的隔膜。在这片土地，我看到一队队人，都像一个个守护者一样守卫着这片土地的一草一木，守护着人们幸福平安的生活。我想起了千里之遥的于小禾，我想如果她能看到这些现状，能从心底里理解我们在基层工作的意义，她应该更理解我的选择。她在北京生活，安享平安幸福的时光，推及北京、推及全国，那些安享共和国和平幸福生活的人，不都是因为这片土地上有一批批默默无闻的人们以生命在守护吗？我们是共和国边疆的守护者，我们是和平卫士，我们无怨无悔！

街道上小汽车在穿梭，拖拉机突突地轰鸣，马车嘚嘚地前行，一派生机勃勃的景象。我的心情爽朗。

卷发乡长拉着我去街边的烤肉摊吃烤肉，开了一瓶白酒，慢慢聊天。他非常热情爽快，和年轻时候阴鸷的神态判若两人。

"你不想知道莱丽的消息？我就知道你喜欢莱丽就是兔子弹腿——一会儿的骚劲儿。"卷发乡长说。

我抿嘴笑笑，举起杯子和他碰了一下。莱丽对我就像一个传说，像一场持续了多年的沙尘暴，已经风平浪静了，我也没有了再翻腾起尘土的欲念。

卷发乡长几杯酒下肚，打开了话匣子。

"你知道我为什么一直跟随莱丽？她美啊，美若天仙，天山的雪莲，戈壁的牡丹。可是你一个汉族小伙子要和她闹点事儿，当年的社会环境，不像现在，社会不容啊。她爸爸玉山江是我舅舅，我是莱丽的守护者，知道吗？不让你沾手，不让别人伤害她。"卷发乡长说。

我恍然大悟，原来他们根本就没有谈恋爱，他一直在做着拆开我们的事情。

"别恨我，其实我也在保护你。你当时那样在别人眼睛里是异端，不会有好果子的。当人们熟睡的时候，你去唤醒他们，哪能不遭打？你太超越了，那时你们的处境都很危险。"卷发乡长说。

"莱丽说她在自己的祖国却无法选择自己的爱，所以她漂洋过海留学他乡，她活得憋屈。"卷发乡长说。

"你的意思，她喜欢我，就像我一直爱她？"我说。

"当然，蓝天有太阳，夜空有月亮，是人都知道，还要说出来才明白？"卷发乡长说。

我低头喝一杯酒，掩盖自己的激动。我从来不知道莱丽对我的真实感情，我以为我们有着不同的生活背景，这一刻，我知道我们的心灵原来一直相通，而我一直没有找到打开她心门的钥匙。其实，那时社会的通道被封死了，我无能为力。

"莱丽妹妹也苦，后来她照着你的模样，找了一个从上海去德国的留学生嫁了，生了一儿一女。"卷发乡长说。

"你怎么知道她照着我的模样？"我说。

"她嫁了一个高高大大帅气的汉族人，不就是你的模样吗？山羊和绵羊不都是羊吗？"卷发乡长说。

"你才是动物，我是人。"我说。

"我又没骂你的意思，我们维吾尔族人都用动物、植物打比喻，你就是不开窍的骡子。"卷发乡长说。

"那时候，怎么会变成那样？真难！"我说。

"别再为掉在地上的馕伤心了，现在不是全都回来了？都好了！历史永远在向前进步，邪恶永远是无法吞噬人心的啊！"卷发乡长说。

"是啊，我们生活在一个变革的时代，也是一个美好的时代。"我说。

那天，不知道是酒精上头还是心情爽朗，我突然觉得生活是那么美好，生命是那么有趣，一些记忆就藏在内心深处，像一粒种子，不在昨天发芽，必将在今天或者明天开花，酿造出幸福的时光，让生命在美好中觉醒。过去的每一段时光都是今天的序曲，我们在期待难以驾驭的未来时却成就了美好的现实。

十三

最不可思议的事情，是我在村里居然又一次见到迈克尔。

迈克尔回国以后做了一家媒体的网络记者。

一些国家的驻华大使及使节代表赴新疆参观访问，实地了解新疆的情况，迈克尔去了南疆点名要我和他见面。

他还是那么热情，给了我一个大大的拥抱，我闻到了熟悉的气息，以前在宿舍里弥漫的白种人的汗味和法国香水的味道。我的内心生出一些熟悉的感觉，但在大庭广众之下亲昵却让我有点难堪。

我们进行了一天的走访，回到迈克尔的住地。

"实地调查了以后，我发现外界对中国特别是对新疆的报道并不真实、全面，还有很多是造谣。但我还是有许多困惑。"迈克尔说。

"你是来叙旧的还是来刺探情报的？"我笑着说。

"我在做有利于中美互信合作的事。"迈克尔严肃地说。

"你们总是选择性失明，'9·11'的四千多个美国人的无辜生命还没有唤醒你们吗？本·拉登的耳光没有抽醒你们吗？那些冤死的灵魂在哭泣，你们的良心何在？"我说。

"那只是个意外。你应该说服我，不要用这种教条的观点来解释。我们从青年时代就一直在做这种争论，一直没结果。"迈克尔说。

"什么意外？是一种你们养虎为患的必然！你们在用一切可以阻止我们前进的绊脚石来阻挡我们。我们的争论怎么没结果？面对世界，中国在和平崛起，国家的竞争是工业、科技、金融、军事和文化五块'木板'的'木桶建造之争'。你们在一步步走向衰落。所以你们害怕中华民族的伟大复兴。"我说。

"你总是先入为主，兄弟，我们美利坚是世界第一，我们是世界唯一的全胜国家，我们不担心你们强大。"迈克尔说。

"不用你们担心，你们已经输掉了和中国的竞争。在过去的几十年里，你们逐步丧失了自己的工业霸权。中国的钢产量，超过世界上所有国家的生产总和，已经建成全门类的工业体系，你们正走在工业空心化的路上。文化文明历来就是中华文化的高地，放眼望去，世界上唯一延续五千年文明的国家就是中国。你那种美国优先的理论，怎么能和天下大同、万邦谐和、人类命运共同体的哲学思想抗衡？这才是普世哲学。工业革命是怎么来的？技术积累又是怎么来的？为什么在工业革命之前世界上最发达的手工业文明在中国？西方手工业文明的科技种子来自中国，但因为旧时代不合理的国家制度，使我们一度丧失了创造力。只有中国共产党，只有改革开放，才唤醒了中国这头睡狮。我们曾经是历史上技术革命的最大的参与者，现在又在参与当代的科技史。我们缺席的时候，你们侵略我们、侮辱我们、剥削我们。现在我们出场了，中国国家治理能力的力量，是你们制度的力量无法战胜的。我们已经具备了颠覆式科技创新能力，叶落归根，历史洪流不可抗拒。中国的国家治理模式，会让国家资本流向生产，中国人骨子里的生产性金融思维、生命力，吊打你们先天的反生产性和投机性思维。你们无法阻止中国的生产性金融扩张，这叫中国智慧、中国方案。中美的金融之争，毫无悬念。军备力量会不会失衡，决定了会不会爆发全面战争。你们为了石油美元在世界各地打仗，已经错失了和中国打总体战的战略机遇和战争能力。大国之间是国家制度和治理体系的对抗，是文明的对抗。我们从来不冲出国门去殴打别人，你们不敢上门，只会在南海转转，像小孩子打架，为了解气用石头砸人家窗户玻璃，吓唬人，能吓住吗？这就是你们军事的现状，你们打伊拉克打阿富汗是老虎吃猴子，而我们之间是狮虎斗，中国的大国利器在伺候着呢！"我说。

为了见迈克尔我做了一些功课，特别学习了"帝国木桶"的理论文章，那些观点高屋建瓴，逻辑清晰。

迈克尔非常沮丧。

"难道这么悲观？我们'帝国木桶'的'木板'，一块块在漏水，紧接着整个木桶的水都会流光？"迈克尔无力地说。

"不是悲观，是历史潮流！中华文明正如中国一位伟人所说的，它是站在海岸遥望海中已经看得见桅杆尖头了的一只航船，它是立于高山之巅远看东方已见光芒四射喷薄欲出的一轮朝日，它是躁动于母腹中的快要成熟了的一个胎儿。"我说。

迈克尔呆望着我。

"请你回去告诉他们，别企图做开历史倒车的事情，我把当代另一位伟人的一句话送你：今天，社会主义中国巍然屹立在世界东方，没有任何力量能够撼动我们伟大祖国的地位，没有任何力量能够阻挡中国人民和中华民族的前进步伐！"

迈克尔站起来，握住我的手。

迈克尔的神情里流露出从前特有的真诚，我脑海里闪现出第一次去他家做客，他热情而真挚的笑脸。我不由自主地给了他一个拥抱，有点依依不舍。

"都，愿世界和平，愿你和于小禾幸福！"迈克尔说。

卷发乡长许库尔说我的思想锐利，可以当外交发言人。

其实这个丰富多彩的世界本来就应该有差异化的发展模式，我一直对美国人非黑即白的思维定式不屑一顾。当我们发达的时候他们仰慕我们的繁华，得不到就掠夺我们；当我们暂落下风的时候他们就歧视我们，杀戮我们的生命和文明；当我们追上历史的步伐，并驾齐驱的时候，他们就遏制我们，惧怕我们再一次走向人类文明的高峰。

那套弱智者的普世价值理论，已无法愚弄我们的智慧。

在村里，我十分想念于小禾。

每天，我们会视频聊天，她在里面迷人地微笑，她总让我生出今生不再的伤情。伴着浓烈的思念，我会想念她的肉体，那些包裹着她灵魂的躯体，总是在我的心灵深处铺开生命美丽的画卷。其实，人是长在动物躯壳上的生灵，人的高贵是因为以理智限制了物欲的泛滥，而于小禾让我有一种灵肉合一的交融感。夜深人静的时候，我在想：我们身心合一，这才是我爱她的唯一理由。我不知道爱能够有多深，但我知道，从爱上于小禾，我就失去了爱上别人的能力。

视频里，她告诉我她读书的心得，她的阅读量很大，仿佛生活的俗世与她无关，问起孩子的现状，她就会让两个小孩子在视频里喊叫。我知道她把孩子带得很好，但内心深处，我们仿佛隔着遥远的距离。

驻村干部每季度会有十天的休假，我归心似箭，早早买好了从乌鲁木齐去北京的机票。

我下了飞机，回到家，孩子们都在保姆家，于小禾不在。我有点失望，去菜市场买了她喜欢吃的河虾和鲫鱼，认真做饭。等到很晚，于小禾没有回家，我心里有了纷纷乱乱的想法，坐卧不宁。饭菜凉了，我一直在等她。

约定通话的时间到了，我们打开视频。于小禾甜蜜地笑着。

"今天还好吗？"我问。

"我去杭州了，谈一笔合同。"于小禾说。

"我以为你被人拐跑了。"我怪里怪气地说。

"是被一个人拐跑了，一辈子拐走了。"于小禾开心地说。

我用视频拍摄家里的场景，于小禾在视频里哭起来，她不知道我回到了北京。

"来杭州看我吧，这个温柔的城市会让你掉进温柔的陷阱。"

我们约定第二天去杭州相聚。乘了五个小时高铁，我在西溪湿地的一家宾馆找到她。

于小禾紧紧拥抱我，我的心里生出永不分离的强烈意愿。

"还记得乌鲁木齐南山吗？"她说。

我微笑一下。

"我爱上了那里，一座座从土地里长出的大山，从石缝里长出的松柏，从蓝天里覆盖而下的白雪，就是生命坚强的模样。"于小禾说。

"你从来没有告诉我，我一直以为你只喜欢北京。"我说。

"因为一个人爱上一座城，天下有你，就是归程。"于小禾说。

我将脸紧紧地贴在她的胸膛上。

"去灵隐寺吧，当年乾隆六下江南，三去灵隐，罗汉现身，非常神奇。"于小禾说。

路上，我紧紧握着于小禾的手，她小巧的手温润、绵和，我将她的手贴在我的脸颊，突然有种难以握住的恐惧。每时每刻想起她，会想起风，和煦温柔又无法停留。我的心颤抖了一下。

"有一个十几年前的问题一直在困扰我。"我说。

于小禾望一眼我，眼睛里露出好奇。

"一九九二年，初二时，你为什么每周星期五逃课？"我说。

于小禾的嘴唇微微一颤，泪水模糊了双眼。

"我每个星期五要去我奶奶家接我妈妈从内蒙古打来的电话。"于小禾说。

"那么简单的谜底，却藏了那么久远。"我说。

"我一直担心她有一天离我而去，我妈妈后来听说以后号啕大哭。"于小禾说。

"我离开北京的那次，为什么那些日子你一直没来上学？"我说。

"我去了内蒙古，看我的母亲，我和我母亲一直两地分居，我小时候最大的心病就是每天想念我的母亲。我从小就有了四处漂泊的感觉。"于小禾说。

我们不再说话，于小禾疲惫地靠在我肩膀上，静静睡去。

灵隐寺入门的招牌是当年乾隆皇帝临幸寺院的错字牌匾"云林禅寺"。那天皇帝赐笔，一时兴起，把繁体"灵"字的"雨"字头写大，下面一大堆零碎，皇帝灵机一动，将原来打算写的"灵"字改写为"云"字，有了今天赫赫有名的错匾，一错几百年时光，人们不再纠缠那个错字，而是尊崇寺庙的皇族气韵，更显禅寺的风骨：顺承天意，傲视天下。

阴雨绵绵，于小禾虔诚地敬香，四方膜拜，香火缭绕，我站在一旁静静地观赏，像看一幅流动的水墨画。

　　钟声敲响，一群虔诚的行者，在法师的击钟声里齐诵佛经。我的大脑轰鸣，内心安静。于小禾跪拜在佛像前，双手合十聆听佛号。

　　我仰头在黄色长幡的缝隙里看见佛像的一只眼睛凝视众生，那只慧眼透出安详和慈爱，我片刻恍惚，觉得那个眼神在考问我：你是谁，从哪里来，到哪里去？

　　我的心与万物融合，喷涌出感动的力量，我似乎是一滴从天而降的雨滴，飘落在地面，融入植物的根，融入奔腾入海的河流，不生不灭、永不干枯。

　　我的内心充满了爱恋：我爱于小禾，我爱我活着的世界！

尾　声

　　我再去南疆，已经是二〇一九年的冬天。

　　再一次见面，都大转的白发特别醒目，却衬托出他别样的气质，冷峻而威武，粲然一笑，玉树临风。

　　都大转陪我在村里走家串户了一整天。

　　落日西沉，夕阳如血，大地一派苍茫。

　　越野车路过一片坟地，都大转让车停下，站在一座坟前，若有所思，抬头望着血红的残阳。

　　"那里埋着我家的老邻居，一个好人！"

　　回到车上，都大转自言自语，沉浸在对往事的回忆中。都大转流露出多愁善感的秉性，和他爽朗威严的外表反差很大。

　　结束了一天的采风，都大转安排我喝酒。

　　"不了，我得写书。"

　　"喝！"

　　"乡下的干部都这么霸道？"

　　"是热情！"

　　"不违纪？"

　　"别担心，酒是我爹教我酿的土酒，在我单身宿舍，炒几个小菜。"

来南疆半个月，我还没有喝过一口酒，提到酒，潜意识里有点馋瘾，再加上我实在喜欢他，意犹未尽。当年我在南疆农村也干过几年县长，他的作风像我，但干得比我有闯劲。

我们大碗喝酒，无比畅快。

"你们这些文化人，别再写那些风花雪月才子佳人的庸俗故事了，写一写我们这些精忠报国的热血男儿吧。泥土里才有鲜活的生命故事，人民才是我们的血液，祖国才是我们的家，而我们就是这个民族的脊梁。"

最后，都大转喝得痛哭流涕。

"你相信爱情吗？就像暗夜里一百米外的蜡烛，烛光摇曳，透出光明，微弱而黯淡，却是黑夜里唯一的光芒，让黑暗的心房满怀希望，人间洒满温暖。"

到后来，他打开手机让我看，镜头里，于小禾抱着四岁的都禾平灿烂地笑着。

"像我小时候吧？"

"你小时候，我又没见过。"

都大转又打开一张相片：一束束阳光从窗外射进来，圆圆的缸口如深邃的海面冒出的一串串水泡，瘦削的都大转站着，高举一串葡萄，阳光下，少年时稚嫩的都大转神情忧郁。

"你父子俩整个一复制品。"我说。

"看这一张，我大女儿都小雪，和李小雪长得一个模样。"

"像！像！"

其实，我自始至终没有见过李小雪。

都大转哈哈大笑。

"人啊，要爱得痛快淋漓，活得大气磅礴，站着顶天立地，躺下英雄无悔。"

都大转引吭高歌：

我和我的祖国

一刻也不能分割

无论我走到哪里

都流出一首赞歌

我歌唱每一座高山

我歌唱每一条河

袅袅炊烟小小村落

路上一道辙

我最亲爱的祖国

我永远紧依着你的心窝

……

都大转和改革开放的年代一起走过。

我的小说写完了，二〇一九年的最后一天，我和久久来到北京交稿。

晚上，我们去北京坊市场里的北平花园吃晚饭，外面寒风凛冽，室内环境优雅，非常暖和。

我和久久聊起我的文学。

"革禾先生，祝贺你的大作完稿！再不然，你和我妈就该有事了，你从不关心她。"久久说。

我无言以对。

那段时间，我又过上了神魂颠倒的日子，这是没有办法的事情，我最大的困惑就是工作、创作和生活的冲突。我没有专业创作时间，写作的时间都是挤出来的——一切闲暇的时间。我练就了激情一来随时随地打开电脑码字的功夫，在乘飞机、坐汽车的途中……有时在人声鼎沸的公共场所，有时在车水马龙的大街旁，有时在夜深人静的书桌边。只要创作激情一来，随时可以进入写作状态。鲁迅先生说过："哪有什么天才，我是把别人喝咖啡的时间都用在写作上。"

我在单位任行政主管，从事着和文学创作几乎无关的工作，不允许感情用事，而文学，需要想象和激情。所以，我经常要在思想和情感上换挡，在认知和感知上变道，刻不容缓。为天地立心，为历史存正气，为世人弘美德，任重道远。我孜孜不倦地追寻心灵前行的灯火，享受这种不断换挡、变道的快乐，我的情感在现实和虚拟的世界里穿梭。但我几乎忘却了陪着我同行的家人，忽视着他们的存在，我的灵魂游弋在解决单位的问题、解决小说里人物的命运问题之间，我却无法解决好自己的问题，我几乎忘却了照顾生活。

"时不我待。文学是一个民族的心灵秘史，伟大的时代，造就了伟大的题材，伟大的时代需要伟大的文学记忆。我一直想创作一部留给后人、激励当代的作品。因此，我忽视了你和你妈妈，对不起！"我说。

久久眯着眼笑起来。

"爸爸，我一直以你为傲！"

我坐在那里抽烟，预想着如何给出版社的编辑们解释我这部作品的意味。

"为什么叫'序曲'？"久久冷不丁问我。

"其实，我一直想写一个灵魂觉醒的故事，昨天就是今天的序曲，心灵在一次次序曲的变奏里升华，生命在永续的序曲里永恒，时代在不断变幻的序曲里进步。"我说。

我笑起来，其实，我一直在描写一种觉醒的状态。人生，生老病死；爱别离、怨长久、得不到、罢不能。进进退退、彷彷徨徨，我们都在觉醒的过程中拉开唱响新的生命序曲的序幕。

"人在世上生活，必须做出一种对价值的选择，对生活的取舍。觉醒是最不可或缺的力量，是内在的精神动力，赋予生活的意义。"我说。

久久狡黠地笑起来，她歧视我那种将简单问题复杂说的书卷气。

"宝贝呀，别笑！有些看似简单的事物蕴含着深刻的哲学，不怕觉迟，就怕觉醒！"我说。

"这句话是你抄我妈妈的。"久久说。

"是啊，你妈妈有智慧！我们每个人都是一个生命，要觉醒生命的意义；每个人都是独一无二的生命个体，要觉醒自我的价值；人类是万物之灵，要觉醒灵魂的走向。"我说。

"革禾先生，生命有自然属性和社会属性，生命的价值包不包括与自然和谐相处、与家庭和谐相处？你诚然可以实现你的社会价值，但关心我和母亲不在你觉醒的范畴里吗？"久久说。

我哑口无言。

"你说的'自我的觉醒'，不就是对自己负责吗？做自己人生的主人。对我来说世上只有一个爸爸，你要怎么怎么了——呸呸，乌鸦嘴——没有任何人能代替我的爸爸活着。你的单位和职场可以离开你而继续发展，而你在家里却是不可代替的！你有点自私还有点迟滞！"久久说。

我的眼底湿润，内心生出强烈的愧疚感。

"人生要有真信念，不一定要为自己活呀。放弃小我，成就无我的永恒。"我自言自语。

"我一直苦恼，妈妈支持你干经天纬地的大业，可是你忙忙碌碌不着家。你对婚姻是不是也该觉醒一次？也许你的自我觉醒和自私意识就是一种悖论？教授！"久久说。

"生命终有一死，却有永恒的价值，拥有信仰，计利当计天下利，求名应求万世名。这就是爸爸的觉醒，我写这部书，其实就是写了一个人成长觉醒的过程。他是守护者，一个国家利益的守护者！而那些觉醒也只是人生的序曲，万流归海，人生当勇往直前。"我说。

"我等着你的爱情序曲。"久久说。

我一抬头，看到了那个高高大大的男人走过来。

他风度翩翩，向我伸出手。

"您好！"

"您好！"

我们分手时，我把《序曲》书稿交给他。

2019 年 12 月 1 日完稿于杭州

2020 年 1 月 1 日第二稿于乌鲁木齐

2020 年 1 月 11 日第三稿于澳门